기린이
아닌
모든 것

이장욱 소설집

기린이 아닌 모든 것

초판 1쇄 발행 2015년 4월 30일
초판 6쇄 발행 2024년 9월 4일

지은이 이장욱
펴낸이 이광호
펴낸곳 ㈜문학과지성사
등록번호 제1993-000098호
주소 04034 서울 마포구 잔다리로7길 18(서교동 377-20)
전화 02)338-7224
팩스 02)323-4180(편집)   02)338-7221(영업)
전자우편 moonji@moonji.com
홈페이지 www.moonji.com

ⓒ 이장욱, 2015. Printed in Seoul, Korea

ISBN 978-89-320-2742-5

이 도서의 국립중앙도서관 출판예정도서목록(CIP)은 서지정보유통지원시스템 홈페이지
(http://seoji.nl.go.kr)와 국가자료공동목록시스템(http://www.nl.go.kr/kolisnet)에서
이용하실 수 있습니다. (CIP제어번호: CIP2015010080)

이장욱
소설집

기린이
아닌
모든 것

문학과지성사
2015

차례

절반
이상의
하루오

1

내 일본인 친구의 이름은 다카하시 하루오(高橋春夫)인데, 그는 일본인답지 않게 여행을 매우 좋아했기 때문에 전 세계에 친구를 가지고 있었다. 하루오 자신의 말을 그대로 옮기면 이렇다. 나, 하루오는 일본보다 다른 나라에 친구들이 더 많다.

실제로 세어보지는 않았다고 하지만 아마 사실일 거라고 생각한다. 그는 연중 일본보다 일본 바깥에 있는 시간이 더 길고, 일본에 있을 때는 "죽은 듯이" 시간을 보낸다고 한다. 아무도 만나지 않고 아무런 활동도 하지 않는다. 일부러 그러는 건 아닌데, 지내고 보면 그렇게 된다는 것이다. 심해어나 바다거북처럼 시간을 보내다가 문득 비행기를 타고 다른 나라로 날아간다.

그게 나, 다카하시 하루오가 살아가는 방식이다. 그는 그렇게 말했다.

그럼 무슨 돈으로 생계를 유지하는가? 여행은 무슨 돈으로 다니는가?

이것은 나의 질문이었지만, 곧 우문임이 밝혀졌다. 나는 여행을 하는 것이 직업이고, 여행을 함으로써 생계를 유지한다──는 것이다.

하루오의 대답은 사실이었다. 그의 홈페이지를 방문해보면 유수의 다국적 기업들이 배너광고를 띄워놓고 있었다. 한 귀퉁이에는 내가 일하는 외국계 회사의 광고도 보였다. 마케팅 코디네이션 팀──이라고는 하지만 몇 안 되는 국내 대리점들의 공동 프로모션을 관리하는 수준──에서 일하게 된 지 얼마 되지 않았지만, 앞으로 해외 쪽으로 나가게 될지도 몰랐다. 그건 내가 바라는 바였다.

하루오는 영어로 홈페이지를 운영하고 있었는데, 그는 거기에 자신의 여행담을 연재하는 중이었다. 그 여행담은 꽤나 인기가 있는 모양이어서 전 세계에 폭넓은 독자층을 갖고 있었다. 조회 수를 보면 1만 회는 보통이었고, 어떤 게시물은 10만을 넘기는 경우도 있었다. 덕분에 그는 세계 각국의 다종다양한 잡지에 자신의 글을 싣게 되었고, 책도 몇 권 냈다고 했다. 그리고 언젠가부터 여행은 그의 취미가 아니라 직업이 되었다는 것이다.

나는 영어 공부 삼아서 자주 그의 홈페이지에 들렀다. 하루오의 문장은 대개 단문이었고 어려운 단어는 거의 없었다. 영어는 하루오에게도 내게도 외국어였고, 바로 그래서 편하기도 했다.

그의 글은 여행 정보를 전달하는 류는 아니었다. 파리에 가면 노천 주점에서 홍합 요리를 먹어보라거나, 페테르부르크에서는 에르미타주보다 러시아 미술관이 좋다거나, 뉴올리언스라면 밤의 버번 스트리트를 강추한다거나—그런 글이 아니라는 뜻이다. 일본과 비교하자면 이곳은 이렇고 저곳은 저렇다는 식의 내용도 없었다. 그는 관광지를 소개하지도 않았고 특별히 일본인으로서 글을 쓰지도 않았다. 그렇다고 맛깔스러운 에세이나 지적이고 감성적인 여행기도 딱히 아니었다. 나로서는 그런 것이 왜 그리 인기가 있는지 알 수 없을 정도로 그냥 무색무취하다고 해야 할까. 그러면서도 나 자신부터 그의 게시물들을 멍하니 읽고 있으니 신기하다면 신기한 노릇이었다. 글에다가 중세의 마법 같은 걸 걸어놓은 게 아닌가 싶을 정도였다.

사실 그는 자신의 행적을 글과 사진을 통해 노출할 뿐이었다. '노출'이라고 해서 사생활을 까발리면서 쾌감을 얻는다는 뜻은 아니다. 말하자면 자신이 있는 곳에서 자연스럽게 살아가는 모습을 옮겨 적는다고 하는 편이 옳았다. 그곳이 뉴욕 타임스스퀘어이건 치앙콩의 후미진 골목길이건 개의치 않는다는 투였다. 타임스스퀘어에서는 뉴요커처럼 살았고 치앙콩에서는 치앙콩에서 나고 자란 태국인인 듯이 살았다. 그랬다. '살았다'고 말할 수밖에 없는 방식으로, 하루오는 여행을 했다. 그걸 '여행'이라고 할 수 있다면 말이지만.

어쨌든 낯설고 새로운 게 없지 않을 텐데, 하루오는 그런 것에 별다른 관심이 없는 것 같았다. 기껏해야 자기가 어디에 있는 건지 갑자기 어리둥절해졌다는, 그런 정도의 느낌뿐이었다. 낯섦에 관심이 없는 여행가라니, 이건 거리 풍경에서 매일 신기함을 느끼는 노선버스 기사만큼이나 도대체 말이 안 되는 게 아닌가.

나는 그렇게 생각했지만, 독자들 가운데 실제로 '프렌드'가 된 사람들도 있다고 하루오는 말했다. 어떤 친구는 온라인의 글로만 알고 있다가 우연히 여행을 간 곳에 살고 있어서 만나게 되고, 어떤 친구는 여행길에서 만났다가 나중에 그의 홈페이지에 들어와 연락을 주고받게 되고, 그렇다는 것이다.

우리—나와 그녀—로 말하자면, 후자의 경우였다. 여행 중에 만난 뒤 홈페이지에 들어가 독자가 되었다는 뜻이다.

2

하루오를 만난 건 몇 해 전 델리에서 바라나시로 가는 야간열차 안에서였다. 그녀와 나는 만난 이후 처음으로—실은 처음이자 마지막으로—함께 여행을 떠난 참이었다. 그것도 해외여행을.

사실 그녀는 외국이 익숙했지만, 나는 그렇지 않았다. 그때 나는 추리닝에 토익 책을 끼고 사는 취업 준비생이었다. 고교 시절까지만 해도 파일럿이 장래희망이었지만 해외여행이라고는 중국에 가본 게 전부인 위인이 나였다. 그것도 아버지가 추진한 동네 노인회의 마을여행에 억지로 끼어서였다. 사내는 모름지기 넓은 세상을 알아야 한다─그게 아버지가 나를 어르신들의 중국여행에 끼워 넣은 이유였다. 당신 자신이 비행기를 처음 타본다는 이야기는 하지 않았다. 내가 그때 '중원'의 넓은 세상에 나가서 한 것이라고는 건강식품을 파는 상점에서 판매원의 지루한 설명을 들으며 물건을 집었다 놨다 했던 것뿐이다.

그녀는 달랐다. 전 세계에 라인을 갖고 있는 외국계 항공사의 객실 승무원이 되었으니까. 나는 파일럿이 꿈이었으되 책상머리에 앉아 핏발 선 눈으로 컴퓨터 화면을 노려보는 사무직원이 될 것이었고, 그녀는 안정된 공무원이 꿈이었으나 고도 9천 미터의 허공에서 일하는 스튜어디스가 될 것이었다. 이제 막 입사했을 뿐이지만 인천을 베이스로 미주 등지를 왕복하게 될 그녀의 미래는 밝았다. 미국 내의 호텔에서 퍼 디엄(체류비)을 받으며 머물 자격이 있는 인생이라는 얘기다.

그러니까 이건 거대한 쇳덩어리인데 허공에 붕 뜰 수 있단 말야. 가벼운 솜털이 가지 못하는 곳을 무거운 쇳덩어리는 왕래할 수 있다는 거지. 그녀는 첫 비행을 마치고 난 소감을 그렇게 말했다. 얼굴이 달떠 있었다. 꽤나 과학적인 소감이네─나는 그렇게 이죽거릴 뻔했지만, 그녀는 내 기분을 알아차리지 못하고 말을 이었다.

하룻밤 내내 비행기를 타고 머나먼 도시로 날아갔다가, 그곳의 호텔에서 시간을 보내고 다시 돌아오는 생활인 거야. 바다 건너의 마천루에 도착하면, 스무 시간밖에 날아가지 않았는데도 이틀이 지나 있는 거지. 돌아올 때는 반대야. 스무 시간이나 날아왔는데도 두 시간밖에 안 지나 있어. 시간을 호주머니에 넣었다가 다시 꺼내는 꼴이랄까.

그녀는 갓 내린 커피를 마시며 대단히 흥미롭다는 어조로 말했다. 그날 우리는 만난 뒤 처음으로 술을 마시지 않고 헤어졌다.

그녀 역시 내 꿈이 비행사였다는 걸 알고 있었다. 어렸을 때는 아카데미의 팬텀 시리즈나 하세가와 모델 들을 수집했고 나중에 항공학교로 진학하는 걸 당연하게 생각할 정도였다. 집에서도 물론 반대하지 않았다. 문제는 시력이었는데, 고교 때 시력이 급격히 안 좋아졌기 때문에 안경을 써야 했던 것이다. 중대한 결격사유였다. 하지만 나는 꿈을 접지 않았다. 부모님을 졸라 라식 수술을 받은 것이다.

그리고 그것으로, 모든 꿈이 물거품처럼 사라졌다. 나중에 알게 된 사실이지만 눈 수술은 치명적이었다. 신체검사 때 의사는 이렇게 말했다. 비행기라는 것은 전후좌우뿐 아니라 위아래로도 움직이는 기계지. 비행사는 급격한 중력의 변화에 견뎌야 해. 그런데 라식은 망막을 깎아내는 수술이야. 결론은? 기압이 갑자기 바뀌면 시야가 흐려질 수도 있고, 최악의 경우 안구 자체가 터져버릴 수도 있다는 거지.

나는 하늘에서 안구가 터지는 상상을 했다. 수없이 했다. 구름 속을 날아가다가 갑자기 거대한 태풍을 만난다. 기체가 상하좌우로 급격히 흔들린다. 그러다 문득 태풍의 눈으로 진입한다. 태풍의 눈은 고요로 가득하다. 그 고요의 한가운데서 갑자기 안구가 펑, 터져버리는 것이다. 시야가 사라진다. 시야가 캄캄해지는 게 아니라, 시야라는 것 자체가 그냥 없어진다는 뜻이다. 상상력이 꿈을 죽이기도 한다는 것을, 나는 그때 알았다. 이불을 뒤집어쓰고 상상을 반복한 끝에, 나는 흔쾌히 꿈을 접을 수 있었다.

하지만 요즘도 출장을 갈 때마다 공항에 들어서면 묘한 느낌이 든다. 그곳에서는 모두들 제 몸만큼 커다란 가방을 두어 개씩 끌고 머나먼 곳으로 떠나거나 머나먼 곳에서 돌아온다. 그런 곳에서 정장을 한 채 보딩 패스를 받고, 수화물을 보내고, 출국심사를 받기 위해 줄을 서서 허공을 바라보고 있으면…… 하릴없는 생각들이 나를 사로잡는 것이다. 세상의 모든 목적지들이란 어떻게 태어나는 것일까. 사람에게 목적지가 필요한 게 아니라 목적지가 사람들을 필요로 하는 게 아닐까. 인간이 떠나고 돌아오는 게 아니라 떠날 곳과 돌아올 곳이 인간들을 주고받는 게 아닐까—알록달록한 표지로 된 서양 잠언집의 문장 같은, 그런 생각들 말이다. 그러니까, 그녀에게 여행을 제안한 건 나였다.

열차는 꽤 지저분했다. 침대차였지만 쿠페식이 아니라 개방

형이었다. 위아래로 두 칸씩의 침대가 마주 보는 형태였다. 바닥에는 오물들이 흩어져 있고 상한 과일 냄새 같은 것이 차내를 흘러 다녔다. 나와 그녀는 냄새 같은 것은 아랑곳없이 창밖과 열차 안을 번갈아가며 구경하고 있었다. 한국을 떠날 때는 한겨울이었는데 인도에 도착하니 초가을이구나. 그녀가 하나 마나 한 말을 중얼거렸다. 그게 지구라는 물건이야. 나 역시 하나 마나 한 말로 대꾸했다. 과연 그렇다고, 그녀는 고개를 끄덕였다. 낮의 창밖으로는 어느 나라에나 있을 법한 정겨운 시골 풍경이 지나갔고 밤의 창밖으로는 역시 어느 나라에나 있을 법한 캄캄한 어둠이 흘러가고 있었다.

시타푸르쯤을 지날 때였던가. 열차 안에서 바닥의 오물들을 치우기 시작한 사람이 있었다. 잠을 자거나 무료하게 시간을 보내고 있는 사람들 사이에 얌전히 앉아 있다가 문득 몸을 일으키더니, 어디선가 빗자루와 걸레를 가져와 물까지 슬슬 뿌려가며 객차 바닥을 청소하기 시작한 것이다. 중키에 호리호리한 체구의 젊은 남자였다. 남자가 그 열차의 직원이 아니라는 것은 누구나 알 수 있었다. 낡은 면바지에 헐렁한 그레이 티셔츠를 걸친, 평범한 복장을 하고 있었으니까.

저 사람, 뭐 하는 거야? 그녀가 남자 쪽을 턱으로 가리켰다. 다른 승객들 역시 그런 남자를 이상하다는 듯이 바라보고 있었다. 남자는 웃음 띤 얼굴로 승객들과 인사까지 나누며 청소를 계속하고 있었다. 남자가 가까이 다가왔을 때에야, 우리는 그의 얼굴이 인도인과는 다르다는 것을 깨달았다.

남자가 내 자리까지 와서 다리를 들어달라고 청했다. 나로서는 자연스럽게 그에게 말을 걸 기회가 생긴 셈인데, 내 입에서 나온 영어란 겨우 이런 것이었다.

당신은, 무엇을 하고 있습니까?

남자는 고개를 들어 나를 바라보더니 당연하다는 듯 대답했다.

나는, 청소를 하고 있습니다.

그의 싱거운 대답에 나는 다시 질문했다.

내 말의 뜻은, 왜 당신이 청소를 하고 있는가 하는 것입니다.

나는 '당신이'에 강세를 두고 말했다. 남자는 무표정하게 나를 바라보며 대답했다.

왜 내가 청소를 하면 안 되는 것입니까?

남자 역시 '내가'에 힘을 주어 대답했다. 나는 어이가 없어져서 실없는 웃음을 터뜨리고 말았다. 그녀가 끼어들었다.

이곳은 인도이고, 우리가 있는 곳은 다른 곳도 아닌 야간열차 안입니다. 인도의 열차는 대개 이렇게 지저분하고 오래된 것들입니다. 그것은 자연스러운 것입니다. 그것 자체가 인도의 일부라고 할 수 있습니다. 당신은 직원이 아니라 승객이며, 그렇기 때문에 청소를 할 필요가 없다고 우리는 생각합니다.

거의 연설에 가까운 그녀의 말을 듣고 나더니, 남자는 천진한 표정으로 빙긋, 웃었다. 그리고 그가 한 말은 다소 뜻밖의 것이었다.

당신들과 나는, 친구가 되도록 합시다.

그것이 하루오와의 첫 만남이었다.

그 후 우리는 정말 '프렌드'가 되었다. 하루오의 얼굴을 보고 있다가, 그녀와 나 역시 서로를 마주 보며 빙긋, 웃고 말았으니까. 우리가 웃는 이유를 우리 자신도 딱히 잘은 모르겠다는, 그런 표정으로.

3

하루오는 짐을 챙겨 우리 자리로 옮겨 왔다. 그리고 그 밤의 열차 안에서 내내 오랜 친구처럼 이야기를 나누었다. 처음 만났을 때조차 전혀 어색하게 느껴지지 않았다는 건 좀 의아한 일이지만, 하루오는 공기처럼 자연스럽게 우리에게 스며들었다.

말하자면 이런 느낌이었다. 여행자인 그녀와 나는 이쪽에 있고, 여행지의 풍경과 사람들이 저쪽에 있다. 이쪽과 저쪽은 서로를 바라보지만 그 사이를 가로지르는 유리벽 같은 게 있다. 우리는 유리벽 저편의 세계를 구경하고 저편의 세계는 우리에게서 어떤 식으로든 수수료를 받는다. 여행이든 관광이든, 우리가 그 풍경 속에서 살아간다고는 할 수 없으니까.

그런데 그 중간에 하루오가 슥 들어와 양쪽의 경계를 흩뜨려 놓는다. 유리벽 같은 것이 갑자기 사라져버려서 바깥의 공기가 밀려 들어온다. 그런 것이다.

새벽의 바라나시에 도착한 우리는 역시 같은 게스트하우스에 여장을 풀었다. 우리는 함께 노천카페에서 인도 맥주를 마셨고, 오토릭샤들이 윙윙거리며 내달리는 바자르를 헤맸으며, 갠지스 강변의 가트(계단)에 앉아 이런저런 이야기를 나누었다. 하루오는 처음부터 우리와 함께 떠나온 사람처럼 자연스러웠고, 그녀와 나 역시 그걸 자연스럽게 여겼다.

그게 하루오가 가진 기묘한 재능이라는 것은 나중에서야 깨달았던 것 같다. 하루오와 맥주를 마시며 떠들고 있으면 내가 외국의 언어를 쓰고 있다는 느낌이 사라지곤 했다. 하루오와 바자르를 헤맬 때는 그녀보다 더 오래 알고 지낸 옛 친구와 걷고 있다는 착각에 빠지기도 했다. 그녀보다 더—라는 표현을 빼고 말하긴 했지만, 내 의견을 듣자마자 그녀도 동의를 표했다.

하지만 하루오가 우리 곁에만 붙어 지냈던 것은 아니다. 하루오에게는 하루오의 여행이 있다는 식이랄까. 하루오는 자주 사라졌다. 밤새도록 어딘가를 돌아다니다가 아침에 개처럼 지친 몰골로 나타나기도 했고, 어디선가 오토릭샤를 빌려 와 먼지 날리는 시골길을 혼자 달리기도 했다. 인도인 친구들이라며 낯선 사람들을 게스트하우스로 데려와 짜이(茶)를 마신 일도 있었는데, 그럴 때 둥글게 앉아 있는 인도 사람들 사이에 일본인이 끼어 있다고 생각할 사람은 거의 없었다.

하루오는 하루오의 주위에 아무도 없는 것처럼 자연스럽게 행동했다. 때로는 하루오 자신이 이미 하루오가 아닌 것처럼 보이기도 했다. 한번은 게스트하우스에서 가까운 바자르를 지나가다가 인도산 액세서리들을 파는 상인을 물끄러미 바라본 적이 있다. 저 사람, 어딘지 낯이 익다—는 느낌이 들어서였다. 잠시 후 그녀와 나는 입을 딱 벌릴 수밖에 없었다. 그 복잡한 시장통에 좌판을 벌여놓고 액세서리를 팔고 있는 것은, 다름 아닌 하루오였다. 인도인 친구에게서 물품을 받아 파는 것이라고 말할 때의 하루오가 어찌나 천연덕스럽던지, 그가 이곳에서 나고 자란 사람이 아닌가 착각할 정도였다.

너는 내가 알고 있는 일본인과 다르다—고 하루오에게 말한 적이 있다. 그때 하루오는 내 얼굴을 멍청하게 쳐다보더니, 너도 내가 알고 있는 한국인과 다르다—고 대꾸했다. 예의 그 빙긋, 하는 웃음과 함께였다. 그건 당연한 일 아니냐는 투였다. 옆에 있던 그녀가 나를 향해 편견이 너무 많다고 비난한 것 역시 당연한지도 모른다. '일본인답지 않게 여행을 좋아하는 하루오' 어쩌고 한 것을 두고 하는 말이었다. 하긴 이 글의 첫 문장도 그렇게 시작했으니 나로서는 할 말이 없는 셈이다.

게다가 하루오는 엄밀히 말해서 전형적인 일본인도 아니었다. 하루오의 외할아버지는 미국인이었고, 하루오의 어머니는 오키나와 태생이라는 것이다. 오키나와라면, 하고 그녀가 말했다. 대만 쪽에 있는 그 섬들인가? 류큐 제도라고 하던가?

하루오가 고개를 끄덕였다. 오키나와인들은 일본인이라고 할 수도 없고 일본인이 아니라고 할 수도 없고, 그렇다던데. 그녀가 애매하게 뇌까렸다. 그때 하루오가 던진 농담은 이런 것이었나.

말하자면, 절반 이상의 하루오는 어딘지 다른 하루오이다— 라고.

오키나와에서 나고 자란 하루오는 도쿄의 큰아버지 집으로 이주한 뒤에 이런저런 불행에 시달렸다고 한다. 하루오가 도쿄로 오자마자 오키나와의 부모님이 이혼한 게 첫번째였다. 게다가 학교에서는 왕따에 시달렸다. 일본인으로서는 어딘지 모르게 이상한 외모에 말수가 적은 하루오로서는 교실이라는 우주에 적응하는 것이 가장 힘든 일이었다. 게다가 지원한 대학에는 보기 좋게 낙방까지 해버렸던 것이다.

하루오는 큰아버지 집을 나와 무작정 여행을 떠났다고 한다. 일종의 '자살여행'이었지. 삶에 의욕이 없었고 죽음에 특별한 거부반응이 없었기 때문에, 라고 하루오는 설명했다.

죽기 전에 그간 모아둔 돈을 모두 털어 여행을 가기로 마음먹은 하루오는, 절망에 빠진 청년답게 무작정 북극에 가고 싶다고 생각했다. 하지만 경제 사정 등 여러 이유 때문에 결국 가까운 한국을 택했다고 한다. 부산에서 출발해 서울, 춘천, 속초를 거쳐 7번 국도를 타고 내려와 부산으로 돌아가는 루트였다.

여행의 첫날, 하루오는 이상한 느낌을 받았다고 한다. 부산 뒷골목의 어느 게스트하우스에서—아마도 그건 모텔이나 여관일 거라고 그녀가 정정해주었다──머물게 된 하루오는 전에 없이 길고 깊은 잠을 잤다. 깨어보니 낯선 방이었다. 몇 겹의 삶이 지나간 듯 오래 잔 느낌이었다. 그 아침, 천장을 바라보며 누워 있던 하루오는 어쩐지 바다 밑바닥에서 빠져나오는 기분으로 몸을 일으켰다. 창문을 열고 소음으로 가득한 거리를 내려다보았다. 희미한 햇살이 있었고, 자동차들이 무수히 지나다녔고, 매연이 뒤섞인 찬 공기가 창문으로 밀려들었다. 하루오는 아, 하고 짧은 신음을 내뱉었다. 어딘지 모르게, 그것은 새로운 세계였던 것이다.

아침 식사를 하기 위해 거리로 나갔다가 하루오는 사소하지만 기묘한 경험을 하게 된다. 길 저편에서 다가오던 젊은 여자 하나가 하루오에게 이렇게 물었던 것이다.

혹시…… 도를 믿으시나요?

하루오는 여자를 멍하니 쳐다보았다. 자신이 도를 믿는지 아닌지 알 수 없다는 표정을 짓고 있다가, 하루오는 자기도 모르게 빙긋, 웃음을 흘렸다. 여자도 하루오의 얼굴을 쳐다보고 있다가 그를 따라서 빙긋, 웃었다. 그것으로 그만이었다. 어쩐지 서로 더 이상 말이 필요 없어진 듯한, 그런 기분이 된 것이다.

여자를 지나쳐 걸어가다가 하루오는 문득 이상한 느낌이 들었다. 여자가 한 말이 영어가 아니라는 것을 깨달았던 것이다. 물론 일본어도 아니었다. 발음으로 보아──하루오는 그 발음을 또렷이 떠올릴 수 있다고 했다──그것은 확실히 한국어였다. 자신이 아는 한국어라고는 김치와 불고기, 그리고 안녕하세요, 라는 인사말뿐이라고, 하루오는 덧붙였다.

여자와 헤어지고 찬 공기가 흘러 다니는 거리를 걸어가면서, 하루오는 기이하게도 죽고 싶었던 마음이 어디론가 사라져버렸다는 사실을 깨달았다. 그것을 하루오는 이렇게 표현했다. 말하자면 그건, 나라는 존재가 5센티미터쯤 다른 세계로 옮겨진 것 같은, 그런 순간이 아니었을까. 어쩌면 정말 도를 알게 된 것인지도 모르지만.

믿거나 말거나, 그건 겨울의 부산 남포동 거리에서 있었던 일이 분명하다―고 하루오는 진지한 표정으로 말했다.

4

바라나시를 떠나기 전날 밤이었다. 우리는 게스트하우스의 방에 앉아 술을 마셨다. 하루오가 들고 온 포도주였다. 그녀와 나는 인도와 갠지스 강에 대해 여행자들다운 대화를 나누었다. 인도의 현재는 갠지스 강의 신비와 IT 산업의 결합이다, 라든가, 조지 해리슨은 갠지스 강변에서 죽음을 기다리면서 무슨 생각을 했을까, 같은 싱거운 이야기들이었다. 하루오는 간간이 웃어주었을 뿐이다.

잠시 옅은 잠이 든 모양이었다. 어둠이 깊다는 느낌이 들었다. 깊은 물속에 잠겨 있는 기분이었다. 새벽 2, 3시는 된 듯했다. 나는 술을 마시던 그대로 침대 위에 누운 채였다.

어둠 속에서 하루오와 그녀가 이야기를 나누는 소리가 아련하게 들려왔다. 물속에서 들려오는 대화 같았다. 나는 무거운 눈꺼풀을 조금 들어 올렸다. 하루오와 그녀가 눈에 들어왔다. 창밖에서 스며든 희미한 불빛이 하루오와 그녀에게 부드러운 실루엣을 만들어주었다. 그들은 나란히 앉아 가만히 손을 잡은 채 이야기를 나누고 있었다. 아주 오랜 연인들처럼 자연스러워 보였다.

이것은 밤과, 어둠과, 희미하고 연약하게 심장이 뛰는 물속의 풍경이라고 나는 생각했다. 그들의 모습이 너무 아늑하고 고요해 보여서, 나는 내가 깨어 있다는 기척조차 낼 수 없었다.

나는 물고기처럼 다시 잠에 빠져들었다.

아침에는 잔뜩 날이 흐려 있었다. 우리는 마지막으로 갠지스강에 나가보기로 했다.

우리는 아무런 목적 없이 걸었는데, 발이 멈춘 곳은 버닝 가트였다: 버닝 가트는 일종의 화장터로, 계단들 사이사이의 석조 제단에 장작이 쌓여 있고 그 곁에 천으로 싸맨 시신이 순서를 기다리는 곳이다. 한쪽에서는 이미 장작불이 타오르고 있었다.

우리는 가트 주변을 걸었다. 바람을 타고 검은 재가 점점이 우리를 지나갔다. 검은 재는 불규칙하게 흩날리다가 우리의 머리와 어깨에 내려앉았다. 그녀와 나는 곧 델리로 돌아가 인천행 비행기를 탈 것이었다. 하루오는 바라나시에서 네팔을 거쳐 방글라데시까지 내려가볼 요량이라고 했다. 거기 어디서 일본으로 돌아갔다가, 두어 달 뒤에는 남미를 돈 뒤에 쿠바를 거쳐 북미로 향할 거라는 계획도 덧붙였다. 일본에 있을 때는 "죽은 듯이" 시간을 보낸다는 이야기도 그때 들은 것이다.

버닝 가트 뒤쪽으로 천으로 싸맨 시신들이 드문드문 수레 위에 놓여 있었다. 그 위로 빗방울이 떨어지기 시작했다. 천이 젖어 들고 있었다. 내 곁의 수레에 놓여 있던 시신의 윤곽이 스르르 드러나는 것을, 나는 물끄러미 바라보았다. 가슴과 허리의 굴곡, 가는 다리 선이 시신을 덮은 주홍색 천 위로 조금씩 도드라지고 있었다. 젊은 여성의 시신인 것 같았다. 나는 그 윤곽에서 시선을 떼지 못했다. 오늘은 춥네—나를 힐끗 바라본 그녀가 몸을 여미며 중얼거릴 때까지.

찬 안개가 물 위를 흘러 다니고 있었다. 인도의 아침이라고는 믿을 수 없을 정도로 체감온도가 낮았다. 공기 중에 얼음을 몇 개 푼 것 같은 느낌이었다. 몇몇 인도인들만이 강물에 몸을 담그고 묵상을 하거나 가볍게 몸을 씻고 있었다.

강 저편은 황량해 보였다. 집도 사람도 보이지 않는 모래땅이었다. 그곳을 '죽음의 땅'이라고 부른다는 이야기는 게스트하우스의 주인이 해준 것이다. 가트에서 타고 남은 재들이 모두 그곳으로 흘러가기 때문에 붙은 말이라고 했다.

그녀와 나는 계단에 앉아 점점이 떨어지는 빗방울을 맞으며 강과 강 저편을 바라보고 있었다. 우리가 무언가 생각을 하고 있었던 것 같지는 않다. 그저 물 위를 떠가는 재들을 바라보고 있었을 뿐이다. 아니면 재들이 우리를 바라보고 있었는지도 모르지만.

그때 우리의 눈에 들어온 물체가 있었다. 그것은 강물에 떠 있었는데, 가만히 보니 남자의 머리였다. 남자는 물 위로 머리를 내놓은 채 흘러가고 있었다. 처음에는 시신인가 싶었지만, 때때로 팔을 들어 물을 젓기도 하는 것으로 보아 헤엄을 치고 있는 게 틀림없었다. 그것은 확실히, 배영이었다.

간혹 수영을 하는 사람을 본 적이 있지만, 빗방울까지 듣는 차가운 아침에 배영이라니. 그녀와 나의 멍한 표정이 일그러지는 데는 그리 오랜 시간이 걸리지 않았다. 수영을 하고 있는 사람은 바로 하루오였던 것이다. 어느 결엔가 또 우리 곁에서 사라진 하루오가, 거기 물 위에 있었다.

하루오는 머리를 물 밖으로 내놓고 하늘을 바라보며 간간이 물을 저으며 흘러가고 있었다. '흘러가고 있다'고 표현할 수밖에 없는 속도였다. 아마도 강의 저편에 닿을 요량인지도 몰랐다. 하루오 주위의 수면에는 시신을 태우고 난 뿌연 재들이 형체 아닌 형체를 이루어 떠내려가고 있었다. 그런 하루오의 모습을, 우리는 가트에 앉은 채 멍하니 바라보고 있었다.

그녀가 중얼거리듯 말했다.

하루오가…… 떠내려가네.

나 역시 중얼거리듯 뭐라 대꾸했는데, 내 입에서 튀어나온 말은 나 자신에게도 어리둥절한 것이었다.

아무래도…… 절반 이상의 하루오니까.

그녀가 나를 돌아보았다. 내 목소리가 어딘지 퉁명스럽게 들린 모양이었다.

5

한국에 돌아온 뒤 나는 하루오의 홈페이지에 들러 그의 여행기 아닌 여행기를 읽기 시작했다. 어쩐지 탐닉이라고 해도 좋을 만한 열정이었던 것으로 기억한다.

한 게시물에서 하루오는 인도에서 만난 '프렌드'로 그녀와 나를 소개하고 있었다. 그것은 무관심도 아니었고 과도한 애정도 아니었다. 우리를 묘사의 대상으로 삼지도 않고 주인공으로 삼지도 않는다는 느낌이었다. 그냥 그녀와 내가 그의 글에서 숨 쉬고 있을 뿐이었다. 카트만두를 거쳐 치타공까지 가면서도 하루오는 황량하고 아득한 그곳의 풍광에 감탄하지 않았다. 그는 여행길에서 만난 이들과 자신이 어떻게 지냈는지, 어떤 음식을 먹을 때 어떤 생각이 떠올랐는지, 그런 시시콜콜한 것들을 기록해놓고 있었다. 얼마 뒤 문득 쿠바의 음악을 들려주면서도 이것은 단지 음악일 뿐이라는 듯 말했으며, 멕시코의 거리에서 목격한

강도 사건을 적으면서도 나리타의 어디인 것처럼 쓰고 있었다. 하지만 이상하게도 그 모든 글들에서 내가 떠올린 것은, 재와 함께 갠지스 강물 위를 떠가는 하루오의 모습이었다.

세월은 빠르게 흘러갔다. 하루오의 홈페이지를 방문하는 빈도는 눈에 띄게 줄어들었다. 시간이 흐르니까 어쩔 수 없지, 하는 느낌이었지만 실제로는 그의 글에 대해 그리 흥미를 느끼지 않게 되었다고 하는 편이 옳았다. 하루오는 그토록 많은 장소들에서 살아가고 있었지만, 그의 글이 나에게 주는 인상은 점점 희미해지고 있었다.

그의 글을 읽으며 느꼈던, 이유를 알 수 없는 탐닉도 거의 사라졌다. 마음이나 집중력이라는 것에도 탄생과 소멸의 주기가 있는 법이니까……라고 나는 생각했다. 아마도 그 때문일 것이다. 그녀와 내가 헤어진 것 역시.

어느 날인가 그녀가 나를 불러낸 적이 있다. 그녀는 2단짜리 캐리어를 끌고 비행기에서 내린 모습 그대로 내 사무실 앞에 서 있었다. 퇴근하는 길인 모양이었다. 두 손을 앞으로 모아 캐리어의 손잡이를 잡고, 그녀는 가만히 서서 나를 바라보고 있었다.

그런 그녀를 향해 한 걸음 한 걸음 다가가는데, 무언가 내 가슴속을 지나가고 있다는 느낌이 들었다. 한 줄기 텅 빈 바람인지도 모르고, 늙은 나무에서 마지막으로 떨어지는 잎사귀인지도 몰랐다. 이것으로 그녀와의 관계가 과거의 일이 되었다는 것을 나는 깨닫고 있었다. 그건 그녀도 마찬가지였던 모양이다. 그날 저녁 식사를 하면서 서로 눈이 마주쳤을 때, 우리는 동시에 어색한 미소를 지었다. 우리 두 사람 사이에 앉아 있는 타락한 천사가 우리의 표정에 무거운 돌을 하나씩 올려놓는 느낌이었나. 둘이 떨어지면 잠시 미소가 돌아오려 하고, 그러면 그 짓궂은 천사는 무거운 돌을 하나 더 올려놓는 것이다. 나는 하루오의 그 빙긋, 하는 웃음을 흉내 내보려고 했지만 잘 되지 않았다.

나는 생각했다. 뭐랄까, 이건 그냥 일상적인 사건인 거야. 그래서 지금 당장은 아무런 영향도 미치지 않을 테니 괜찮아. 나는 그녀와 헤어져 집에 가서 잠을 잘 것이고, 내일은 출근을 할 것이고, 그리고 아무 일도 일어나지 않을 것이다. 나는 그런 엉뚱한 생각을 하면서 그녀와 마주 앉은 시간을 흘려보냈다. 기린과 펠리컨이 같이 앉아 있는 것처럼, 서로 말이 없었다.

다음 날 밤 그녀가 전화를 걸어왔다. 그리고 그 무렵 새로 사귄 미국인 애인에 대해 이야기했다. 새로 배운 악기라든가, 새로 익힌 외국어에 대해 설명하는 것 같은 어조였다. 같은 항공사에서 근무하면서 뭐가 어떻게 된 건지 모르게 자연스럽게 그렇게 되었다고 했다. 그것이 나와 헤어지게 된 원인인지 결과인지는 잘 모르겠다고, 그녀는 웃으면서 말했다. 나는 전화를 귀에 댄채 고개를 끄덕였다.

어느 순간 인생은 '갑자기' 흘러가는 모양이다. 그 무렵 나는 같은 회사에서 근무하던 인턴 여직원과 가까워졌고, 모든 면에서 전형적인 연인 관계로 발전해 있었다. 고향에서 홀로 지내시던 아버지를 모셔 와 전쟁 같은 결혼식을 치른 것은 그로부터 얼마 뒤였다. 충동적으로 떠난 여행처럼, 모든 것이 내 곁을 휙휙 흘러간다는 느낌이었다. 결혼 생활은 순탄치 않았다. 나는 자꾸 밖으로 돌았고, 아내는 그런 나를 견디지 못했다. 절반 이상의 나는 어디 다른 곳에서 살고 있는 듯한 느낌이었다. 그건 아마도 아내 역시 마찬가지였을 것이다.

해외 전출을 희망했던 것과는 달리, 나는 국내 대리점 관리를 벗어나지 못했다. 그도 그럴 것이 미국에 본부를 둔 모회사가 휘청거리는 바람에 한국 지사 역시 인원 감축 등 사업 전반의 구조조정이 시작되던 때였기 때문이다. 모든 것이 뜻대로 되지 않는다고 생각했지만, 실은 내 뜻이 무엇인지도 정확히 알 수 없었다. 원인과 결과가 마구 뒤섞이는 느낌이었다. 아내와는 한 해를 채우지 못하고 결국 이혼에 합의했다. 불행은 불행을 따라다니는 모양인지, 이혼 수속이 진행되는 와중에 아버지가 돌아가셨다.

아버지는 고향 집에서 눈을 감으셨는데, 나는 그걸 아버지의 작고 겸손한 행복이라고 생각했다. 아버지는 평생 한 번도 떠나지 않은 자신의 공간에서 고요히 눈을 감으신 것이다. 오래전 함께 중국여행을 떠나기도 했던 동리 어르신들은 이제 거의 남아 있지 않았다. 절반 이상이 세상을 떠난 탓이기도 했지만, 한편으로는 근방에 생긴 리조트 덕분이기도 했다. 그쪽에 땅을 갖고 있던 몇몇 고향 어른들은 '한몫' 잡아서 도회로 나갔다고 했다. 반면 아버지를 포함한 많은 토박이들은 리조트 건설 반대 시위를 벌이며 사이가 빌어졌다. 이후 리조트 쪽과 시청 쪽의 로비 몇 번에 시위는 유야무야되었다. 시간은 많은 것을 순식간에 바꿔 놓았다. 고향은 고향이었지만, 나로서는 아무런 미련이 남지 않는 고향이었다.

사흘간의 장례는 참으로 간소했다. 가까운 곳에 살던 몇몇 지인들이 찾아오고, 내 직장 사람들 중 친한 이들 몇몇이 내려 와 술을 마셔주고, 사설 공원묘지에 터를 구입해 아버지를 모시고, 장례가 끝난 뒤 아버지의 유품들을 정리하고, 사망신고를 하고……

읍내의 부동산에 작은 집과 쓸모없는 텃밭을 내놓고 나오는데, 아버지의 친구이기도 한 주인이 생전의 아버지를 회고했다. 멀쩡하던 양반이 갑자기 쓰러졌다 깨어난 와중이었기 때문에 더더욱 가슴이 아팠다고 덧붙이면서였다. 이보게, 여기가 어딘가? 내가 태어난 곳이 맞는가? 내가 태어난 곳은 어디로 사라졌는가?—아버지의 말을 들려준 뒤에 부동산 주인은 허공을 쳐다 보며 안타까운 듯 혀를 찼다. 그래도 그 양반은 고향에서 뜨셨으니, 다행이지.

나는 정중한 인사를 건네고 부동산을 나왔다. 아마도 아버지의 옛 친구를 만나는 것도 마지막일 것이다. 집과 텃밭이 팔리면 전화와 팩스로 일을 처리할 것이었다.

나는 아버지의 방에서 아버지의 요를 깔고 누운 채 고향에서의 마지막 밤을 보냈다. 낡은 벽지가 그대로인 천장을 바라보며 붓꽃 무늬들을 하나하나 세었다. 50개쯤의 붓꽃까지 세다가 숫자를 놓치면 처음부터 다시 세었다. 2백 개쯤의 붓꽃까지 세다가 숫자를 놓치면 처음부터 다시 세었다. 5백 개쯤의 붓꽃까지 세다가 숫자를 놓치면 처음부터 다시 세었다.

그녀와는 가끔 연락하고 지냈다. 아내가 아니라 스튜어디스였던 그녀 말이다. 한번은 아주 오랜만에 저녁 식사를 함께한 적도 있다. 하필이면 우리가 처음 연애를 시작한 바로 그날이었다. 목소리들이 마구 날아다니는 술집에서, 대화라는 걸 생전 처음으로 해보는 사람의 기분으로 그녀와 이야기를 나누던 오래전의 그날.

하필이면……이라고 했지만, 어쩌면 우리는 그날을 기억하고 있다가 우연을 빙자해 만난 것인지도 몰랐다. 다시 만날 것도 아니면서 옛 기념일이라니. 우리는 참 괴팍하군. 누가 먼저랄 것도 없이 그런 말들을 뱉어놓고는 동시에 웃음을 터뜨렸다. 샐러드의 키위 드레싱이 좀 시었던지, 그녀가 얼굴을 찡그렸다. 내가 농담 삼아 물었다.

공중은 어때? 좋은 곳인가?

그녀는 뜻밖에 풀이 죽은 목소리로 탁자를 내려다보며 중얼거렸다.

공중은…… 외로운 곳이야. 창밖을 봐도 신호등도 없고, 마주

오는 구름을 향해 손을 흔들 수도 없고.

혼자 중얼거리듯 그녀는 말을 이었다.

공중에 있는 건 사람들뿐이지. 내가 시중들 사람들.

내가 짓궂게 반문했다.

비행기 속도가 시속 9백 킬로미터라면서? 선동렬이 던지는 공보다 여섯 배나 빨리 움직이는 기계 안에서 주스와 생수와 식사를 서비스하는 일이잖아. 설마, 그걸 모르고 시작했다는 말이야?

그녀의 얼굴에 힘없는 미소가 떠올랐다가 사라졌다. 그녀가 문득 하루오 이야기를 꺼낸 것은 그 무렵이었다.

하루오를 봤어.

하루오? 하루오? 아, 하루오.

나는 그녀의 입에서 하루오라는 이름이 나오자 가벼운 감탄을 뱉어냈다. 물풀과 녹조와 쓰레기로 채워진 기억의 늪에 잠겨 있다가, 스르르 수면 위로 떠오르는 이름 같았다. 인도여행을 한지 꽤 된 데다 그간의 생활에 변화가 심했기 때문인지, 이젠 '올드 프렌드'라는 느낌마저 들었다.

그녀의 이야기는 다소 뜻밖이었다. 그녀가 하루오를 본 것은 디트로이트의 공항에서였다고 한다. 아니, 그게 하루오인지 아닌지는 확실하지 않지만—이라고 얼버무리면서 그녀가 말을 이었다.

그녀는 승무원 전용 라인에서 순서를 기다리고 있었다. 두 손을 모아 예의 그 2단 캐리어를 쥐고 정복을 입은 채였다. 그런데 옆쪽 외국인 입국자들이 수속을 밟는 웨이팅 라인 쪽에서 작은 소동이 벌어지고 있었다.

한 남자가 공항경비대 소속 직원들과 실랑이를 벌이고 있었던 것이다. 남자는 간간이 괴성을 지르면서 항의했고, 직원 두 명이 남자의 양팔을 잡고 조사실로 동행을 요구하고 있었다. 낡은 청바지에 헐렁한 갈색 니트를 입은 동양계 남자였다. 목소리와 억양으로 보아 일본인인 듯했는데, '일본인답지 않게' 격렬히 항의하더라는 것이다.

저것은 하루오이다──라는 생각이 든 것은 실랑이를 벌이던 남자가 문득 그녀 쪽을 돌아보았을 때였다. 눈이 마주치는 순간 빙긋, 하는 웃음이 남자의 얼굴을 지나갔다고 생각한 것은, 아마도 자신의 착각이었을 거라고 그녀는 덧붙였다.

미국 공항에서는 전신 스캔이 '랜덤하게' 이루어진다고 그녀는 설명했다. 임의로 선택된 외국인 승객을 커다란 원통형 촬영실에 넣고 용의자처럼 두 팔을 들게 한 뒤 엑스레이 같은 것으로 전신을 스캔한다는 것이다. 9·11 테러 이후 강화된 조치라고 했다. 요구를 거부하면 때로는 입국허가를 받지 못할 수도 있었다.

그녀는 하루오를 돕지 못했다고 한다. 몰려온 공항경비대원들이 그를 조사실로 데려갔기 때문이었다. 단순한 항의를 넘어 일종의 난동을 부렸으니, 아마도 간단한 신상 조사 후 입국거부 절차가 진행됐을지도 모르겠다고 그녀는 덧붙였다.

기념일이란 이렇게 쓸쓸한 것일까, 하는 생각을 나는 하고 있었다. 식당 창밖으로는 눈이 내리고 있었다. 겨울도 막바지인지라 소담스러운 눈송이는 아니었다. 젖은 눈, 젖은 눈, 나는 그렇게 중얼거렸다.

그녀는 앞으로의 계획에 대해 말했다. 조만간 항공사에서 근무하는 '캡틴'과 결혼이 예정돼 있으며, 로스앤젤레스에 정착할 계획이라는 얘기였다. 승무원 일은 이미 그만두었고, 한국은 이것으로 이별이라고 덧붙였다. 아주 길고 끝나지 않는 여행을 하게 된 셈이야, 라고 그녀는 말했다. 그래도 가끔은 놀러 와. 하나마나 한 말을 뱉으며 나는 고개를 끄덕였다.

헤어질 때 그녀가 지나가는 말인 듯 들려준 이야기는 이런 것이었다.

그때 바라나시의 게스트하우스에서 하루오와 밤새 이야기를 나누었잖아.

그녀는 젖은 눈이 떨어지는 하늘에 시선을 두고 말했다.

너도 우리를 보고 있었으니까 기억하겠지. 그때 우리가 어떤 이야기를 나눴는지 알아?

나는 눈발이 굵어지는 하늘을 가만히 바라보았다.

나는 하루오가 아름답다고 말했어.

밤하늘에 시선을 둔 채 그녀가 말을 이었다.

그때도 하루오는 빙긋, 웃었는데, 그 웃음 뒤로 너무 쓸쓸한 표정이 떠오르는 거야.

그 표정 앞에서 그녀는 입을 다물 수밖에 없었다고 한다. 바라나시의 밤이 흘러가고 있었다. 그 어두운 방 안의 고요 속에서, 하루오가 지나가는 말인 듯 아닌 듯 이렇게 중얼거렸다고 한다.

아름다운 건, 하루오를 제외한 모든 것이다.

그게 하루오의 말이었는데, 어딘지 건조한 그 말이 그때는 아주 조용하고 희박한 공기처럼 느껴져서, 뭐라고 더 대꾸를 할 수가 없었다는 것이다. 그리고 그 순간, 그녀는 이상한 느낌이 들었다고 한다.

그녀가 젖은 눈을 손바닥으로 받으며 가만히 말했다.

작은 사랑이 하나 지나간 느낌이었어……라고.

하루오에 대해서는 덧붙일 이야기가 하나 더 있다.

얼마 전부터 내가 일하는 한국 지사는 위기를 극복하고 회복세를 타고 있었다. 나는 오랜 무력감 속에 젖어든 채였지만, 회사는 정치권에 발이 넓다는 신임 회장의 강력한 의지에 힘입어 사세를 확장해가고 있었다. 한국 지사가 동아시아 및 동남아시아 시장 쪽을 총괄하게 되면서 사내에는 고요한 흥분이 일고 있었다.

나는 해외 영업을 강화하려는 회사 프로젝트에 참여한 뒤로, 외국인 사원 신규 채용을 추진하는 일을 진행하게 되었다. 다양한 아시아계 외국인들을 선발하는 작업이었다.

뜻밖에도 나는 지원자들 가운데 하루오와 비슷한 일본인을 발견했다. 온라인으로 받은 지원서에는 다카하시 하루오가 아니라 하라 교스케라고 적혀 있었다. 하지만 사진으로 보아 그는 디카하시 하루오의 바로 그 눈매와 콧날과 입술을 가지고 있었다. 전체적인 인상은 지원서의 사진 쪽이 훨씬 날카로웠지만, 아무래도 하루오인걸, 하는 생각을 떨칠 수 없었다. 나는 반신반의했지만 확인할 방법은 없었다. 하루오의 홈페이지가 어느 날 문득 폐쇄된 뒤로, 그의 근황은 물론 글도 전혀 접할 수 없었기 때문이다.

면접 때, 나는 하라 교스케를 직접 대면할 수 있었다. 하라 교스케는 스트라이프 양복을 맵시 있게 차려입고 입가에 절제된 미소를 띨 줄 아는 남자였다. 예의와 절도를 갖추었다는 느낌이 들었다. 일본의 소규모 무역 회사에서 인턴으로 근무한 적이 있고, 최근 한국 여성과 사귀게 되면서 한국의 문화에 깊은 관심을 갖게 되었다고 했다.

하라 씨는 혹시 다카하시 하루오라는 이름을 따로 쓰지 않으십니까?

나는 그렇게 물었다. 하라 교스케는 나를 보고 무슨 뜻이냐는 표정을 지으며 갸우뚱하더니 또박또박 답했다. 자신의 이름은 하라 교스케이며, 다카하시 하루오라는 이름은 알지 못한다는 것이었다.

면접이 끝난 그날 밤, 나는 혼자 집에서 술을 마시다가 하라 교스케의 번호를 찾아 전화를 걸었다. 하라 교스케는 인사 담당자가 밤늦게 전화를 건 게 이상한 모양이었다. 10시가 넘은 시간이니 당연한 반응이었다. 나는 아랑곳없이 질문을 던졌다.

하라 씨, 당신은 정말 다카하시 하루오가 아닙니까? 당신은 오래전에 여행에 대한, 아니 삶에 대한 블로그를 운영한 적이 있고, 인도에서 나를 만난 적이 있습니다.

영문을 모르겠다는 듯한 침묵이 지나간 뒤, 하라 씨가 말했다.

그렇습니다. 나는 오래전에 인도를 여행한 적이 있고, 블로그를 운영한 적이 있습니다. 하지만 그것은 여행이나 삶에 대한 것이 아니라 글로벌 트렌드에 대한 것입니다. 물론 글로벌 트렌드 역시 삶에 대한 것이긴 합니다만…… 어쨌든 나의 이름은 하라 교스케이며 다카하시 하루오라는 사람은 알지 못합니다.

나는 하라 씨의 말이 끝나기 무섭게, 이상한 열에 들떠서, 단호하게 말했다.

그렇죠? 당신은 역시 다카하시 하루오가 아닙니다. 당신은 다카하시 하루오여서는 안 됩니다. 다카하시 하루오는 여전히……

전화기 저편에서 하라 씨는 침묵을 지켰다.

……여행 중일 테니까요.

그렇게 말한 뒤 나는 일방적으로 전화를 끊었다. 독한 중국술이 담긴 술잔을 들어 입에 털어 넣었다.

얼마 뒤 나는 회사를 그만두었다.

사유는 여러 가지였다. 프로젝트가 지지부진해졌다는 것, 거기에는 나와 우리 팀원들의 책임도 있다는 것, 회사 쪽의 압박이 조금씩 들어오면서 팀 내 갈등이 심각해졌다는 것 등등.

나는 별다른 계획 없이 사표를 제출했다. 회사를 옮길 수도 있고, 어쨌든 홀몸이었으니 전혀 다른 일을 할 수도 있을 것이다. 하지만 마음은 어느 쪽으로도 움직이려 하지 않았다.

며칠 동안 침대에 누워 천장의 아라베스크 무늬들을 바라보며 시간을 보냈다. 3백 개쯤의 무늬까지 세다가 숫자를 놓치면 처음부터 다시 세었다. 7백 개쯤의 무늬까지 세다가 숫자를 놓치면 처음부터 다시 세었다. 9백 개쯤의 무늬까지 세다가 숫자를 놓치면 처음부터 다시 세었다. 1천 5백 개까지 세다가, 나는 문득 인터넷에 접속해 인도행 비행기 티켓을 구했다.

여행이나 다녀오자는 느낌도 아니었고, 도를 찾아가자는 마음도 아니었다. 이렇게 말해도 좋다면, 어쩐지 그래야 할 것 같았다고나 할까. 아마도 나는 델리로 가서 바라나시행 야간열차를 탈 것이었다. 잠을 자거나 무료하게 시간을 보내고 있는 사람들 사이에 얌전히 앉아 있다가 문득 몸을 일으켜 청소를 시작할 것이었다. 그렇게 하고 있으면 누군가 이렇게 말을 걸어올지도 모른다.

당신은 혹시 다카하시 하루오를 아십니까?

라고.

나는 빙긋, 웃으며 이렇게 대답할 것이다.

절반 이상의 하루오라면,

아마도.

아르놀피니
부부의
결혼식

1

그건 쉬운 일이었어.

월수금 오후 2시가 되면 아파트에 도착한다. 공동현관의 비밀번호 네 자리를 누른다. 엘리베이터를 타고 18층으로 올라간다. 도어록의 비밀번호 여섯 자리를 누른다. 1801호로 들어간다. 외투를 벗어놓고 음악을 튼다. 청소를 시작한다. 세탁과 설거지를 끝낸 뒤 간소한 저녁을 차려놓는다. 6시가 되면 신발장 위에 놓여 있는 봉투를 들고 1801호를 나온다. 엘리베이터를 타고 내려오면서 봉투 속의 지폐 수를 확인한다——끝.

말하자면 아무도 없는 집에서 네 시간 동안 청소와 식사 준비를 해놓고 나오는 일이었지. 확실히 그건 쉬운 일이었어. 네 시간 동안 아무런 간섭도 명령도 없이 자유롭게 일을 할 수 있으니까. 시간 분배를 어떻게 하든, 표정을 어떻게 짓든, 노래를 흥얼거리든 말든, 심지어 발가벗고 청소를 해도 상관이 없는 거야. 까탈스러운 주인 여자의 눈치 같은 건 보지 않아도 좋지. 그뿐인가.

모던한 디자인의 오디오가 거실에 놓여 있더군. 최근에 구매한 듯 반짝반짝 빛을 내고 있었어. 뱅앤올룹슨의 명품 베오사운드 9000. 말로만 듣던 물건이었지. 스물두 평짜리 낡은 아파트에 이런 하이엔드 오디오가 놓여 있다니. 뭔가 기이한 느낌이긴 했지만 음악이 평수를 가리는 건 아니니까. 처음에 그 물건을 발견하고 나는 심지어 가슴이 두근거리기까지 했다니까. 약간 긴장하면서 전원을 넣었지. 바흐의 칸타타 「Jesu, Joy of Man's Desiring」이 흘러나오더군.

과장을 좀 섞어 말하자면, 나는 그렇게 아름다운 소리를 들어본 적이 없어. 거의 완전하다고 할 수 있는 선율의 조화가 거기 있었어. 아무리 사악한 인간일지라도 그 음악을 듣는 동안만큼은 악인일 수 없을 거야. 나는 몸이 허공에 떠오르는 느낌으로 거의 5분 동안이나 우두커니 서 있었다니까. 마치 세계 자체가 스르르 사라지는 느낌으로. 아니, 음악이 세계 자체가 되어가는 느낌으로.

음악적 취향이 고상한 가사도우미라니, 이상하게 들리나? 할 수 없지. 나한테 그런 값싼 편견까지 교정해줄 의무가 있는 건 아니니까. 이건 기억해둬. 음악을 듣는 동안만은 모두가 평등해 진다는 것 말야. 집주인이 듣든 식모가 듣든, 이건희가 듣든 백 수가 듣든, 대통령이 듣든 살인자가 듣든, 음악엔 차별이 없으니 까. 그게 우리가 음악에 배워야 할 점이야.

나는 거실 청소를 할 때는 라흐마니노프를, 화장실 청소를 할 때는 말러를 틀었어. 뭐, 리듬이 맞는다고 해야 하나. 그렇게 말 할 수밖에 없겠군. 세상에는 그런 종류의 리듬이 있다고 생각해. 내가 리듬을 즐기는 건지, 리듬이 나를 즐기는 건지는 확실하지 않지만.

불편한 게 없었던 건 아니야. 집주인의 취향 같은 걸 자꾸 알 게 되는 건 내 스타일은 아니니까. 일을 하다 보면 알고 싶지 않 아도 그냥 알게 되는 것들이 있지. 성격은 어떤지, 라이프스타일 은 어떤지, 뭘 좋아하고 뭘 싫어하는지, 정치 성향은 왼쪽인지 오른쪽인지, 아니면 흔해빠진 중도파인지 등등.

그런 건 실내 분위기라든가 책장의 책들, 음반들만 봐도 알 수 있어. 소녀시대와 이미자의 앨범 옆에 슈베르트의 현악 4중주 14번이 놓여 있더군. 스파클호스의 첫 앨범이 『유마경 독송집』 과 함께 진열돼 있었어. 보컬로이드 '순환하는 세계의 레퀴엠' 시리즈는 대체 어디서 구했는지. 어쨌든 장르별로 정리한다든 가 하는 데는 관심이 없는 모양이더군. 아니면 그런 구분 자체를 모르거나.

서가도 마찬가지였어. 키스 해링이나 바스키아의 팝아트 화집이 꽂힌 책장에 임상해부학 책이 섞여 있었으니까. 『감정 교육』이나 『잃어버린 시간을 찾아서』 같은 고전들 사이에 니시오 이신의 『모든 것의 래디컬』 상하권이 꽂혀 있는 거야. 공동번역 성서 옆에 이토 준지의 호러 코믹스들이 쌓여 있는 건 어떻고. 『성공한 아빠의 자기 계발법』 같은 베스트셀러와 키르케고르의 『죽음에 이르는 병』이 엉망으로 뒤섞여 있는 풍경을 상상해봐. 아, 한국 소설 같은 건 없었어. 선량한 척하는 주인공에 지루하기 짝이 없는 묘사와 애매한 상징으로 범벅인 이야기에는 관심이 없다는 뜻이지. 그건 마음에 들더군.

어쨌든 어리둥절한 컬렉션이라고나 할까. 대체 취향이라는 게 있긴 한 건지 의심스러웠지. 일관성이 없는 건 확실했어. 모든 게 '랜덤'이라는 얘기일까? 마음의 이끌림이라는 게 없는 세계인가? 그렇게 생각했을 정도니까. 말하자면 감각에 핵심이 없고 어딘지 산만하다고 할까. 그러면서도 천박해 보이지 않는 게 신기할 정도였지. 액자도 없이 거실에 걸려 있는, 다소 기묘한 분위기의 그림 탓인지도 모르지만.

어쨌든 나는 약간의 흥미를 느꼈어. 이 사람, 유니크하다. 오해는 말아줘. 세련됐다거나 시크하다는 뜻이 아니니까. 오히려 반대였지. 세련이나 시크 같은 건 전혀 모른다는 식이었으니까. 뭐랄까, 현학적인데 어딘지 허무주의적인 데가 있달까. 아니면 속물적이면서 동시에 비관적이라고 할 수도 있겠지. 속물적이면서 동시에 비관적인 게 뭐냐고? 글쎄. 당신이라면 잘 알 거라고 생각했는데.

알게 된 게 취향만은 아니야. 말했잖아. 일을 하다 보면 자연스럽게 알게 되는 것들이 있다고. 집주인은 왼손잡이였어. 커피잔에 나 있는 입술 흔적이 언제나 손잡이 오른쪽에 남아 있었으니까. 아마도 뉴에이지와 성가곡집을 번갈아 들으면서 커피를 마셨겠지. 왼손잡이에 다소 난감한 취향을 가진 사람의 자세로 말이야. 갑자기 엉뚱한 게 궁금해지더군. 여자의 몸을 만지는 손도 왼손일까?—하는.

그는 키가 작고 몸이 왜소했어. 몸무게의 변화는 별로 없는 편이었는데, 최근 몇 개월간 체중이 확 줄었지. 종양 때문인 게 틀림없어. 옥시콘틴 같은 마약성 진통제가 서랍에 쌓여 있었으니까. 머리카락은 이제 얼마 남지 않았고, 휴대전화는 폴더식 구형이 확실해. 카드는 두 개. 하나는 거래 은행의 비자카드고 다른 하나는 오케이캐시백 적립용이지. 오케이캐시백이라니. 옥시콘틴의 세계와 오케이캐시백의 세계는 대체 얼마나 먼 것일까? 하긴 생각하기에 따라서는 샴쌍둥이처럼 붙은 세계인지도 모르지. 마약성 진통제와 오케이캐시백의 아름다운 조화 속에 인생이 있는지도 모르니까. 죽어가면서도 습관처럼 오케이캐시백 포인트를 적립하는 게 빌어먹을 인생이라는 것이니까.

물론 그는 독신이며 자폐적인 기질이 있는 사람이야. 혼자 사는 남자들이 대개 그렇듯이 말이야. 양말은 모두 검은색이며, 일곱 장의 손수건을 번갈아 사용해. 정시에 출근하고 정시에 퇴근하며, 평생 동일한 생활 패턴을 벗어나본 적이 없는 남자. 유연성이라고는 손톱만큼도 찾아볼 수 없는 남자. 모든 것이 미리 정해져 있지 않으면 패닉에 빠지는 남자. 그는 그런 사람임에 틀림없어.

오해할까 봐 말해두는데, 나는 남의 사생활에 불필요한 관심을 갖는 유형이 아니야. 거리에서 주먹다짐을 하는 사내들이나 머리채를 붙잡고 뒹구는 여자들을 봐도 별로 호기심이 동하지 않지. 고층 호텔에서 중년 남자들이 떼로 벌거벗고 뛰어내린다면 모를까, 화재 현장을 지나면서도 앞만 보고 지나치는 사람이거든. 쓸데없이 남의 일기장이나 사진첩 또는 서랍을 뒤져 보는 짓에는 취미가 없다는 뜻이야. 남의 프라이버시를 지키려는 애틋한 윤리 때문이냐고? 그럴 리가. 당신도 추측하겠지만, 그냥 관심이 없을 뿐이야.

나는 말하자면 냉장고에 쌓여 있는 오렌지의 신선도를 유지하는 데 관심이 있어. 그건 도우미의 의무이자 존재 이유니까. 공과금이라든가 신용카드 고지서 같은 것을 정리해두는 일은 기본이지. 몇 벌 안 되는 검은색 양복바지의 라인을 정확하게 잡아두는 일이라든가, 화장실에 도열해 있는 염색약 병들을 정리해두는 것도 마찬가지야. 구석에 놓인 전자저울을 닦아두는 것도 가사도우미의 의무에 속하지. 그 전자저울은 최근 몸무게를 인공지능으로 기억하더군. 마음에 들어. 조건만 구비되면 정확하게 주어진 의무를 수행한다는 점에서, 나는 인간보다 기계를 신뢰하는 편이야.

때로는 집주인의 모든 걸 이해할 것 같은 느낌이 들기도 해. 당연한지도 모르지. 벌써 2년이나 일을 해왔으니까. 집주인을 본 적은 한 번도 없지만, 그의 삶을 구성하는 세계는 내 손안에 있으니까. 단지 추측만은 아닌 무엇. 단지 오디오의 브랜드 때문만은 아닌 무엇. 책장의 도서 배치라든가 배색이 맞지 않는 낡은 가구들 때문만은 아닌 무엇. 그 '무엇' 때문에, 나는 간혹 그의 모든 것을 이해할 것 같은 기분에 빠지는 거지.

이상하게 들리겠지만, 그건 광막한 우주를 헤매다가 지구를 발견한 외계 생물의 감정과 비슷한 거야. 그 외계 생물은 지구에 사는 생물에게 어떤 감정을 느낄까? 이 불가해한 우주의 한 점, 똑같이 고독한 존재로서의 무한한 공감일까? 너를 없애고 내가 이 행성을 차지하겠다는 자연발생적인 적의일까? 아니, 아무런 표현도 하지 않고 그냥 무심히 지나칠지도 모르지. 희미한 흔적 정도는 남길지도 모르겠다. 지구인들이 모르게 약간의 관심을 표시해두는 정도로. 우주의 무한 속에서 희미하고 위태로운 점으로 존재하는 행성을 발견한 기념으로.

2

이쯤에서 내 소개를 하는 게 좋겠지. 나는 기본적인 예의를 중시하는 사람이니까.

나는 히키코모리 기질이 농후한 서른세 살의 이혼녀고, 아이큐는 140을 상회하지만 그런 게 아무런 쓸모가 없다는 걸 잘 아는 축에 속해. 당신도 알겠지만, 아이큐가 높다는 건 잘난 체하거나 누굴 지배할 가능성이 높다는 걸 의미할 뿐이지. 방구석에 처박혀 호러물이나 업로드하는 고퇴 학력의 이혼녀에게 아이큐라니, 그게 무슨 소용이겠어? 여기는 중년 남성들의 제국, 대한민국이라고.

불행인지 다행인지 나는 그 중년 남성들이 선호하는 눈, 코, 입의 구조를 가지고 있어. 찬찬히 보면 제법 성욕을 자극하는 몸을 소유하고 있지. 뼈의 위치나 지방질의 분량이 적절하다는 이유로 수컷들의 시선을 끈다는 건 확실히 신비로운 일이야. 문제는 내가 그런 수컷들을 혐오한다는 데 있지만.

아, 물론 수컷만 혐오하는 건 아니야. 테스토스테론만 어리석은 건 아니니까. 사실을 말하자면, 나는 인간의 생명이 가치 있다고 생각하는 이들의 뇌를 해부해보고 싶어 하는 축에 속해. 인간이라는 종의 생명만큼 가치가 과대포장된 게 있을까? 공부깨나 한 인간일수록, 사회적 지위가 높은 인간일수록, 마치 인간의 가치가 세상에서 가장 중요한 것처럼 말하지. 조금만 생각해봐도 그게 얼마나 허무맹랑하고 어이없는 거짓말인지는 금방 알 수 있을 텐데. 그들 자신이 이 우주의 모든 것들과 마찬가지로 그저 우연한 존재라는 걸 모르는 걸까? 종족을 보존하려는 본능을 휴머니즘이라는 알량한 가치로 포장하는 게 얼마나 우스운 일인지 모르는 걸까? 설마. 거짓임을 알면서도, 또는 거짓일지도 모른다는 불안 때문에, 무의식중에 그걸 진실이라고 믿어버리는 게 인간들의 특기니까.

이해 못 할 것도 아니야. 집단적인 믿음에 의지하지 않으면 아무것도 하지 못하는 게 바로 포유류 – 영장목 – 유인원과 – 인간 종에 속한 생물들이니까. 다르게도 말할 수 있지. 믿음의 체계에 자신을 의탁하는 순간 모든 게 가능한 존재, 그게 또 인간이라고. 안 그런가?

나는 모든 면에서 현명하고 건전한 여자들이 태연하게 또 하나의 인간을 생산하는 걸 이해하지 못해. 모두들 당연하다는 듯이 결혼을 하고 수컷을 사랑하고 아이를 낳는다니까. 아무리 생각해도 신기한 일이야. 그 모든 것이 유전자의 명령과 사회적 압력의 결과인데도, 그걸 위대하고 신비로운 생명의 탄생 운운하며 과장하다니. 그 탄생의 '신비로움'을 애벌레나 구더기에게서는 못 느끼는 거, 구더기나 바퀴벌레의 신비로움은 상상하지 못하는 거, 그게 인간이라는 종의 특징이야.

그런 부류일수록, 지구를 지키기 위해 환경단체에 회비를 내고 자기만족을 얻을 확률이 높지. 아프리카 아이들에게 한 달에 1, 2만 원을 기부하고 자신의 존재를 긍정하는 것만큼 남는 일이 어디 있겠어. 공정무역 커피를 마시고 동물을 애호하고 '톨레랑스'를 중시하는 것도 세련된 그들의 영역 표시법이지.

지구 최대의 적은 바로 자기 자신이라는 사실을, 그들은 한 번도 수긍해본 적이 없어. 어떤 난관을 넘어서라도 인간의 개체 수를 줄이는 것만이 인간과 지구가 공멸하는 걸 막는 유일한 길이라는 건 상상도 해보지 않은 거지. 인구를 늘려야 한다고, 저출산은 재앙이라고 떼를 쓰는 신문 기사들을 봐. 몇 년 후 소비자가 감소하고 생산직 인구가 줄어들고 국민연금이 위기에 처한다는 얄량한 걱정뿐이잖아. 결국 소비하는 개체 수를 늘리고 고용 유연성을 높여 해고를 쉽게 하겠다는 얘기지. 이 뻔뻔스러운 과밀 사회를 살아가느니, 차라리 인구 2천만의 가난하고 평화로운 노인들의 나라 쪽이 나을 텐데.

아, 당신은 내가 꼬일 대로 꼬인 이혼녀에 불과하다고 생각하고 있지? 그럼 그렇게 생각하도록 해. 당신 마음이 편해진다면 말야. 다행인지 불행인지, 나는 지구의 운명을 걱정하는 부류의 인간은 아니야. 어느 작가였지? 하루 종일 지구의 운명을 걱정한 뒤 집에 가서 마누라를 패는 게 바로 인간 수컷이라고 말했던 게? 물론 지구나 인류 사회야 걱정하면 할수록 좋지. 그것으로 죄의 사함을 받을 수 있으니까. 죄를 짓기 위해 정기적으로 고해성사를 하는 이들은 어디에나 넘쳐나잖아. 새로운 마음으로 패기 위해 아내 앞에 무릎을 꿇고 참회하는 강박증자처럼.

당신이 고개를 설레설레 젓고 있는 게 보여. 괜찮아. 윤리적인 당신은 계속 고개를 젓도록 해. 나는 인간을 기준으로 삼는 한 도덕이나 윤리 같은 건 난센스에 불과하다고 생각하는 사람이니까. 도덕적이고 싶다면 균류나 어패류를 기준으로 도덕적이어야지. 돌멩이나 하루살이를 기준으로 윤리적이든가. 도덕이니 윤리니 설교하는 자들이 핏물 밴 시뻘건 고기를 입에 넣고 우물거리는 걸 봐. 도덕이나 윤리라는 건 바로 그 핏물을 머금고 있는 아가리와 비슷한 거야.

당신은 짜증스러운 표정을 짓고 있군. 하지만 기억하라구. 지금 내게 떠들어보라고 한 건 당신이라는 걸. 당신이 있기 때문에 나는 말할 뿐이야. 그렇지 않다고? 당신이 원하는 건 이런 횡설수설이 아니라고? 그래. 당신이 원하는 건 뭔가 건전하고 희망찬 말일 테지. 아마도 마음이 따뜻해지는 메시지일 거야. 아, 입 닥치고 그 남자에 대해 말할게. 어려운 일은 아니야.

3

그의 목소리는 높고 가늘었어. 빈 수도꼭지에서 울리는 듯했지. 어조라는 게 사라진 목소리랄까. 전혀 이해하지 못하는 책을 낭독하는 사람의 목소리랄까. 아니면 해독 불가능한 다른 나라 말을 발음하는 목소리였어. 너무 오랫동안 혼자 살아왔기 때문에 누군가에게 말을 한다는 게 익숙하지 않은 사람 특유의, 그런 목소리. 깊은 곳에서 섬세한 떨림이 느껴지는.

물론 그는 자신이 예의 바른 사람이라는 걸 알리기 위해 최선을 다했어. 상대를 해칠 의도가 없다는 걸 보여주겠다는 일념으로 말을 하는 듯했지. 이런 거야. 우리는 아주 형식적인 관계만으로 이어져 있습니다. 그러니 이 이상은 넘어오지 말아주십시오, 저 역시 그것을 준수하겠습니다—라는 식. 당신도 그런 사람들을 알고 있잖아? 정중하고 예의 바르다는 바로 그 이유 때문에, 결코 가까워질 수 없는 사람들. 하긴 그런 건 이 거대도시에서 살아가는 인간들의 일반적인 룰이라고 할 수 있지. 아니면 생존법칙이거나. 나 역시 그의 말을 끝까지 경청하면서 정중하게 수긍하는 자세를 취했어. 말했잖아. 나는 예의 바른 사람을 좋아한다고.

그는 월수금 오후 2시에 정확하게 전화를 걸어왔어. 몇 마디 형식적인 인사말을 통해 내가 자신의 집에 와 있다는 걸 확인하자마자 단도직입적으로 말하더군. 물론 빈 수도꼭지에서 울리는 목소리로. 오늘은 거실 유리를 청결하게 해주시고, 냉장고에 갈치를 구입해두었으니, 그것을 구워주시기 바랍니다—라고.

청결하게 해주시고, 구입해두었으니, 그것을, 바랍니다, 라니. 그런 문어체로 말하는 사람은 처음이었어. 나는 웃음이 터지려는 걸 참고 대답했지. 말씀을 잘 이해했습니다—라고. 문어체에는 문어체로. 경어체에는 경어체로. 육두문자에는 육두문자로. 그건 만국 공통의 처세술이니까. 어쨌든 나는 네 시간 동안 그의 명령에 복종하기로 계약한 사람이야. 거실 유리를 닦고 갈치를 구우면 되는 거지.

내 예상이 정확하다면, 그는 유리가 깨끗하기를 바란 것도 아니고 갈치가 먹고 싶었던 것도 아니야. 단지 그런 것이 삶이라고 생각할 뿐이지. 오랫동안 그래 왔고, 그래 왔기 때문에 앞으로도 그래야 하는 모든 것들처럼. 유리와 갈치란, 그런 종류의 것들이야.

도우미의 입장에서는 감사한 일이지. 거실 유리를 닦고 갈치를 굽는 것. 그건 가사도우미에게 요구하는 것으로서는 평범하고 표준적인 거니까. 명령이라기보다는 차라리 도움을 주는 것이라고 할 수도 있어. 요령이 붙으면 스물두 평짜리 아파트의 기본적인 청소와 식사 준비 정도는 두어 시간이면 충분하니까. 거실 유리를 닦으면서 그릴에 갈치 굽는 일을 동시에 한다면, 나머지 시간은 내 마음대로 보낼 수 있다는 뜻이지.

아, 물론 해야 하는 게 그것만은 아니야. 그는 이런 요청도 했어. 얀에게 솔리드 골드를 적절한 양으로 공급해주시고, 30분 동안 산책을 시켜주시기 바랍니다―라고. 그것만큼은 정말 얀을 위한 주문이라고 할 수 있지. 얀이라는 건 그 집의 강아지 이름이야. 요크셔테리어 품종의 작고 통통하고 제법 털이 많은 녀석이지. 당신이 추측하다시피 얀이라는 이름은 얀 반 에이크라는 화가에게서 따온 거야. 15세기 네덜란드 화가지. 당신이 지금 읽고 있는 이 글의 제목도 그의 그림 제목이고. 솔리드 골드? 그건 고급 사료 이름이야.

일주일에 세 번씩이나 그 집에서 일했던 건 집주인을 위해서

라기보다는 바로 그 안을 위해서라고 해도 좋아. 남자를 위해 할 일은 그리 많지 않았지. 혼자 사는 남자, 이제는 어느 모로 보나 전형적인 노인이라고 해야 할 남자, 일정한 규칙에 따라 단순하게 살아온 남자, 옥시콘틴을 상복하며 죽을 날을 기다리고 있는 고독한 남자. 그런 남자의 집에 무슨 일거리가 있겠어?

그 남자도 알고 있을 거야. 가사도우미가 두어 시간 만에 일을 끝내놓는다는 걸. 나머지 시간은 책을 읽거나 음악을 듣는다는 것도. 아무려나. 레스피기의 고풍스런 아리아도 좋고 사티의 나른한 피아노도 좋아. 혼자 우아한 춤을 추기도 하지. 신데렐라 드레스라도 있으면 좋겠지만, 작업복으로 쓰는 면 추리닝만으로도 오케이야. 좁은 거실을 무도회장 삼아서 빙그르르 한 바퀴 돌고. 다시 한 바퀴 돌고. 다시 한 바퀴. 그리고 베란다에 나가 담배를 피우는 거야. 나는 생각을 하지. 무슨 생각을 하느냐고? 나는 대체 누굴까? 같은 생각.

오해는 말아줘. '진정한 자아' 같은 신기루를 찾아 나선 사춘기 소녀의 감상은 취미 없으니까. 애 다 키웠으니 이제 '자아실현'을 하고 싶은 중년 주부의 감상도 노 탱큐야. 아이덴티티에 대한 철학적인 질문? 지루하기는 매일반이지. 그런 건 대개 어이없는 말놀이에 불과하잖아. 침실과 화장실과 서재로부터 1미터도 벗어나지 못하는 먹물들의 자기위안 같은 거지. 자기가 꼭 칸트 같은 줄 아는 치들이야. 칸트처럼 고집스럽고 칸트처럼 정기적으로 산책을 하면 되는 줄 아는 인간들. 당신도 마찬가지 아닌가?

내 의문은 이런 거야. 나처럼 여전히 '싱싱한'─싱싱하다니, 수컷들에게 여자란 생선의 일종인 걸까?─육체를 가진 여자가, 어째서 남의 집에서, 그것도 잘 알지도 못하는 늙고 병든 남자를 위해, 이런 잡일을 해야 하는 것일까? 사실 이유는 간단하고 단순해. 이 집 일은 인풋에 비해 아웃풋이 괜찮으니까.

인풋과 아웃풋은 이 세계의 룰이지. 최소한의 인풋으로 최대한의 아웃풋을. 그건 율법이자 명령이야. 이 세계를 지배하는 자들은 폭력을 행하는 자들이 아니라 인풋과 아웃풋 시스템을 자기 마음대로 조절하는 자들이라고. 진짜 범죄자는 불량배나 도둑들이 아니라 룰을 이용해 막대한 이득을 챙기는 자들이야. 이 세계의 룰에서 벗어나고 싶다고? 간단해. 인풋과 아웃풋의 산술을 완전히 무시하라구. 인생을 낭비하는 거야. 소모해버리는 거지. 완벽하게.

물론 반대의 경우도 가능해. 공정 사회 같은 건 정치인들의 입에 발린 인사말이잖아? 룰 속에 들어가 뼈 빠지게 고생하느니, 사소한 선택 하나로 적당히 큰 아웃풋을 남기는 거지. 당신도 알겠지만 그런 일은 세상에 널려 있다고. 결혼도 그중 하나라고 생각했어. 물론 실수였지. 수컷의 번식 욕망을 과소평가했다고 할수도 있어. 모든 수컷들이 유전자 남기는 걸 제 존재의 의미와 동일시할 줄이야. 예외라는 게 그토록 드물 줄이야. 말과 실제가 그렇게 다를 줄이야. 아아, 그런 족속들과는 공존 불능이니까.

왜, 불우하고 신파적인 인생사가 나올까 봐 겁나나? 이혼녀의 스토리텔링이라면 신물이 나나? 하지만 세상에 이혼만큼 '싱싱한' 사건은 없다는 걸 알아둬. 모든 게 새로워질 수 있는 최선이자 유일한 루트니까. 갓 잡은 생선처럼 펄떡이고 싶다면 그게 최고의 권장 사항이지. 이혼이 무슨 뜻이냐고? 그건 '여자, 드디어 인생을 살아가다'라는 뜻이야. 주말 드라마 카피 같지? 가장 통속적인 드라마에 가장 무서운 진실이 있다는 거, 그게 이 세계의 희비극인 거야.

4

당신도 알겠지. 세상에는 뱅앤올룹슨으로 음악을 들으며 청소를 하는 것보다 아웃풋이 좋은 일들이 널려 있다는 걸. 어두운 방 안에 처박혀 호러 소설을 쓰는 것과는 비교할 수 없을 만큼. 그것도 아주 손쉬운.

혹시 밤기를 좋아해? 밤기가 뭔지 모르겠다고? 당신 같은 모범 시민이 알 리가 없지. 스스로 알아봐. 그런 것까지 가르쳐줘야 할 의무는 나한테 없으니까. 힌트? 내가 수컷들이 선호하는 뼈의 구조와 지방질을 갖고 있다는 걸 고려하라고.

그래. 맞았어. 그건 더 쉬운 일이었지. 세상 어디든 발정 난 수컷들은 널려 있는 법이니까. 인풋과 아웃풋의 비율로 보면 가사도우미와는 비교할 수 없을 정도로 괜찮은 일이지. 그렇다고 '퇴폐 업소'는 노 탱큐야. 퇴폐가 나빠서냐고? 그럴 리가. 정말 퇴폐적이려면 제법 심각한 육체노동이 필요하니까. 그건 좀 피곤한 일이거든.

내가 택한 건 '건전한' 알바야. 출근은 내 마음대로. 일은 언제나 나른하게. 적당히 무관심하고 적당히 얼빠진 대화를 나눠주면 되는 일. 아, 물론 나는 성실한 인간이지. 계약 사항은 정확하게 준수해. 얘기하지 않았나? 나는 예의와 성실을 최대의 미덕으로 생각하는 사람이라고.

우선은 수컷들의 콜을 따내는 거야. 실장의 에쿠스를 타고 클럽에 가서 리듬에 맞춰 조금—물론 아주 조금이어야 해. 경박하게 스트레스를 푸는 건 아마추어들이지—몸을 흔들어주면 부나비처럼 모여드는 것들 있잖아. 욕정에 시달리는 발정기의 어린 수컷들은 물론 사업 대상이 아니야. 그것들은 동정의 대상이지. '남자답게' 좀 건들거려야 인생이라고 생각하는 미숙아들, 결국엔 욕정과 순정을 헷갈리고 감정의 소모와 낭비를 사랑이라고 믿을 게 틀림없는 철부지들. 결정적으로 그 어린 수컷들에게는 지불 능력이 없으니까.

그래, 내 고객은 삼사십대 전문직 종사자들이야. 스트레스와 자기혐오가 심하면 심할수록 좋지. 세상이 자신을 알아주지 않는다고 믿는 허영심까지 갖춘다면 금상첨화고. 그런 치들이야말로 지불 능력을 과시하는 것이 스트레스에 대한 보상이자 세상에 대한 복수라고 생각하니까.

물론 희고 보드라운 살의 유혹에 끌려드는 그 정자들, 올챙이들은 근본에서 똑같아. 씀씀이만 다를 뿐 동일한 행동 패턴을 보여준다는 뜻이야. 입으로건 성기로건 자기를 과시하는 데 혈안이 돼 있으니까. 나는 그걸 적절히 이용하는 것뿐이고.

클럽에서 선별한 수컷, 아니 고객을 바에 모셔 오는 거야. 그러고는 맞은편에 우아하게 앉아 얼빠진 얘기들에 적당히 맞장구를 쳐주는 거지. 전문직답게 페던틱한 얘기를 해대는 수컷들한테는 살짝 양념도 뿌려주면서 말야. 투자가 어떻고 주식이 어떻고 하는 자들에게는 자본주의와 공황의 정치경제학적 관계를 설명해주고, 베르베르니 코엘료니 하는 낭만파들께는 미셸 우엘베크나 레이먼드 챈들러를 건드려주고, 고흐가 어쩌구 르누아르가 어쩌구 하는 분들께는 조지아 오키프나 에드워드 호퍼를 가볍게 훑어주는 거야. 웃긴다고? 맞아. 난 블랙코미디를 선호해. 인생에 신성한 진리란 게 있다면, 그건 블랙코미디로만 재현 가능할 거야.

아아, 하지만 블랙코미디만큼 지루한 장르가 또 어디 있겠어? 그건 전단지들이 흩날리는 유흥가의 희붐한 새벽 거리에서나 완성되는 거니까. 그래, 난 지루해졌어. 젖가슴의 매력을 과시하기 위해 취하는 자세까지 마다한 건 아니지만, 나는 말없이 앉아서 담배나 빠는 편을 택하게 됐지. 물론 수컷의 눈을 피해 수십만 원짜리 가짜 발렌타인을 시키는 데는 약간의 테크닉과 섬세한 연기력이 필요해. 입에 머금은 술을 적절한 타이밍에 녹차 캔에 뱉어내는 걸 '스릴'이라고 할 수 있다면 말이지만.

두어 달도 안 돼서 나는 그만두기로 결심했어. 말했잖아. 얼빠진 이야기들 속에서 허우적거리다가 예의 없는 스킨십에 시달리는 게 전부인 일이라구. 겉은 번지르르하지만 실은 어리석기 짝이 없는 수컷들과 마주 앉아 있느니, 바흐의 칸타타를 들으며 청소를 하는 쪽이 낫다고 생각했지. 잔뜩 예민해져 있는 길고양이들에게 참치 캔을 놔주는 쪽이 몇 배는 흥미로우니까. 아니면 호러의 전형적인 공간 속에서 길 잃은 인물들을 더욱 잔인하게 괴롭히든가.

그래, 나는 내 운명을 이해하고 있는 편이야. 나는 히키코모리답게 방에 틀어박혀 늙어가는 편이 어울리는 인간이지. 불쌍하다고? 천만에. 그게 바로 내가 선호하는 삶이야. 인간이라는 종과 그 사회에 대해 무한한 저주를 품은 이야기나 지어내면서. 나 혼자 두려워지는 공포물을 온라인 커뮤니티에 올려대면서. 모든 것이 어긋나 있는, 무의미한, 그런 이야기들이나 상상하면서.

아름다운 운명이라고 생각해. 이 말에는 아무런 아이러니가 없어.

5

결정적인 계기가 없었던 건 아니야. 언제나처럼 모든 게 순조로웠지. 그날도 가짜 발렌타인에 뻗은 수컷이 둘이나 있었으니까. 그런데 깜찍한 인간들, 그게 작전일 줄은 나도 눈치채지 못했다니까. 내가 평소에 안 하던 짓까지 한 탓도 있지. 무슨 짓이냐구? 나 역시 술을 마셔버린 거야. 그것도 상당한 양이었지. 나는 판단력이 흐려졌어. 비가 내려서일까, 생리 전의 우울 탓일까. 이상하게 나른한 밤이었고, 바의 조명이 그날따라 어두웠다고 해두자고.

바? 고급스러운 바로크 스타일의 인테리어로 장식돼 있지만, 사실 조명으로 장난을 쳐놓은 것 외에는 다 싸구려야. 게다가 꽤나 어둡고 낡은 탓에 그로테스크한 분위기마저 풍기는 곳이지. 퀴퀴한 에어컨 냄새가 허공을 떠돌아다니는 건 기본이고. 창밖에 번개라도 치는 날이면 정말 지옥에 있는 듯한 착각이 들 정도라니까. 하긴 바 이름이 '헬 나이트'니 나름 어울리는 분위기이긴 하지만.

그치들, 술자리의 대화를 녹음한 건 물론, 음료수를 마시는 척하면서 아가리에 머금은 술을 따로 캔에 모았더군. 약간의 테크닉과 섬세한 연기력은 내가 아니라 그치들의 재능이었어. 증거가 없으면 신고해봤자 말짱 헛일이라는 걸 알고 준비를 한 거지.

두 진상이 공모해서 현장을 잡겠다는 거였어. 한마디로 잘못 걸린 거지. 카운터에서 계산을 할 때는 벌써 경찰에 신고까지 해놓은 상태였더군. 소란을 듣고 나온 실장의 표정이 일그러진 건 한순간이었지.

진상들은 130만 원이 찍힌 계산서와 함께 술병을 흔들며 고래고래 소리를 질러댔어. 문어체에는 문어체로. 경어체에는 경어체로. 육두문자에는 육두문자로. 나도 육두문자를 날렸지. 그와중에 그치들 가운데 하나는 나를 보며 빙긋, 웃기까지 했어. 아줌마, 제법이야? 이제 보니 노래방에나 가면 맞을 연센데? 비아냥거리기까지 하면서. 아, 가까운 데 놓여 있던 스카치 병으로 그 인간의 뒤통수를 날려버릴까 잠시 고민까지 했다니까. 지극히 물리적인 외로움이 내 마음에 밀려온 건 그때였어. 집으로 돌아가야겠다고 생각한 것 역시. 차라리 1801호가 그리워진 것 역시.

우연이었을까? 그 순간 헬 나이트에 바흐의 칸타타가 울려 퍼진 것은. 「Jesu, Joy of Man's Desiring」을 비지엠 삼아서, 한 남자가 벌떡 일어서더군. 바의 구석 자리에서 혼자 술을 마시고 있던 남자였어. 어딘지 묘한 분위기였지. 남자라고는 했지만 어떻게 보면 노인이라고 해도 좋을 것 같았어. 아니, 노인이라고 하면 노인 같고 노인이 아니라고 하면 아닌 것 같다고 하는 게 정확하겠다. 왜 사람의 뒷모습을 보면 어딘지 모르게 나이가 보이잖아? 허리선이 흘러내린다거나 목과 어깨의 각도가 내려와 있다거나. 어디라고 꼭 집어 말하기는 어렵지만 뒷모습만 보고도 나이를 알 수 있지. 그런데 그 남자에게는 그 '어디'라는 게 없었어. 일관성이 없다고나 할까. 뒤에서 보면 삼십대인데 얼굴을 보니 칠십대로 보이는 사람을 상상해봐. 아니, 삼십대라고 생각하면 삼십대고 칠십대라고 생각하면 칠십대로 보이는 사람을 떠올려보라구. 나중에 실장에게 들은 바에 의하면, 분명 젊은 친구가 혼자 술을 마시며 누굴 기다리는 걸로 생각했다는 거야. 실장은 그렇게 말해놓고 문득 고개를 갸웃거리며 중얼거렸어. 그런데 노인이라 생각하면…… 노인으로 보이더군, 이라고.

남자는 볼품없는 생김새였어. 키가 작고 전체적으로 왜소한 느낌이었지. 게다가 쌍꺼풀 같기도 하고 주름 같기도 한 것이 도드라진 두 눈, 그 두 눈에 박혀 있는 백태 낀 눈동자. 아아, 눈썹은 아예 없었어. 그뿐인가. 어두운 조명 아래서도 나는 남자의 피부가 알비노처럼 백색에 가깝다는 것을 알아챘지. 수도사가 입는 망토인 양 길게 늘어진 우스꽝스러운 외투를 입었고, 머리에는 둥근 챙이 있는 모자를 쓰고 있더군. 이건 뭐야 대체? 그런 말이 절로 나오는 부조화. 아무도 찾아오지 않는 영안실 관리인 같은 인상. 외모만으로는 어떤 여자의 사랑도 받을 수 없을 것 같은 남자. 아니, 다른 사람에게서 호감이나 호의라는 걸 한 번도 받아보지 못했음에 틀림없는, 그런 남자. 자신이 이 세계에 속해 있다는 걸 낯설어하는 게 역력한, 그런 남자.

그래, 취기 때문이라고 해두자고. 내가 무엇인가에 그렇게 격렬한 공감과 매혹을 느낀 게 말이야. 독극물이 내장을 파괴하는 동안 필사적으로 버둥거리는 바퀴벌레를 오래 들여다본 뒤로, 그런 감정은 처음이었지. 백태기 끼어 있었는데도 그 눈빛에는 풍부한 표징이 살아 있었어. 아니 삶 자체가 거기 있었다고 해도 좋아. 무한한 감정 같은 것, 가령 불안. 하지만 이미 모든 것을 체념한 불안. 생각해봐, 모든 것을 체념했는데도 불안하다니. 그게 가능할까?

가능해. 나는 깨달았지. 불안, 열정, 냉담, 절망, 사랑, 무관심…… 인간의 모든 감정들이, 그 모든 상반된 감정들이, 한꺼번에 담긴 눈빛이었어. 물감의 모든 색을 팔레트에 넣고 섞어봐. 무슨 색이 되지? 맞았어. 검은색. 그건 바로 그런 의미의 검은색이었어. 백태 낀 검은색. 어둡고도 깊으며 또 무한한 심층을 거느리고 있는…… 오묘한…… 그런 눈빛이었지. 당신이 그 눈빛을 이해할 수 있을까?

그래, 그건 중요하지 않아. 계속하자고. 남자가 진상들을 향해 다가갔어. 걷는다기보다는 스르르 이동한다는 느낌이었지. 아주 천천히, 유령이 허공을 걷듯 움직였던 거야. 나와 실장은 물론 그치들도 제자리에서 꼼짝을 하지 못했어. 거대한 존재에 압도된 미물들, 가령 시베리아 호랑이의 눈빛에 압도된 토끼, 정오의 햇빛에 온 존재가 드러난 바퀴벌레와 비슷했지.

남자는 두 진상들 사이에 멈춰 서더군. 그러고는 손바닥을 모로 세워 가슴에 대더니, 무슨 비밀 이야기를 하듯이, 그 인간들의 귀를 향해 가만히 까치발을 했어. 발끝으로 서서 파드되를 추는 발레리노처럼. 누군가 보았다면 우스꽝스럽다고 느꼈을지도 몰라. 무슨 블랙코미디를 보고 있다고 착각할 수도 있겠지. 하지만 그때의 우리에게 그건 뭐랄까, 우아하고 장엄한 바로크적 장관으로 느껴졌어. 때마침 창밖에 번개가 치더군. 바흐의 칸타타는 어느새 베르디의 레퀴엠 「진노의 날」로 바뀌어 있었어. 수많은 음표들이 절정을 향해 달려갔지. 진상들은 이미 하얗게 질린 채 얼어 있었고. 나도, 실장도, 온몸이 굳어 움직일 수 없었던 건 물론이고.

발끝으로 선 남자가 그치들의 귀에 대고 뭐라 뭐라 말을 하는 것 같더군. 죽은 척하는 인간들에게 곰이 다가가 가만히 속삭이듯이. 아니, 곰들에게 죽은 사람이 다가가 가만히 속삭이듯이. 그리고 놀라운 일이 일어났지. 두 진상은 완연히 사색이 되더니 뒷걸음질을 쳤어. 온다던 경찰은 기다리지도 않은 채 비상구로 도망쳐버리더군. 헬 나이트의 입구가 버젓이 있는데도 화장실 옆의 비상구로 튀어 나간 거야. 만화였다면 '후다닥'이라고 적어야 할 속도였다니까.

실장과 나는 진상들이 사라진 비상구를 물끄러미 바라봤어. 그리고 남자 쪽으로 천천히 시선을 돌렸지. 당신도 짐작했겠지만, 나는 이미 남자가 누군지 알고 있었어. 한 번도 본 적이 없는데도, 나는 그가 구석 자리에서 일어나 다가오는 순간 깨달아버린 거야. 그 남자다……라고. 그래, 당신이 알고 있는, 그 남자.

1801호의…… 바로 그 남자.

나는 속으로 중얼거렸지. 아니 외친 건지도 모르겠다. 나는 이미 당신을 알고 있다! 당신 집에서 일을 시작한 2년 전부터! 아니, 그보다 훨씬 너 오래전부터! 내가 이혼했을 때부터! 고등학교를 중퇴했을 때부터! 어린 여자의 하체를 통해 태어났을 때부터! 어쩌면 그 이전, 어리석은 세포 하나가 낯선 세포를 만나 또다른 세포를 생성시켰던 바로 그 순간부터……

이미 나는 당신을 알고 있다.

그리고……

당연하게도……

나는 사랑에 빠진 거야.

6

이제 황혼이 내리던 그 아름다운 저녁에 대해 이야기해줄게. 모든 것들이 경계를 잃고 애초에 하나였다는 듯 흐려지는 시간. 개와 늑대를 구분할 수 없는 시간. 내가 좋아하는 시간이기도 해. 감상적인가? 그런 기분도 나쁘지는 않아. 때로는 이 무의미한 인생에 적당히 윤활유 역할을 해주니까.

이상하리만치 고요한 저녁이었어. 평소처럼 학원 승합차들이 늘어서 있고, 제 아이를 데리러 나온 건전하고 현명한 여자들이

삼삼오오 모여 수다를 떠는 시간. 나는 귀에 이어폰을 꽂은 채 바흐의 칸타타를 들으며 1801호를 나오고 있었지. 리듬 속의 그 황혼이란. 마치 무슨 연극 무대 같은 분위기랄까. 저 아이들, 엄마들, 퇴근하는 남자들, 배회하는 범죄자들, 늙은 경비원들, 그리고 황혼. 황혼. 이 모든 삶이란 무엇인 것일까? 이 세계란 대체 무엇일까? 풍경은 마치 영원히 바뀌지 않을 것처럼 그곳에 펼쳐져 있었지. 어딘지 비현실적인 시간 속에서.

그 시간의 한가운데, 내 사랑이 있었던 거야. 저녁 무렵에. 아파트 단지의 벤치에. 그런 곳에는 너무도 어울리지 않을 것 같은 남자, 내 사랑이.

헬 나이트에서의 차림 그대로 벤치에 앉아 그이가 나를 빤히 쳐다보고 있었어. 마치 세상에 태어나서 여자라는 것을 처음 본다는 듯한 눈빛이었지. 우주를 떠돌던 외계 생물이 약간의 관심을 표시해두기 위해 남긴 희박한 흔적 같은, 그런 눈으로.

나는 그이가 나를 욕망하는 수컷이 아니라는 걸 알고 있었어. 그이는 남성호르몬 같은 것으로는 설명할 수 없는 세계를 살아왔으니까. 황혼이 만든 실루엣이 희미해지고 가로등에 불이 들어왔어. 그이의 얼굴이 또렷이 보였지. 알비노처럼 하얀 그이의 얼굴이…… 그때 나는 깨달았어. 내 사랑, 그이는 정말 관리인의 얼굴을 가지고 있구나. 이 삶과 세계에 대해 어떤 의지도 욕망도 가져본 적 없는, 영안실 관리인의 얼굴을.

그이가 무언가 말하려는 듯 입술을 움직였어. 그이의 입에서 나온 게 말이었을까, 공기였을까. 아마도 그저 희미한 삶이었는지도 모르겠다. 나는 그이가 말하려는 모든 걸 그이가 말하기 전에 이해했지. 그건 끝까지 듣지 않아도 벅찬 문장이었으니까. 그래, 가슴 깊은 곳에서 우러나오는 차가운 진심으로, 아무런 배후가 없는 표정으로, 변치 않을 영혼의 목소리를 담아……

그이는 청혼을 한 거야. 내게. 일생일대의, 청혼을.

나는 그이가 말을 마치기 전에 이미 고개를 끄덕이고 있었지. 마치 헬 나이트의 진상들이 그이가 말하려는 모든 걸 미리 알아챘던 것과 같이. 그래서 토끼라든가 바퀴벌레의 속도로 도망쳐버렸던 것과 같이. 하지만 나는 도망치지 않고 그 자리에 조용히 서 있었던 거야. 가만히 고개를 끄덕였던 거야. 한량없이 샘솟는 사랑의 마음으로. 감동 받은 자의 뜨거운 눈물과 함께.

7

그래, 그건 쉬운 일일 거야. 그렇다고 생각해.

음악을 튼다. 청소를 시작한다. 세탁기를 돌리고, 설거지를 하고, 간소한 식사를 차려놓는다. 얀의 먹이를 주고, 배설물을 치우고, 산책을 시킨다. 6시가 되면 내 방으로 들어간다. 그이가 돌아온다. 그이가 돌아와도 나는 내 방에서 나가지 않는다. 그이가 돌아와 그이의 방으로 사라질 때까지, 두런거리는 발소리를 가만히 듣는다……

확실히 그건 쉬운 일일 거야. 가만히 내 방에 앉아 있으면 되니까. 그이는 내가 그이의 얼굴을 바라보는 걸 견디지 못할 테니까. 그이의 눈을 마주 바라보면 그 아름다운 얼굴이 돌처럼 굳어버릴 테니까. 깊이와 오묘함이 한순간에 사라져버릴 테니까. 나는 지극한 사랑을 느끼면서 내 책상에 앉아 감사의 기도를 올리는 거야. 그리고 아무도 읽지 않는 호러물을 계속 써나가는 거지. 그렇게 저물어가는 하루는…… 얼마나 아름다울까. 그 아름다운 황혼의 시간에, 개와 늑대를 구분하는 건 대체 무슨 소용일까.

그이가 나 없이는 살 수 없다는 걸, 나는 이미 알고 있었어. 그이는 오랫동안 내 손길에 길들여졌지. 내가 닦아놓은 실내에, 내가 개어놓은 속옷에, 내가 만든 갈치구이에, 내가 닦아둔 창문의 투명함에. 그뿐인가. 내가 정리해둔 서가의 책들과 그 책들의 배열에. 내가 선곡한 음악과 그 음악의 쓸쓸한 멜로디에. 그이는 거의 중독돼 있었다고 해도 좋아. 말하자면 나라는 존재 자체에. 말하자면 얼굴을 마주하지 않는 방식으로. 이미 2년 전부터. 내내.

나를 통해 그이는 이 희미한 행성의 삶을 다시 이해하게 된 거야. 그렇다고 생각해. 그이는 나의 손길을 느끼고, 나의 향기를 맡으며, 내가 펴놓은 책의 페이지를 읽었던 거지. 그이는 나를 상상하고, 나의 하루를 돌이켜보고, 몰래카메라를 달아 나의 일거수일투족을 관찰했을지도 몰라. 어쩌면 자위를 하면서 나의 우아한 춤을 관람했을지도 모르지. 그런 건 상관없어. 그것이 그이의 사랑법이라면. 나는 그이의 우주에 입장한 사소한 피조물일 뿐이니까.

그이는 일생 동안 영안실에서 근무해온 사람일 거야. 아마도 성실하고 과묵한 관리인이었겠지. 죽은 사람의 얼굴에 익숙해진 나머지 그토록 고요하고 아름다운 표정을 갖게 된 거야. 결국 말이 없는 상태가 되는 것이 우리가 말을 하는 유일한 이유라는 걸 깨달은 남자. 어느 날 자신의 죽음이 머지않았다는 걸 알고는 문득 바깥세상이 궁금해진 남자. 그래서 관 같은 사무실 밖으로 나가 사람들이 선호하는 책과 음악과 그림과 값비싼 오디오 세트를 구입한 남자. 그리고 그 모든 것들이 무엇을 의미하는 것인지 도무지 어리둥절하다고 느끼는 남자. 그 남자가 오랫동안 자신의 집을 정리하고 청소하고 식사를 만들어준 도우미를 사랑했다는…… 그런 이야기. 아름다운 이야기.

나? 나는 어땠냐고? 사랑하게 됐다니까. 그이를. 그이의 모든 것을. 나는 드디어 일생일대의 사랑에 빠진 거야. 변하려야 도저히 변할 수 없는, 그런 사랑에.

8

마음대로 생각하도록 해. 그렇게 생각해서 당신 마음이 편해진다면. 나는 아무래도 상관없으니까.

그래, 내가 독거노인을 유혹해 사기 결혼을 하려는 꽃뱀이라고 치자. 유흥업소에서 좀 놀아본 사기꾼이 가사도우미로 위장해 치매 초기의 불쌍한 노인네를 등치려는 거라고 하자. 그가 가진 은행예금과 부동산 소유권을 합법적으로 이전하고 싶었을 뿐이라고 해두자. 그렇게 정리하고 싶다면, 그렇게 하도록 해. 그렇게 해서 당신 마음이 편해진다면.

그런 정도의 상상력이라니. 쪽팔리지 않아? 당신이 정말 작가인가? 의심스러워지는 건 내가 아니라 당신이라고. 자, 눈을 감고 그림을 떠올려봐. 이미지를 그려보라고. 기도하듯 한 손을 가슴께에 올리고, 무표정한 얼굴로 서 있는 남자가 있어. 남자는 한 여자의 손을 가만히 잡고 있지. 이제 자신의 사랑을 전해주려는 거야. 상상해봐. 자신은 곧 이 지상에서 사라질 것이며, 이 불행한 행성에서 얻은 자신의 모든 것을 세속의 생명력으로 충만한 당신에게 주겠노라─여자에게 그렇게 말하고 있는 남자를.

여자는 뭘 하고 있냐고? 물론 남자 곁에 나란히 서 있는 거지. 오른손을 남자에게 맡긴 채 수줍은 표정으로. 그저 고개를 가볍게 숙인 채. 배를 보니 임신한 것 같다고? 착각하지 마. 그건 당시 유행하던 드레스코드일 뿐이야. 지금 중요한 의례를 치르고 있다는 뜻이지.

그래, 남자와 여자는 결혼을 선포하고 있는 거야. 영원한 결합을 맹세하고 있는 거지. 그이의 집 거실에 액자도 없이 걸려 있는 그 작은 그림 한 점, 기억해? 다소 기묘한 분위기의 복제화, 이게 바로 그 남자와 여자의 초상이야.

이제 당신이 알아야 할 유일한 사실을 말해줄게. 내일이 바로 우리의 결혼식이야. 장소는 헬 나이트. 시간은 개와 늑대의 시간. 결혼행진곡은 물론 바흐의 칸타타지. 저 그림 속 커플의 포즈로 기념사진을 찍을 거야. 우아한 자세로. 우아한 표정으로. 하객으로는 몇 명만 초대하기로 했어. 나와 그이가 알고 있는 사람들로만. 그들이 우리를 알고 있을지는 미지수지만.

가령 병원에서 항암제를 투여해주던 창백한 얼굴의 간호사, 영안실의 청소용역 아주머니, 헬 나이트의 성실한 실장과 바텐더들, 그리고 바흐의 칸타타를 견디지 못하고 18층으로 뛰어 올라와 내게 정중히 항의하던 아랫집 독신녀까지.

그리고 마지막으로 한 명이 더 있어.

바로 당신이 와주었으면 해.

작가라는 당신이.

모든 것은 증언의 문제니까. 모든 건 기록의 문제니까. 당신이 나와 그이의 모든 걸 기록해주었으면 해. 거절할 텐가? 내가 한국 소설을 욕해서? 농담하지 말라구. 물론 이제 와서 어떻게 할 수는 없는 일이지만. 한번 뱉은 말은 끝까지 책임지는 게 내 최소한의 예의니까. 그게 내 도덕이자 윤리니까.

이해했겠지만, 이 글은 일종의 청첩장이야. 나와 그이가 당신을 초대하는 거지. 꽃뱀과 치매 노인네의 초대라고 생각하고 싶다면, 그렇게 생각하도록 해. 이해 못 할 것도 없으니까. 작가라는 자들에게는 그런 악취미가 있지 않나? 세계의 최선보다는 최악에 끌리는 자들 아닌가? 그건 마음에 들어.

당신은 내가 말하는 내내 얼굴을 찌푸리고 있었지. 말도 안 되는 얘기를 떠벌리고 있다고 불평했을 거야. 그래도 이 이야기의 작가로 당신의 이름을 새겨줄게. 일종의 증표로서. 선물로서. 나는 호러 외에는 관심이 없거든.

지금껏 당신은 내 말에 동감을 표하지 않았지만, 내게 느낀 건 혐오뿐이겠지만, 이건 알아둬. 듣는 당신이 이미 말하는 당신이라는 걸 말이야.

우리의 증인이 되어줘.

우리의 영원한 결합에

신성한 증인이.

얀 반 에이크, 「아르놀피니 부부의 결혼식(지오반니 아르놀피니와 그의 부인의 초상)」(1434)

올드
맨
리버

내 팔에 있는 문신 'Old Man River'는 그저 노래가 아니라 몇 가지 뜻이 있다. 하지만 한 가지만 얘기해주겠다. 그 단어들은 영원한 것처럼 느껴진다. 그리고 내 삶은 그 강을 따라 노를 저어 내려가고 있는 것처럼도 느껴진다. 나는 내 길을 가고 있고 삶은 막 속도를 높이려 한다. 아마도 나는 속도를 늦추고 삶에 감사해야 할 것 같다……

이렇게 말한 것은 히스 레저였다. 히스 레저는 호주 서부의 작은 도시 퍼스에서 태어나 배우로 활동하다 스무 살이 되던 해에 미국으로 건너갔다. 그는 마약에 빠지지도 않았고 스캔들로 만신창이가 되지도 않았다. 많은 사람들이 그렇듯이 그도 사랑을 했고, 아이를 낳았으며, 이혼을 했다. 그의 마스크는 태평양의 바닷바람을 머금은 듯 거칠면서도 신선하다는 평을 받았다. 그는 「브로크백 마운틴」의 동성애자 에니스였다가 「아임 낫 데어」의 가수 밥 딜런이었다가 「다크 나이트」의 악마 조커이기도 했다. 모든 배역의 가장 깊은 곳까지 들어갔기 때문에, 그는 수많은 인생들이 그의 내면에 살고 있다는 느낌을 받았다. 하지만 그것이 곧 인생의 풍요로움은 아니라는 것을 그는 알고 있었다. 인생은 아주 복잡하고 난해하면서도 한편으로는 배신감을 느낄 만큼 단순한 것이기도 하다.

히스 레저는 스물아홉번째 생일이 지난 어느 날 밤, 맨해튼에 위치한 자신의 아파트에서 의사의 처방에 따라 몇 개의 알약을 삼켰다. 진통제와 수면제 그리고 약간의 항불안제가 섞여 있었다. 식도를 넘어가는 알약을 하나하나 느끼면서, 그는 문득 자신의 인생이 언제든 끝날 수 있다는 생각을 떠올렸다. 그것은 누구에게나 동일한 조건이기 때문에 우리에게 기묘한 평화를 준다……고 그는 또 생각했다. 그는 조금 웃었다.

*

이태원 뒷골목의 어두침침한 계단에 앉은 채 알렉스는 나지막하게 중얼거렸다. 내 오른팔에 있는 문신 올드 맨 리버는 그저 노래가 아니라네, 거기에는 몇 가지 뜻이 있지……로 시작해서, 나는 작은 보트를 타고 노를 저어 올드 맨 리버를 흘러가네……

로 끝나는 문장이었다. 별다른 뜻은 없었다. 알에게는 생각이 많아질 때마다 중얼거리는 버릇이 있고, 요즘 입에 붙은 혼잣말이 우연히 그것이있을 뿐이다. 그에게 혼잣말을 하는 것은 이 세상에 자신이 고독하게 존재하고 있다는 것을 확인하는 가장 손쉬운 방법이었다. 죽은 사람들은 언제든 영화처럼 돌려볼 수 있어서 좋다……고, 알은 또 엉뚱한 말을 중얼거렸다. 생각이 먼저 있어서 말로 나오는 것이 아니라, 말이 나온 뒤에 생각이 만들어지는 것 같았다. 그는 생맥줏집의 스태프용 유니폼을 입고 있었고, 입에는 한국산 담배를 물고 있었다.

알렉스는 이태원의 밤하늘을 향해 연기를 내뿜었다. 동시에 낚싯대를 던지듯 허공을 향해 팔을 크게 휘둘렀다. 그의 몸이 만들 수 있는 가장 크고 활기찬 원이 잠시 허공에 새겨졌다가 사라졌다. 고요하고 평화로운 강물을 바라보며 찌가 움직이기를 기다리는 사람처럼, 알은 다시 몸을 웅크렸다. 그리고 내 오른팔에 있는 문신 올드 맨 리버는 그저 노래가 아니라네, 거기에는 몇 가지 뜻이 있지……로 시작해서, 나는 작은 보트를 타고 노를 저어 올드 맨 리버를 흘러가네……로 끝나는 문장을 읊조렸다. 골목 밖의 거리에는 한국인들과 외국인들이 뒤섞여 흘러가고 있었다. 그들은 취객이거나 관광객이었고, 취객이면서 관광객이기도 했다. 그들 너머로 해밀튼 호텔이라고 씌어진 백색 네온이 환하게 빛나고 있었다.

얼마 전에 스물네 살이 되었으며 미국 지방 소도시의 대학을 중퇴한 알이 이태원에 짐을 푼 것은 한 달 전이었다. 그는 거리의 모든 사람들이 자신과 비슷하게 생겼다는 사실을 어떻게 받아들여야 할지 다소 난감했다. 뉴욕의 코리아타운에 갔을 때도 경험하지 못한 느낌이었다. 하지만 알은 자신이 그렇게 예민한 사람은 아니라고 믿고 있었으며, 그런 난감함을 심각하게 여기는 유형은 아니라고 생각했다. 실제로 알은 피부색과 생김새가 비슷한 사람들이 넘치는 거리 풍경에 곧 적응했다. 도시의 거리에는 도시의 거리를 걸어 다니는 사람들의 수만큼 많은 과거들이 흘러 다니는 것이다……라고 알은 중얼거렸다. 알은 그 말의 의미를 깊이 생각하지는 않았다.

알이 한국에 와서 처음 한 일은 텔레비전 방송국에 자신이 도착했음을 알린 것이었다. 미국에서 이미 출연을 결정하고 왔기 때문에 모든 것은 순조롭게 진행되었다. 머나먼 타국에 입양되었다가 성장한 뒤 부모를 찾아온 이들을 소개하는 프로그램이라고 했다. 알은 월세 4백 달러를 내고 이태원 뒷골목의 민박집에 자리를 잡았다. 낮에는 정처 없이 서울의 거리를 돌아다녔으며, 밤에는 숙소 근처의 한 탭하우스에서 일하기 시작했다. 영어 전용으로 운영하는 수제생맥줏집이었기 때문에, 그는 어렵지 않게 일을 얻고 어렵지 않게 일을 익힐 수 있었다. 쉬는 시간에 뒷골목에 나가 담배를 피우면서 그는, 이 세상에 자신이 완전히 혼자라는 사실과, 자신과 비슷하게 생긴 사람들이 거리에 흘러넘친다는 사실의 관계에 대해 생각했다.

한국의 어떤 영어학원은 학위가 없어도 강사로 일할 수 있다고 탭하우스 사장은 말했다. 원한다면 자신이 학원을 소개시켜주겠다고 덧붙이기도 했다. 키가 작고 머리가 정수리까지 벗겨졌으며 막 오십대가 된 사장은 직원들을 붙들고 많은 말을 했다. 이렇게라도 떠들어야 영어를 까먹지 않으니까. 사장은 크게 웃음을 터뜨리며 말했다. 그는 자기 인생을 시기별로 나누어 설명하기를 좋아했는데, 알을 포함한 스태프들은 홀 정리를 하면서 그의 인생을 간주곡까지 포함해서 감상해야 했다. 밤무대 가수였던 아버지를 따라 미군부대에 드나들던 유년 시절의 이야기는, 그 아버지를 따라 LST 808함을 타고 베트남에 가서 위문공연을 구경하던 소년 시절의 이야기로 이어졌으며, '나성'(로스앤젤레스를 이렇게 불렀다고 했다)을 거쳐 드디어 뉴욕에 진입해 영문학을 공부하던 시절에 닿았다. 윌리엄 포크너의 문장에 질려서 중도에 학업을 포기한 뒤 뉴욕 53번가에 공동투자로 재패니즈 레스토랑을 개업했다가 참담한 실패를 맛보았던 경험은 물론 하이라이트가 아니었다. 빈손으로 귀국하여 천신만고 끝에 이태원에 미국식 탭하우스를 열었고, 이번에는 보기 좋게 성공했다는 것이야말로 클라이맥스였다. 말하자면 사장은 지금 인생의 절정기를 살아가고 있는 셈이었다. 강한 바람과 물결에 몸을 싣고 가장 현대적인 자세로 파도를 타는 것. 사장은 자신의 인생이 바로 그런 종류의 것이었으며, 언젠가는 자기가 거쳐온 모험적 삶에 대한 자서전을 쓸 수도 있을 것이라고 말했다. 고민

되는 건 그 자서전을 영어로 쓸지 한국어로 쓸지 모르겠다는 점이다,라고 덧붙이면서 사장은 호탕한 웃음을 터뜨렸다.

알은 한국어를 배우려고 한 적이 없으며 앞으로도 배울 계획이 없었다. 단 한 번 그 생각이 흔들린 적이 있었는데, 탭하우스에 작은 소동이 일어났을 때였다. 혼자 맥주를 마시던 중년 남자 하나가 울음을 터뜨린 사건이었다. 회색 점퍼 차림에 키가 작은 오십대 남자가 들어와 엉거주춤 바에 자리를 잡더니, 두 시간 동안이나 꼼짝도 하지 않고 맥주를 마셨다. 거기까지는 드문 일이라고 할 수 없었다. 서빙을 하던 알의 시선이 그의 눈과 마주쳤고, 알은 평소처럼 주문을 받기 위해 그에게 다가갔다. 하지만 이미 술에 취한 남자는 알의 얼굴을 물끄러미 바라보다가 뭐라 뭐라 한국어로 말하기 시작했다. 알이 아는 한국어는 감사합니다, 죄송합니다, 맥주, 안주, 여보세요 등이 전부였는데, 남자는 그 단어들을 쓰지 않았다. 알이 영어로 말할 것을 청했지만 남자는 계속 한국어로 중얼거렸다. 뭔가를 설명하는 것 같기도 했고, 한탄하는 것 같기도 했으며, 애원하는 것 같기도 했다. 그러다 문득 눈물을 흘리기 시작하더니 급기야 울음을 터뜨렸던 것이다. 알은 그 앞에 멍하니 서 있을 수밖에 없었다.

한국어를 더듬더듬 할 줄 아는 흑인 바텐더가 황급히 나와 상황을 수습하려 했지만 남자는 울음을 그치지 않았다. 울음은 거의 통곡에 가까워졌다. 뒤늦게 달려온 사장이 건장한 스태프들을 동원해 남자를 밖으로 끌고 나간 뒤에야 탭하우스는 차분한 분위기를 회복할 수 있었다. 알은 매우 당황해서, 자신이 한국말을 알아듣지 못했기 때문에 손님이 울음을 터뜨린 것인지 바텐더에게 물었다. 바텐더는 웃으면서 고개를 저었다. 아마도 아주 슬픈 일이 있었겠지. 이제 막 인생이 끝나도 괜찮을 만큼. 바텐더는 그렇게 말했다. 알은 고개를 끄덕이면서 중얼거렸다. 하지만 그렇게 슬프다면 일반적으로 사람들은 맥주를 마시러 오지 않는데……

알은 그 후 몇 마디의 한국어를 익혔다. 문법이 지나치게 어려웠기 때문에, 필요하다고 생각되는 몇 개의 문장과 단어만을 외우기로 했다. 무엇을 도와드릴까요…… 울지 마세요…… 그렇지 않습니다……

퇴근 뒤에 알은 어둠이 깔린 이태원의 밤거리를 오래 걸었다. 서울의 밤하늘은 화려하고 소란스러웠다. 별 몇 개가 네온들 사이에서 반짝이기는 했지만, 그것은 단지 지금이 밤이라는 것을 표시하기 위해 거기 있는 것처럼 보였다. 알은 시더래피즈의 밤하늘이 그립다고 생각하지는 않았다. 오래된 나무 창틀이 있는 집과 니콜라와 마시던 맥주 맛이 떠올랐지만, 그 기억은 아주 잠깐 그의 혀와 몸을 지나갔을 뿐이었다. 알은 이 낯선 세계에 도착해서 혼자 담배를 피우고 있는 자신의 인생에 별다른 불만이 없었다. 그는 이것이 아주 오래전에 지나간 다른 인생인 것처럼 느껴졌다.

이태원으로 오기 전에 알은 아이오와 주의 소도시 시더래피즈에 살았다. 시내를 통과하는 시더 강이 거꾸로 흘러도 아무도 모를 만큼 조용한 도시였다. 도시 외곽의 낡은 2층짜리 집에서 니콜라와 함께 오래 살아왔기 때문에, 알은 둘 외에는 아무도 없는 삶에 익숙했다. 니콜라는 항공사 승무원이라는 직업 탓에 자주 집을 비웠고, 알은 집 바깥에 펼쳐져 있는 옥수수밭 풍경만큼이나 혼자라는 것에 익숙했다.

니콜라는 한국에서 알을 입양했을 때부터 그를 알렉스가 아니라 알이라고 불렀다. 류라거나 창수라는 한국식 이름은 사용하지 않았다. 이름은 알렉스지만 알이라고 불러──알은 언제나 그렇게 자신을 소개했다. 이름이란, 아무렇게나 흐르지 않도록 사람을 붙들어두는 작은 닻 같은 것이라고 그는 생각했다.

알은 니콜라를 그냥 니콜라라고 불렀다. 언젠가부터 그는 파파나 파더 같은 호칭을 쓰지 않았지만, 알에게도 니콜라에게도 그건 별문제가 아니었다. 알이 술을 마실 수 있는 나이가 되었을 때, 멋진 백발을 가진 니콜라는 간혹 알과 마주 앉아 맥주를 마셨다. 니콜라는 귀가 때 집 근처 유기농 상점에서 에일 맥주를 사 오곤 했는데, 저녁에 알이 1층으로 내려오면 좁은 식탁에서는 니콜라가 혼자 맥주를 마시고 있었고, 알은 말없이 제 잔을 가져와 그 곁에 앉곤 했다.

그런 저녁에 니콜라는 숫자 나열하기를 좋아했다. 지구상에서 하루에 태어나는 인간은 30여만 명이고, 사망하는 인간은

17만 명 남짓이지. 오늘 30만 명이 태어나고 17만 명이 죽어가고, 내일 또 30만 명이 태어나고 17만 명이 죽어가고, 모레 다시 30만 명이 태어나고 17만 명이 죽어가는 거야. 우리는 매일 그 사이의 13만 명 중 하나로 살아가는 셈이란다. 니콜라의 산수는 어딘지 이상했지만, 알은 하릴없이 고개를 끄덕였다. 태어나자마자 하루를 넘기지 못하고 죽는 아기의 수가 연간 1백만 명이라는군. 우리는 그 1백만 명에 속하지 않았기 때문에 이렇게 맥주를 마실 수 있는 거야. 니콜라는 그렇게 덧붙이며 맥주를 권하곤 했다.

니콜라가 숫자를 입에 올리지 않는 것은 메릴에 대해 이야기할 때뿐이었다. 메릴은 알을 입양하고 얼마 뒤에 사망한 니콜라의 아내였다. 내 삶에는 나 자신도 설명할 수 없는 신비로운 사건이 세 가지나 있었지. 그 가운데 하나는 메릴을 사랑한 것이며, 다른 하나는 메릴과 결혼한 것이며, 마지막은 메릴을 잃은 것이란다. 니콜라는 취기가 돌면 그런 농담을 던지고는 옥수수밭이 펼쳐져 있는 창밖을 바라보곤 했다. 그럴 때 웃음은 잔상만을 남기고 금방 니콜라의 얼굴에서 사라졌다.

알에게는 물론 메릴에 대한 기억이 없었다. 어쩌면 마마라고 부를 수도 있었던 여자의 과거와 죽음에 대해서 그가 특별한 감정을 가진 것은 아니었다. 다만 니콜라의 기억 속에 잠겨 있는 그녀의 이야기를 들을 때마다 이유를 알 수 없는 위안을 얻고는 했다. 그것이 누군가 이 지상에 존재했었다는 단순한 사실 때문인지, 아니면 니콜라라는 한 남자가 메릴이라는 한 여자를 깊이 추억하고 있다는 사실 때문인지는 확실치 않았다. 어쩌면 그저 오래전에 죽은 사람만이 우리에게 줄 수 있는 적요함 때문인지도 몰랐다.

메릴은 버마(공식적으로는 미얀마지만, 메릴은 버마라고 불렀다고 한다)의 인권 상황에 대한 조사업무를 진행하다가 경비행기 사고로 사망했다. 니콜라는 말했다. 랑군으로 향하던 경비행기가 추락할 때 메릴이 바라보던 것은 무엇이었을까. 그때 나는 미시시피 강에 낚싯대를 드리워두고 흔들의자에 누워 강 저편의 하늘을 바라보고 있었지. 나는 강 너머의 허공에서 아무것도 느끼지 못했다. 허공이란 것은 다른 허공에는 아무것도 알려주지 않는 법이니까.

니콜라의 말투에 약간의 슬픔이 배어 있긴 했지만, 그것은 이미 익숙해져서 몸의 일부가 되었다고 해도 좋은 감정이었다. 그런 감정은 체온에 가까워서 아무리 반복해도 더 뜨거워지거나 차가워지지 않는다는 것을 알은 알고 있었다. 그래서 알은 니콜라의 이야기에 귀를 기울이면서도 라디오에서 흘러나오는 지미 로저스의 노래가 참 좋다고 생각하곤 했다. 그럴 때면 낡은 나무 창틀은 조금 열려 있게 마련이었고, 저녁의 낮은 공기와 가로등 불빛이 창틈으로 흘러들었다. 그런 저녁에 시더 강은 아무도 모르게 거꾸로 흘러갈 것이고, 알은 시더래피즈에서 그 사실을 아는 것은 자기뿐이라고 생각했다. 니콜라의 머리카락은 실내에서도 부드럽게 흔들렸다.

니콜라의 흰 머릿결을 볼 때마다 알에게는 비행기에서 일하는 니콜라의 모습이 떠오르곤 했다. 몇 해 전 남부여행을 다녀오는 길에 알은 디트로이트 공항에서 니콜라가 탑승한 비행기를 탄 적이 있다. 니콜라는 베테랑 승무원이었고, 알은 기내의 많은 승객들과 마찬가지로 젊은 대학생이었다. 니콜라의 중형 비행기는 디트로이트에서 시더래피즈로 날아오거나, 시더래피즈에서 디트로이트로 날아가거나 했다.

그때 니콜라는 승객석 쪽을 향해 서 있었다. 중후한 백발에 큰 키, 나이에 비해 균형 잡힌 몸매, 그리고 항공사의 로고가 찍힌 검은색 제복 차림이었다. 그는 유럽의 매력적인 노신사처럼 보였지만, 절도 있는 동작으로 두 손을 들어 제 입을 막는 시늉을 했다. 이어서 승객석 위의 짐칸을 가리킨 후, 손을 뻗어 산소마스크를 꺼냈다. 산소마스크에 붙어 있는 고무줄을 두 손으로 팽팽하게 당기고는, 줄을 뒤통수로 넘기는 동작을 하다가, 니콜라는 잠시 균형을 잃었다. 난기류를 지나느라 비행기가 조금 흔들렸기 때문이다. 그 모습을 물끄러미 바라보던 이들 중 몇몇이 미소를 지었지만, 대부분의 승객들은 니콜라에게 관심을 두고 있지 않았다. 그들은 눈을 감고 있거나 책을 읽거나 했다. 니콜라는 아랑곳없이 구명재킷 입는 모습을 시연했다. 팔을 들어 왼쪽의 비상구를 가리키고, 두 팔을 앞으로 쭉 뻗어 비행기 뒤쪽의 비상구를 가리켰다. 비상시의 탈출구가 그곳에 있다는 뜻이었다.

시범을 마친 니콜라는 출구 쪽의 접이식 의자에 앉았다. 겨우 엉덩이만 걸칠 수 있는 의자였는데, 허리를 곧게 펴고 앉은 니콜라의 얼굴에는 별다른 변화가 없었다. 인생의 대부분이 실은 반복적이며 기계적인 동작으로 이루어져 있다는 것을 알고 있는 사람의 얼굴, 혹은 아주 오래전부터 그런 표정을 하고 있었기 때문에 다른 표정에 대해서는 알지 못하는 사람의 얼굴 같았다.

앞쪽 자리에 앉은 알은 비행하는 내내 니콜라의 표정을 마주볼 수 있었다. 창밖의 구름을 바라보는 니콜라의 옆모습에는 품위 있는 주름이 새겨져 있었다. 저 얼굴에도 젊은 시절이 있었을까. 그런 의문이 들어도 이상하지 않을 만큼, 니콜라의 얼굴은 어떤 과거와도 연결되어 있지 않은 것처럼 보였다.

물론 니콜라에게도 젊은 시절이 있었다. 그때가 젊은 시절이었기 때문에 특별히 좋았다거나 한 것은 아니라고 니콜라는 말하곤 했다. 그는 인생의 기쁨이나 괴로움에는 총량이 정해져 있어서, 젊은 시절이든 노년이든 누구나 주어진 분량을 소비하면서 살아갈 뿐이라고 믿는 사람이었다.

니콜라는 미국에서 태어났지만 아버지 쪽은 마케도니아 출신이었다. 알은 마케도니아가 어떤 곳인지 전혀 알지 못했지만, 고대 그리스풍의 이름이 마음에 들었다. 마케도니아가 실제로 고대 그리스의 도시국가 중 하나였으며 지금도 그리스와 인접한 지역이라는 건 나중에 알았다. 내 이름을 잘 음미해보렴. 니콜라는 말했다. 마케도니아에서는 키릴 문자를 쓴단다. 현재 전 세계의 언어는 6천 8백 개 정도인데, 그 가운데 키릴 문자를 쓰는 언어는 30여 개지. 키릴 문자에는 이상한 매력이 있다. 설명하기는 어렵지만 로마 문자에서는 느낄 수 없는 리듬이 배어 있다고 할까. 다른 문자에는 없는 리듬이 말이다.

거기에는 정말 영어에는 없는 무언가가 스며들어 있는 것처럼 느껴졌다. 니콜라…… 니콜라…… 하고 중얼거리기를 알은 좋아했다. 마치 차분하면서도 경쾌하게 비가 내리는 봄날의 정원 같은 느낌을 주었기 때문이다. 정원 저편으로는 지중해가 파랗게 펼쳐져 있을 것 같았다. 그 끝에는 바다와 하늘이 만나 수평선을 이루고 있을 것 같았다. 나중에 알게 된 것이지만, 마케도니아에는 어느 쪽으로 가도 바다가 없었다.

니콜라의 부모는 둘 다 미국에서 태어났으며, 모친은 물론이고 부친도 마케도니아에는 가보지 못했다고 한다. 니콜라의 부모는 서로 동갑이었고, 유쾌한 사람들이었으며, 히피였다. 두 사람은 열일곱 살이 되던 해에 니콜라를 낳았는데, 각각 배관공과 월마트 점원으로 일하던 그들은 니콜라가 중학교를 졸업하자마자 옥수수밭이 보이는 시더래피즈의 집에 그를 남기고 떠났다. 어디로? 니콜라는 그걸 알 수 없었다. 니콜라가 학교에서 돌아왔을 때 집은 텅 비어 있었다. 1966년의 일이었다. 니콜라의 부모는 그 후 오랫동안 집으로 돌아오지 않았다. 여행하는 것과 노래하는 것과 사랑하는 것 외에는 아무것에도 관심이 없는 사람들이었지. 니콜라는 그렇게 말했다.

니콜라의 부모는 젊은 친구들을 따라 향기로운 담배를 피웠고, 벌거벗은 청춘들과 텐트 안에서 섹스를 했으며, 베델의 농장에서 록 밴드가 노래를 부르는 무대를 바라보았다고 한다. 그들은 그들 자신이 서른을 넘겼으면서도 '삼십대 이상은 믿지 말라'고 외쳤다. 그들의 삶은 부랑에 가까운 것이었다. 샌프란시스코에 머물기도 했지만 세상의 모든 곳이 그들의 경유지라고 해도 좋았다. 산타나에는 잠시 머물렀고, 뉴올리언스에서는 오래 시간을 보냈으며, 뉴욕이나 워싱턴에는 가지 않았다. 놀랍게도 그들은 유럽까지 가서 집시들과 함께 시간을 보내기도 했다. 영국의 닐스 야드를 방문했고, 프랑스와 이탈리아를 거쳐 루마니아에까지 흘러갔다. 어쩐 일인지 마케도니아에는 가지 않았고, 대신 소련을 여행했다. 비록 열광적으로 찬양할 수는 없었지만, 소련 사람들의 인생은 그들의 마음에 깊은 인상을 남겼다. 어딘지 거칠고 성실하며 단순한 인생인 것처럼 느껴졌다는 것이다. 그런 사연들을 담은 편지가 정기적으로 니콜라에게 도착한 것은 1960년대의 막바지였다.

당시에는 철의 장막 때문에 소련을 여행하기 어려웠을 텐데 어떻게 된 것일까. 알의 질문에 니콜라는, 아마도 키릴 문자를 쓰는 이들이었으니까 가능하지 않았을까? 키릴 문자는 러시아의 문자이기도 하니까 말야—라고 대답했다. 소련의 히피들? 히피들의 소비에트? 그렇게 말하면서 니콜라는 웃음을 터뜨렸다. 니콜라답지 않게 아주 냉소적이고 적대적인 웃음이었기 때문에, 알은 그후 오랫동안 그 표정을 잊을 수 없었다.

니콜라의 부모가 시더래피즈의 옥수수밭으로 돌아온 것은 부친이 암에 걸린 뒤였다. 니콜라는 굳이 그들을 만나려 하지 않았다. 그는 이미 옥수수밭을 떠나 디트로이트 근교에서 혼자 생활하고 있었다. 서로 다른 삶들은 서로 다른 방식으로 흘러가면 되는 것이다──니콜라는 그렇게 덧붙였다.

당연하게도 니콜라는 공화주의자가 되었다. 그는 교회에 열심히 나갔고, 자유라는 단어를 경멸했으며, 마약과 동성애와 분방한 섹스를 혐오했다. 항공기 승무원이 되기 위해 지인에게 청탁을 넣은 일을 제외한다면, 법규를 위반하지 않는 자신의 삶에 자부심을 가지고 있었다. 니콜라는 보수적인 대통령에 투표했고, 사회주의에 대해 과도한 혐오감을 표하기를 좋아했으며, 미국의 군사적 영향력이 약화되는 국제 정세가 우려스럽다는 의견을 자주 표명했다.

하지만 메릴을 만난 뒤부터 니콜라는 그저 강변에 나가 낚시하는 것을 좋아하는 남자가 되었다. 물의 흐름을 오래 바라보는 일과 비행기를 타고 창밖의 기류를 가만히 바라보는 것은 어딘지 비슷한 데가 있다고 그는 말했다. 키가 크고 잘생긴 니콜라는 로버트 레드포드의 영화 속 주인공처럼 낚싯대를 크게 휘둘러 먼 강물 쪽으로 찌를 던져 넣곤 했다.

*

  스물다섯 살인 리엔은 베트남 출신으로 키가 작고 눈이 컸으
며 조용한 성격이었다. 알이 그녀를 만난 것은 대학 근처의 세탁
소에서였는데, 리엔의 아버지가 코인 세탁소를 운영하고 있기
때문이었다. 매일 저녁 9시 반이 되면 리엔은 세탁소에 나가 청소
를 했다. 다니던 대학이 시더래피즈에서 꽤 떨어져 있었기 때
문에, 알은 학기 중에는 기숙사에 머물면서 정기적으로 코인 세
탁소를 이용했다. 일주일에 두 번, 밤 9시 무렵이었다.

  그 시간의 세탁소는 절제된 기계음으로 가득했다. 하얀 반바
지에 얇은 티셔츠를 걸친 채 커다란 물걸레로 바닥을 닦는 리엔
의 모습을 알은 좋아했다. 리엔이 움직일 때면 인간이 저토록 작
고 탄력 있는 생물이라는 것을 새삼 깨닫곤 했다. 우리가 살아가
는 이 세계는 아마도 리엔이 청소를 하고 있는 커다란 우주의 일
부에 불과한 것이 아닐까? 알은 그렇게 중얼거렸다.

  알이 그녀를 시더래피즈의 집에 데려온 것은 어느 겨울 저녁
이었다. 알과 리엔이 식탁에 앉아 맥주를 마시고 있을 때, 현관
에 매달린 황금빛 종이 딸랑거렸다. 니콜라는 여느 때처럼 제복
차림 그대로 집에 들어섰다. 균형 잡힌 몸매에 키가 크고 백발이
멋진 노신사의 등 뒤로 부드러운 빛깔의 구름 몇 개가 떠 있었
다. 알은 문가로 다가가 니콜라를 맞이했다. 리엔은 식탁에 앉은

채 그 모습을 바라보았다.

그 저녁, 니콜라는 말이 없었다. 리엔 역시 말이 없었다. 일은 혼자서 많은 말을 했다. 리엔의 세탁소에 대해서, 세탁소에 늘어선 기계들에 대해서, 윙윙거리는 기계음 속에서 읽은 윌리엄 포크너의 책에 대해서, 포크너를 읽을 때면 꼭 재방송되던 텔레비전 개그 프로그램에 대해서 말했다. 알은 윌리엄 포크너와 개그 프로그램이 기묘한 조화를 이루는 곳이 바로 세탁소라고 농담을 던지기도 했다. 분위기를 부드럽게 만들려는 것이었지만, 리엔과 니콜라는 작은 미소를 지었을 뿐 별다른 대꾸를 하지 않았다.

알은 평소와는 달리 자신이 조금은 들떠 있다고 느꼈다. 좀처럼 열리지 않던 그의 입에서 긴 이야기가 흘러나왔다. 리엔이 청소하러 오는 밤 9시 반과 그 시간의 코인 세탁소에 대해 알은 장황하게 이야기했다. 코인 세탁소라는 곳은 하나의 우주 같아. 이 세상이 코인 세탁소의 일부가 아닐까 그런 착각이 들 정도라니까. 문을 열고 들어가면 모든 이들이 똑같은 자세로 똑같은 표정으로 앉아 있는 거야. 세탁소의 인류는 우선 빨아야 할 옷가지들을 세탁기에 넣어. 자동판매기에 50센트를 넣고 세제를 뽑은 뒤 옷 위에 뿌려. 25센트짜리 동전 여덟 개를 코인슬롯에 넣고는 세탁의 종류를 선택하지. 그리고 잡지나 텔레비전 따위를 보며 기다리는 거야. 25분 정도가 지난 뒤에는 옷가지들을 꺼내 카트에 넣고 이동해야 해. 축축한 옷가지들을 건조기에 주섬주섬 넣고 다시 20분을 기다리는 거지. 끝으로 커다란 더플백에 깨끗이 마

른 옷가지들을 개어 넣은 다음 우주 밖으로 나가는 거야. 상상해
봐, 전 인류가 똑같은 자세로 똑같은 표정으로 똑같은 동작을 반
복하고 있는 풍경을 말이야.

자신이 그토록 무의미한 말을 길게 하고 있다는 것에 알은 약
간의 놀라움을 느꼈다. 니콜라와 리엔은 여전히 침묵을 지킬 뿐
가타부타 말이 없었다. 알은 당황하여 다시 입을 열었다. 아, 맞
다. 그 우주에서 내가 좋아하는 게 또 있어. 건조가 끝난 옷가지
들에 남아 있는 따뜻한 촉감 말야. 나는 옷가지들을 쓰다듬을 때
의 그 온기가 좋아. 갓 세탁이 끝난 따뜻한 섬유 결만큼 기분이
좋아지는 건 없으니까. 아마도 어린 시절의 엄마 품 같은 것을
환기시켜주기 때문이 아닐까.

마지막에 튀어나온 말은 알 자신으로서도 뜻밖이었다. 어린
시절의 엄마 품이라니. 알은 그런 것을 단 한 번도 생각해본 적
이 없었다. 그는 눈에 띄지 않게 한숨을 내쉬었다. 세 사람이 마
주 앉은 창밖으로 어둠이 내리고 있었다. 가도 가도 끝나지 않을
것 같은 옥수수밭이 그 너머에 펼쳐져 있었다.

그 후로도 알은 리엔을 몇 개월 더 만났지만, 다음 해 여름이
되었을 때는 더 이상 그녀를 볼 수 없었다. 리엔의 아버지가 세
탁소에서 일하다가 사소한 시비에 휘말려 부상을 입었다고 했
다. 한 손님의 인종차별적 농담이 부른 다툼이었고, 싸움을 말리
던 리엔의 아버지가 입은 피해는 경미한 찰과상에 불과했다. 하
지만 리엔의 아버지는 그 일 이후 놀라울 만큼 빠르게 미국에서

의 삶에 의욕을 잃었으며, 심각한 수준의 우울증에 걸리기까지 했다. 그래서 리엔은 아버지를 위해 미국에서의 삶을 포기하고 베트남으로 돌아가기로 결정했다는 것이다. 리엔은 알에게 의견을 묻지 않았고, 알은 자신이 아무런 의견도 제시할 수 없다는 것을 깨닫고 있었다. 게다가 그때는 이미 그들의 관계에서 열기 같은 것이 빠져나간 뒤였다. 리엔은 알에게 이렇게 말했다. 그건 아마도, 따뜻하게 데워진 수프가 식탁 위에서 혼자 식어가는 일과 비슷한 게 아닐까.

리엔이 떠난 뒤 알은 학업을 중단하고 시더래피즈의 집으로 돌아왔다. 그리고 매일 늦은 아침에 혼자 식탁에 앉아 식은 수프를 떠먹곤 했다. 수프를 삼키면서 알은 리엔이 집을 방문했던 날의 어색한 침묵을 떠올렸다. 그날 알이 리엔을 배웅한 뒤 땅거미가 지는 길바닥에 담배꽁초를 던지고 집으로 돌아왔을 때, 벽에 걸린 낡은 사진들이 눈에 띄었다. 열두 개의 작고 오래된 액자들이 벽을 장식하고 있었다. 액자에 담긴 흑백사진들은 니콜라가 전쟁에 나갔을 때 찍은 것이었다.

니콜라는 고등학교를 졸업한 뒤 곧바로 입대했다고 했다. 그리고 아직 전쟁 중이던 베트남에서 몇 번의 전투에 참가했다. 호치민이 세상을 뜨기 전이었고, 닉슨이 철군 계획을 밝히기 전이었으며, 우기였다. 세상에는 어쩔 수 없는 것이 있다고 니콜라는 말했다. 군인이 사람을 죽이는 것 역시 마찬가지지. 니콜라는 자신이 베트남에 투입된 미군 55만 명 가운데 하나였을 뿐이며, 그 전쟁으로 죽은 사람은 3백만 명이 넘는다고 했다.

가령 진주만에서 미국인들이 죽었다는 것 때문에 일본인들을 증오해야 할까? 니콜라는 알을 바라보며 그렇게 물었다. 평소보다 맥주를 많이 마신 날이었다. 자살을 위해 폭격기를 몰고 돌진하는 건 일본 군인들 개개인의 문제가 아니다. 그들 개인을 증오해서는 안 된다. 개인은 희생자일 뿐이니까. 그렇게 말한 뒤 니콜라는 덧붙였다. 자신이 베트남에서 세 명의 인간을 총으로 두 번, 칼로 한 번 살해한 것은 거대한 강물의 아주 작은 파동에 불과한 것이다……라고.

알은 니콜라의 말에 반감을 느꼈지만, 알의 입에서 새어 나온 말은 스스로에게조차 엉뚱한 것이었다. 내가 세탁소에 앉아 있어. 이상하게도 갑자기 외롭다는 생각이 들지. 견딜 수 없어져. 모두가 나와 같은데 왜 외로워지는 걸까? 혹시 모두가 나같이 외롭기 때문일까?

니콜라는 말없이 알을 바라보았다. 알은 대답을 기다리지 않고 입에서 튀어나오는 대로 다시 지껄였다. 세탁소는 11시에 문을 닫지. 그건 언제나 리엔이 하는 일. 리엔은 개그 프로그램을 끄고 리엔은 세탁소의 불을 꺼. 그것도 리엔이 하는 일. 모든 기계가 멈추고, 기계들은 밤이 새도록 조용할 거야. 그것이…… 그것이 리엔이 하는 일이지.

니콜라는 알을 물끄러미 바라보았다. 한참을 침묵하다 그는 잔을 들어 맥주를 마셨다. 옥수수밭에서 불어온 바람이 창틈으로 스며들었다. 빛과 어둠이 서로에게 스미는 저녁이었다. 니콜라가 이윽고 입을 열었다. 쓸쓸한 어조였다. 디트로이트에 얼마 전까지 동거하던 여자가 있었냐고 그는 말했다. 승무원으로서 디트로이트와 시더래피즈에서 각각 며칠씩을 보내는 생활을 오랫동안 해왔기 때문에, 그건 특별히 놀라운 일이 아니었다. 그런데 3년이 넘도록 니콜라와 동거하던 여자가 얼마 전 다른 남자를 만나 떠났다고 했다. 그의 목소리가 미세하게 떨렸다. 미국인들이 평생 만나는 섹스파트너는 평균 14.2명이지. 우리는 모두 그 열네 명 중의 하나로 살아가는 셈이랄까. 확률이란 그토록 정확한 거야. 우리를 찍어 누르지. 니콜라는 그렇게 말하면서 힘없이 미소를 지었다.

니콜라는 예순이 넘었으며, 여자가 떠난 뒤 승무원 일을 그만두고 퇴직을 했으며, 암에 걸려 있었다. 이미 다른 곳으로 전이되어 회복이 어렵다고 했다. 담배를 피우지 않아도 암에 걸립니다. 암은 가족력이 중요하죠. 중국계로 보이는 의사는 니콜라와 알에게 침울한 목소리로 말했다. 의사의 말을 들은 니콜라는, 맞아요, 암 발생은 유전적 요인이 큰데, 그게 몇 퍼센트라더라……라고 중얼거렸다. 의사는 아무런 대답도 하지 않았다.

니콜라는 미시시피 강이 보이는 호스피스 병동에 입원했다. 그의 부친이 생을 마친 바로 그 병원이었다. 니콜라는 입원을 위해 직접 세면도구 등속을 챙기고, 집을 청소한 뒤에, 손수 낡은 왜건을 몰고 병원으로 갔다. 일부러 길을 우회해서 강변을 따라 오래 달렸다고 했다.

알이 병원에 찾아갔을 때, 니콜라는 침상에 누워 문득 리엔 애기를 꺼냈다. 리엔이 방문했던 그 밤에 고요하고 기이한 지옥을 경험했다는 것이다. 넌 믿지 못하겠지만, 그날 식탁에 앉아 있는데 내 손에서 낯선 감촉이 느껴졌다. 분명 아무것도 쥐고 있지 않았는데도, 방아쇠를 당길 때의 손가락의 감각과, 칼을 사람의 몸에 꽂아 넣을 때 손목으로 전해져 오는 진동이 한꺼번에 느껴졌지. 그건 낚싯대 끝에서 전해지는 비릿한 떨림, 강물에서 건져 올린 물고기의 퍼득거림, 그 물고기의 피 묻은 입에서 낚싯바늘을 떼어낼 때의 기분과 비슷했다. 니콜라는 그렇게 말하면서 창밖을 바라보았다. 옥수수밭이 펼쳐져 있는 대신 흙빛 강물이 흘러가고 있었다.

마지막으로 니콜라를 찾아온 사람은 디트로이트에서 니콜라와 동거했다는 흑인 여자였다. 키가 크고 단정하며 표정이 밝은 그녀는 니콜라의 침대 머리맡에서 하루 반나절 동안 대화를 나누고 돌아갔다. 그 하루 반나절 동안 하나의 인생이 흘러갔을 거라고 알은 생각했다. 여자는 병원의 지하식당에 내려가 혼자 식사할 때를 제외하고는 내내 니콜라와 이야기를 나누었다. 그들의 이야기가 끝나는 순간에 니콜라의 숨이 조용히 멎을 것 같다고 알은 생각했다.

니콜라의 연인이 흑인이었다는 것에 알은 약간의 의아함을 느꼈지만, 하루 반나절이 지난 뒤에는 그 모든 것이 자연스럽게 느껴졌다. 병원을 나서면서 그녀는 알에게 말했다. 자신이 니콜라를 버리고 다른 남자와 살게 된 후에도 니콜라는 자신을 사랑해주었다고. 그 사랑이 지나치게 집요했기 때문에 니콜라는 부들부들 떨리는 손에 칼을 들었다고, 칼을 든 채 그녀의 집 앞 어둠 속에 오래 서 있기도 했다고, 그녀는 말했다.

그때 니콜라는 진실로 그녀를 죽이려고 결심한 상태였다고 한다. 하지만 그 어둠 속에서도 칼이 은빛으로 빛났기 때문에, 그녀는 죽지 않고 살아남을 수 있었다. 캄캄한 어둠 속에도 어딘가에는 빛이 있게 마련이지. 그것은 니콜라 자신이 나중에 한 농담이라고, 그녀는 차분한 목소리로 설명했다. 힘없는 미소가 그녀의 얼굴에 떠올랐다가 사라졌다.

낡은 포드 자동차에 시동을 걸면서 그녀는 덧붙였다. 그때 니콜라가 암에 걸려 있다는 사실을 알았더라면 그를 떠나지 않았을까? 그럴 리가. 그래도 나는 니콜라를 떠났을 것이고, 니콜라는 취한 채 부들부들 떨리는 손에 칼을 들었겠지. 다음 생에도 이런 것은 반복될지도 몰라. 알은 병원 아래쪽의 산길로 천천히 사라지는 자동차를 오래 바라보았다.

그로부터 며칠 뒤 산책을 나간 니콜라는 미시시피 강을 가로지르는 다리에서 스스로 뛰어내렸다. 알에게 남긴 편지에는 짧고 간결한 몇 개의 문장만이 적혀 있었다. 밤마다 찾아오는 육체의 고통을 견디기 힘들구나. 나는 내게 쇠약한 몸이 있다는 것만을 진실로 깨닫고 있다. 그것이 지금 내 삶의 전부다. 이제 찌가 흔들리지 않는 강물을 오래 바라보는 일을 그만두려 한다……

*

알은 니콜라의 유해를 강에 뿌렸다. 그리고 한국행 비행기에 몸을 실었다. 비행기가 이륙한 뒤 그는 노스웨스트의 여승무원들이 두 손을 들어 제 입을 막는 시늉을 하는 것을 멍하니 바라보았다. 여승무원들은 기내 방송에 맞추어 선반 쪽을 가리키고는 거기서 산소마스크를 꺼냈다. 익숙한 동작으로 마스크에 붙어 있는 고무줄을 팽팽하게 당긴 뒤 손을 앞으로 쭉 뻗어 비상구의 위치를 가리켰다. 저 마스크로 산소가 공급되는 것일까? 아니면 단지 바깥의 오염된 공기가 차단되는 것일까? 알은 그런 엉뚱한 생각을 하고 있었다.

비행기는 난기류를 몇 차례 통과한 뒤 하네다 공항에 도착했다. 알은 공항의 기념품점을 돌아다니다가 복도 한 켠에서 배낭을 베고 누워 쪽잠을 잔 후 인천행 비행기로 환승했다. 인천에서 서울로 들어오는 공항버스 안에서 그는 자신이 바깥 풍경에 놀랍도록 무심하다는 것을 깨달았다.

텔레비전 방송에 출연한 알은 땀을 많이 흘렸다. 양복은 방송국에서 빌려 입었는데, 두꺼운 옷과 조명의 열기 때문에 스튜디오에 서 있기가 어려웠다. 사회자는 어머니를 만나고 싶어 한국에 온 입양아로서의 감회를 물었다. 알은 어머니를 만나고 싶기는 하시만, 만일 어머니가 자신을 만나는 걸 불편해한다면 만나지 않아도 좋다고 대답했다. 사실 유년에 대해 아무것도 알지 못한다는 사실이 그리 불편한 것은 아니라고 그는 덧붙였다. 말끔한 정장을 차려입은 사회자가 매우 안됐다는 표정을 지어 보이는 것을 알은 바라보았다. 네, 어머니에 대한 그리움이 매우 사무친 분이군요—라고 사회자가 말했다. 약간 의아한 느낌이 들었기 때문일까, 알은 묻지도 않은 말을 내뱉었다. 저는 한국에 있을지도 모르는 혈육에게 아무런 유감이 없습니다. 단지 부모가 어떤 이유로 아이를 버렸는지 확인하고 싶을 뿐입니다. 알의 말에 사회자는, 아마도 상황이 어쩔 수 없었겠지요—라고 애틋한 표정을 지으며 위로를 표했다. 알은 다시 고개를 갸웃거리며 입을 열었는데, 자신도 예상하지 못한 엉뚱한 말이 튀어나왔다. 하지만…… 하지만…… 물고기의 입은…… 피로 가득한 것이니까요.

사회자는 당황한 표정을 지었고, 알은 그 표정을 물끄러미 바라보았다. 물론 알의 말은 방송용으로는 부적절한 것이었다. 그가 말한 내용은 대부분 편집되어 텔레비전에 방영되었다. 녹화된 화면을 텔레비전으로 다시 보면서 알은 이상한 기분에 사로잡혔다. 자신이 부모를 찾고 싶어서 한국에 온 것은 아니라는 느낌이 강하게 들었던 것이다. 나는 왜 이곳에 온 것일까? 그는 고개를 흔들었다.

퇴근 후 탭하우스를 나온 알은 언제나처럼 새벽 1시의 이태원 거리를 걸었다. 해밀튼 호텔에서 횡단보도를 건너 아랍인들의 거리와 이슬람 사원을 지나 좁은 골목으로 접어든 뒤 가파른 계단을 내려갔다. 사람의 왕래가 적은 길을 택해 작정 없이 걷다가 그는 문득 커다란 강이 제 앞에 펼쳐져 있다는 것을 깨달았다. 자동차들이 윙윙거리며 달리는 새벽의 한강변이었다. 알은 미시시피 강보다 더 검고 더 짙은 강의 물결을 내려다보았다. 벨벳을 깔아놓은 것 같은 수면이었다. 천천히 다리를 건너면서 그는 바닥에 침을 뱉었다. 자동차 매연과 먼지가 입에 고였기 때문이었다. 요즘에는 중국에서 날아온 미세먼지가 서울에 가득하지. 거리를 다니려면 마스크를 꼭 착용하도록 해, 가급적 산소마스크로. 사장은 그런 농담을 던지고는 호탕하게 웃음을 터뜨렸다. 노란 가로등 불빛들이 줄지어 강물에 비치고 있었다.

다리 중간쯤에 이르렀을 때, 알은 난간 한 켠에 누군가 서 있다는 것을 깨달았다. 한 남자가 전화기를 귀에 대고 통화를 하고 있었다. 휴대전화가 아니라 공중전화였다. 전화는 다리 가운데 설치돼 있었는데, 그게 일반 공중전화가 아니라 상담용 전화라는 것을 알은 이미 알고 있었다. 검은 강물의 유혹에 끌려 투신하는 사람들이 많기 때문에 설치된 것이라고 했다. 전화기에는 아무런 번호도 표시되어 있지 않다. 단지 녹색 버튼을 누르면 누군가와 통화를 할 수 있다는 것이다. 서울과 한강에 대해 인터넷을 검색하다가 읽은 내용이 있다. 한국은 OECD 국가 중 자살률 1위이며, 여전히 미친 듯이 성장에 매달리는 나라라고 했다. 빈부격차가 심해져 이 상태로는 더 이상 지속이 어려울 정도라고 했다. 하지만 더 많은 생명의 전화를 설치하고 다리 난간을 높이면 된다고 주장하는 국회의원도 있다는 것이었다.

알은 남자를 지나쳐 걷다가 걸음을 멈추었다. 전화기를 붙들고 있는 남자가 어딘지 낯익다는 것을 깨달았기 때문이었다. 회색 점퍼 차림에 키가 작은 오십대였다. 알은 그가 탭하우스에서 울음을 터뜨렸던 그 남자라고 생각했지만, 이곳에는 닮은 사람들이 많기 때문에 확신할 수 없다는 생각이 동시에 들었다. 죽음을 선택할 것인가 말 것인가는 저 남자의 의지이므로, 내가 개입할 문제는 아니다. 나는 태평양을 건너 머나먼 이국에 도착한 이방인일 뿐이다. 알은 그렇게 생각했지만, 자신도 모르게 가만히 뒤를 바라보았다. 남자가 수화기를 든 채 알을 마주 보고 있었다. 알이 지나갈 때까지는 아무 말도 하지 않겠다는 듯 입술이 일자로 다물어져 있었다. 아주 오래전부터 그런 표정을 하고 있었기 때문에 다른 표정은 전혀 알지 못하는 사람의 얼굴 같았다.

알은 가만히 서서 남자를 바라보았다. 남자의 발밑으로 가로등과 아파트의 빛들이 가득 비친 강물이 보였다. 저 수많은 불빛들이 강물의 풍요로움인 것은 아닐 것이다. 저 강물 속에는 죽은 사람의 팔과 죽은 사람의 얼굴과 죽은 사람의 발이 흘러가고 있을 것이다. 그렇게 생각하다가 알은 자기도 모르게 입을 열었다. 그의 입에서 엉뚱한 한국어가 튀어나왔다.

감사합니다. 죄송합니다. 맥주. 안주. 이것을 주세요……

알은 자기가 말한 문장의 뜻을 떠올리려고 했지만, 어떤 단어가 어떤 뜻인지 분간이 가지 않았다. 알은 어쩐지 다급해진 목소리로 다른 문장들을 내뱉었다.

여보세요…… 울지 마세요…… 그렇지 않습니다……

남자는 알의 말을 이해하기 위해 귀를 기울이는 듯하다가, 이내 얼굴을 찌푸렸다. 그리고 수화기를 내려놓더니 알을 바라보며 가만히 고개를 흔들었다. 그러고는 몸을 돌려 반대편으로 걸어가기 시작했다. 마치 다른 시간 속으로, 다른 세계 속으로 걸어 들어가는 사람 같다고 알은 생각했다. 남자가 멀어져가는 것을 알은 물끄러미 바라보았다.

알은 난간에 붙박여 있는 전화기로 시선을 돌렸다. 전화기를 향해 다가갔다. 두 개의 버튼이 보였다. 119라고 씌어져 있는 빨간 버튼과 한국어로 뭐라고 적혀 있는 녹색 버튼이었다. 아마도 상담용 버튼이라는 뜻일 것이다. 알은 녹색 버튼을 눌렀다. 전화기 저편에서 여자의 목소리가 들렸다.

혹시 저 강을 뭐라고 부르는지 알아?

그렇게 물은 것은 리엔이었다. 강이 내려다보이는 식당에서였다. 날이 흐리고 어두운 흙빛으로 강물이 흘러가고 있었다. 알은 잠자코 있었다. 그것을 미시시피 강이라고 부른다는 것은 누구나 알고 있다. 리엔이 희미한 미소를 지으며 입을 열었다. 올드 맨 리버라고 부른대. 미시시피 강의 별칭이라던데.

리엔의 미소가 리엔의 얼굴에 떠올랐다 사라지는 순간을, 알은 물끄러미 쳐다보았다. 리엔은 문득 휴대전화를 꺼내 들고 뭔가 검색을 했다. 인생은 아주 복잡하고 난해하면서도 한편으로는 배신감을 느낄 만큼 단순한 것인가 봐. 리엔은 그렇게 말하며 작은 화면을 알에게 보여주었다. 약물오용으로 요절한 히스 레저의 사진이 화면에 떠 있었다. 요절한 배우의 오른팔에 문신이 새겨져 있었다. 리엔은 사진 아래 있는 문장을 중얼거리듯 읽기 시작했다.

내 팔에 있는 문신 올드 맨 리버는 그저 노래가 아니라네. 거기에는 몇 가지 뜻이 있지. 나는 무언가를 기억해야 할 때는 몸에 문신을 새겨. 지금 내가 그대에게 할 대답은 하나. 나는 이 강에 무언가 영원한 것이 있다고 느낀다네. 나는 작은 보트를 타고 노를 저어 올드 맨 리버를 흘러가네……

그것은 히스 레저가 어느 인터뷰에서 했다는 말이었다. 리엔은 마치 노래를 하듯 그 구절을 읊조렸다. 리엔이 말을 마친 뒤 침묵하자, 이번에는 알이 뭔가를 중얼거렸다. 리엔이 뭐? 하고 되물었지만, 알은 입을 다물었다. 알은 당황스러운 느낌이 들었다. 자신이 뭐라고 했는지 알 수 없었다. 자신의 입에서 튀어

나온 문장은 영어가 아니라 자신도 잘 모르는 다른 나라의 말 같았다.

리엔은 별 관심 없다는 듯 다시 휴대전화 화면으로 시선을 돌렸다. 알은 방금 자신이 뱉은 문장의 뜻을 잃어버린 채, 까마득히 저 아래를 흘러가는 강물을 바라보았다. 누군가 알의 귀에 여보세요, 여보세요, 무엇을 도와드릴까요,라고 말하는 소리가 들렸다. 아주 먼 곳에서 들려오는 여자의 목소리였다. 알은 그것이 무슨 뜻인지 이해하기 위해 눈을 가늘게 떴다.

기린이
아닌
모든 것에
대한
이야기

1

기린이 아닌 모든 것에 대한 이야기를 해드릴까요?

내가 그렇게 말하면, 당신은 어떤 생각을 합니까? 정말 기린이 아닌 모든 것을 생각합니까? 목이 참 길고, 키가 껑충하니 크고, 무중력 공간인 듯 천천히 움직이는 그 동물을 제외한, 모든 것을 생각합니까? 또는 그 동물이 한가로이 거니는 아프리카의 초원이나 동물원이 아니라, 세상의 모든 곳을 생각합니까?

그럴 리가. 기린이 아닌 모든 것에 대한 이야기를 해드리겠습니다,라고 내가 말하면 사람들은 당연하다는 듯 기린에 대한 모든 것을 생각합니다. 마치 내가 이렇게 말한 것처럼 말이죠. 이제부터 기린에 대한 모든 것을 이야기해드리겠습니다──라고요.

나는 대체로 발음이 정확합니다. 당신의 귀는 정확하게 내 말을 들었습니다. 그런데 지금 당신의 머릿속을 지나가는 것은 무엇입니까? 그건 기린이 아닙니까? 그 기린은 산책 중일지도 모르고, 배가 고파 아까시나무의 잎사귀를 베어 물고 있을지도 모릅니다. 암컷의 등에 올라타고 교미 중일지도 모르지요. 아니면 긴 목을 칼처럼 휘두르며 다른 기린과 싸우고 있을지도.

물론 나는 그 기린에 대해 아무런 권리가 없습니다. 그건 순수하게 당신의 머릿속에서 태어난 당신의 기린이니까요. 이상한 말이지만, 나는 그것이 내 운명이라고 생각합니다.

운명이라고 나는 말했습니다. 우스운가요? 하지만 믿어주십시오. 나는 진실만을 말하고 있으니까요. 그렇다고 느낍니다. 만에 하나 거짓말이라고 해도, 이건 진심을 다한 거짓말입니다. 전력을 다한 거짓말입니다. 내가 이렇게 말하는 순간에도, 아름다운 기린 한 마리가 당신의 머릿속을 지나가고 있지 않습니까? 그 기린은 하늘하늘 걸어가고 있지 않습니까? 그것이 증거입니다. 그 기린은 지금 어디까지 갔습니까? 멀리 사라지고 있습니까? 긴 목을 돌려 당신을 바라보고 있습니까? 거기 황혼이 지고 있나요?

그래요. 그것이 나의 운명입니다.

2

나는 언제부터 그런 이야기에 탐닉한 것일까요? 기린이 아닌 모든 것에 대한 이야기 같은 것에 말입니다. 초등학교 때 파출소에 가서 "저는 담임선생님이 내 짝을 만지고 더듬는 걸 보지 못했어요"라고 말했을 때부터였을까요? 젊은 경찰관 아저씨가 나를 물끄러미 쳐다보던 그날 오후부터?

그래요. 그건 초등학교 시절의 어느 봄날, 방과 후의 일이었습니다. 나는 책가방을 멘 채 학교 앞 파출소의 무거운 유리문을 밀고 들어갔습니다. 부잣집 도련님처럼 얼굴이 희멀겋고 의협심이 넘쳐 보이는 경찰관 아저씨가 앉아 있더군요. 생각해보면 지금의 나보다 한참 어린 의경이었고, 인생의 역경이라는 것은 한 번도 겪어보지 못한 게 틀림없는, 그런 청년이었습니다만.

그는 철제책상에 앉아 물끄러미 나를 바라보다가 학교와 반과 담임선생님의 이름을 물었습니다. 나는 사실대로 말했습니다. 학교와 반과 담임선생님의 이름과…… 모든 것을요. 내 짝은 예쁘고 착한 데다가 장학사님의 딸이라는 이야기도 했습니다. 경찰관 아저씨가 묻는데 감출 게 어디 있겠습니까. 성실하고 모범적인 학생이 말입니다.

아저씨가 내 말을 옮겨 적고 있을 때, 나는 무심코 창밖을 바라보았습니다. 거기 하얀 구름이 떠 있었어요. 다시 보면 전혀 그곳에 있을 것 같지 않은, 아무것도 닮지 않은, 그저 구름일 뿐인, 단순한 구름이었습니다. 이상하게 그 흰빛이 기억에 오래 남더군요.

내가 파출소를 찾아간 뒤 며칠이 지나지 않아서, 담임선생님이 교실에서 보이지 않게 되었습니다. 교장과 싸우고 그만뒀다, 무슨 교내 스캔들이 있었다, 심지어는 자살했다, 그런 소문들이 아이들 사이에서 떠돌았습니다. 하지만 변한 건 아무것도 없었어요. 아이들은 사라진 담임을 여전히 '반(半)대머리'라고 불렀고("반대머리 어디 갔냐?"라는 식으로), 나는 평소처럼 조용하고 성실한 학생이었습니다. 생활기록부에는 언제나 "품행이 방정하여 타의 모범이 됨"이라고 씌어져 있었지요. 품행이 방정하다는 건 어딘지 안 좋은 표현 같았습니다. 방정맞은 아이라는 뜻인가?—생각하곤 했으니까요.

사람들은 정말 그렇게 말하더군요. 엄마가 일찍 죽고 아버지와 둘이서 살아온 탓에 애가 좀 그렇다고 수군거렸습니다. 동네 방앗간 할머니도, 뒷자리 까까머리도, 심지어 오락실 아줌마가 기르는 개새끼까지 말입니다. 그래요. 그거야말로 확실히 방정맞은 말입니다. 품행도 언행도 방정맞은 자들의 수군거림입니다. 왜 남의 집 가정사를 시시콜콜 들먹인단 말입니까? 내가 아버지를 뭘 어떻게 했다는 말입니까?

확실히 말씀드립니다만, 나는 아버지를 사랑했습니다. 누구보다도 사랑했습니다. 아버지에게 맹목적인 증오심을 가진 친구들도 있는 모양이지만, 나는 달랐습니다. 아버지에 대한 증오심이라니, 적의라니, 애들이 아직 어려서 그렇구나. 아버지가 없다면 자기들도 없을 텐데……

3

그 시절, 아버지는 귀가한 뒤 언제나 구석방에 틀어박혀 시간을 보냈습니다. 저녁 먹을 때 외에는 바깥으로 나오는 일이 드물었습니다. 고독한 남자였어요. 인생에 별다른 욕심이 없어 보였습니다. 말이 없고, 여자도 만나지 않고, 고기도 먹을 줄 모르고, 술도 마시지 않았습니다. 식물성 인간이랄까요. 욕망이라든가 의욕 같은 것과는 무관한 사람처럼 보였습니다. 나에게조차 별 관심이 없었을 정도니까요. 유일한 낙은 담배였습니다. 담배만은 미친 사람처럼 피워댔지요. 세상의 모든 식물들을 다 태워 없앨 것처럼 말이죠. 승려를 그만둔 뒤부터 그랬다고 했습니다.

승려요? 아, 스님, 스님 말입니다. 머리를 빡빡 밀고 회색 두루마기를 걸친, 바로 그 스님이요. 그렇습니다. 아버지는 명문대학을 중퇴하고 한때 출가를 했던 사람이라고 하더군요. 사실 저로서는 지금도 이해가 잘 안 됩니다. 세상에는 그런 종류의 사람도 있는 모양이지만, 그게 내 아버지라니, 이상한 느낌이 들 정도니까요.

아버지는 이름만 대면 알 만한 사찰의 전도유망한 승려였다
고 하더군요. 여자를 만나 나를 낳고 환속할 때까지는 말입니다.
세속을 떠났다가 다시 세속으로 돌아온 것입니다, 여자 때문에
말이죠. 나는 의아했습니다. 아버지는 해탈보다 사랑을 택한 것
일까? 온 우주를 깨닫고 자신이라는 지옥에서 자유로워지는 일
보다, 겨우 한 여자에 대한 사랑이 중요했던 것일까? 글쎄, 잘
모르겠습니다. 그런 건 물어보지 않았으니까요. 사실 우주니 해
탈이니 하는 것에는 별 관심이 없었기 때문에…… 하긴 사랑에
도 관심이 없긴 마찬가지였습니다만.

여자에 대한 사랑이라니, 우스꽝스럽지 않습니까? 그 사랑
이란 애써서 가보면 감쪽같이 사라지는 게 아닙니까? 무지개
나 구름 같은 것처럼 말입니다. 너무나 선명하면서도, 선명하
기 때문에 도저히 잡을 수 없는 것…… 심장을 쥐어뜯게 만들다
가도, 어느 날 아침에 일어나보면 그게 뭔지 도무지 아리송해지
는……

아버지가 사랑한 여자는, 제 어머니 말입니다만, 금방 사라졌
습니다. 원래 몸이 약했고, 폐에 심각한 문제가 있어서 절에 온
사람이라고 했습니다. 봄날처럼 밝고 환한 여자였다고 하더군
요. 우울해하는 아버지를 오히려 위로해주기까지 했다니까요.
대체 누가 아픈 사람인지 모를 정도였다고 아버지는 회고했습
니다. 그런 건 천성이자 일종의 능력이지. 주위의 공기조차 갓
핀 산수유처럼 신선해졌으니까……라고도 했습니다. 그토록

화사한 사람이 폐에 구멍이 뚫려 있다니, 호흡곤란을 겪어야 하다니, 맑은 공기를 마시는 것조차 힘들어해야 하다니…… 아버지는 한탄했습니다.

새빨갛고 조그만 아이를 낳은 뒤, 여자는 거짓말처럼 문득 사라졌다. 나는 가슴이 아프지도 않았다. 그 여자는, 네 어머니 말이다만, 애초에 세상에 존재하지도 않았던 것 같았으니까. 아버지는 그렇게 말했습니다. 하지만 존재하지도 않았던 것 같은 그것이 당신을 지배하고 있다는 건, 어린 나 역시 어렴풋이 느낄 수 있었어요.

아버지는 조용히 저잣거리로 돌아왔습니다. 늙은 어미의 집에, 내 할머니 말입니다만, 나를 맡겨둔 채 일을 나갔습니다. 공사장을 쫓아다니기도 하고, 도배 시다바리를 하기도 했습니다. 하루 벌어 하루 사는 일들이었죠. 아버지는 언젠가 말했습니다. 이 일들이 좋다. 이 일들은 단지 그것 자체일 뿐이다. 거짓말을 할 필요도 없고 진실도 필요 없다. 사랑이니 열정이니 하는 것도 불필요하다. 그것이 좋다……

아버지는 점점 외로운 사내가 되어갔습니다. 친구도 없었고 취미도 없었습니다. 단지 담배만을 피울 뿐이라는 듯이, 담배를 피우기 위해 이 세상에 태어났다는 듯이, 그렇게 담배를 물고 있을 뿐이었습니다. 나를 구석방에 들어오지 못하게 한 것도 방 안에 가득 배어 있는 그 냄새 때문이었죠.

하지만 또 다른 이유가 있는 건 아닐까? 나는 의아했습니다.

담배 연기로 가득한 방에서 밤마다 틱틱, 소리가 났으니까요. 기계를 두드리는 소리 같았어요. 아버지는 무슨 일을 하는 것일까? 무선 신호를 보내는 소리일까? 모스 부호를 밤하늘로 날려 보내는 걸까? 외계인들에게 보내는 신호? 그게 아니라면⋯⋯ 어린 나는 온갖 상상을 다 했습니다. 「수사반장」 같은 드라마의 영향인지도 모르지만, 내 상상은 점점 한쪽으로 흘러갔습니다. 뇌가 간질간질해지는 느낌이었습니다. 비밀이란 건 이상한 방식으로 인생을 풍요롭게 만들더군요.

그리고 그날이 왔습니다. 모든 게 조금씩 어긋나는 느낌이 드는 날이 있지 않습니까? 멀쩡하던 문이 삐걱거리고, 수도꼭지에서 녹물이 나오고, 유리컵에 실금이 가 있는 그런 날 말입니다. 그런 날에는 반드시 라디오가 고장 나고, 칼에 손을 베고, 고양이가 유독 눈에 자주 뜨이지요.

평소와 달리 아버지는 귀가한 뒤에도 구석방으로 곧장 들어가지 않았습니다. 대신 조용한 목소리로 나를 불렀습니다.

왜 그랬느냐?

아버지는 바닥을 바라보며 그렇게 물었습니다. 무슨 말인지 나는 이해하지 못했어요. 물끄러미 아버지의 얼굴을 바라보고만 있었지요.

왜 보지 않은 것을 보았다고 했느냐?

차분한 목소리였습니다. 궁금해서 묻는 것 같지는 않았습니다. 나는 직감으로 알았습니다. 그게 담임선생님 얘기라는 것을 말이죠. 나는 사실대로 말했습니다. 보지 못한 것을 보지 못했다고 했을 뿐이라고요. 아버지는 짧은 침묵 후에 중얼거리듯 입을 열었습니다.

그게 그거다.

나는 이해할 수 없었습니다. 그게 그거라니요. 어떻게 그게 그것이라는 말입니까? 그게 그것이라면, 대체 우리는 왜 말 같은 것을 해야 한다는 말입니까? 부반장의 지갑을 훔친 건 내가 아니라고 말했는데도 담임은 내 뺨을 때렸습니다. 지갑을 훔치지 않았다고 바락바락 말하면 말할수록, 나는 점점 더 지갑을 훔친 아이가 되었습니다. 벗어날 수 없었습니다. 그래요, 그것이 나의 운명입니다. 나는 그 운명을 따라 파출소로 갔고 사실을 사실대로 말한 것뿐입니다. 담임선생님이 내 짝을 만지고 더듬는 걸 보지 못했다고 말입니다. 그뿐입니다.

아버지는 마당의 사철나무 가지를 꺾어 와 내 종아리를 때렸습니다. 힘이 실리지 않았기 때문에 그리 아프지는 않았습니다. 하지만 나는 아픈 것처럼 소리를 질렀습니다. 그래야 할 것 같았으니까요. 어린 마음에도 그게 때리는 사람에 대한 예의라고 생각했을까요?

그런데 이상한 일이지요. 소리를 지르자 종아리가 정말 아파왔습니다. 불에 덴 것처럼 뜨겁고, 따갑고, 고통스러워졌습니다. 찔끔 눈물까지 흐르더군요. 눈물은 슬픔을 부르는 법이지요. 슬픔은 또 우물처럼 스스로 차오르는 법입니다. 나는 어느 순간 울음을 터뜨렸습니다. 한번 터진 울음은 또 다른 울음을 불러왔어요. 울음은 거의 통곡에 가까워졌습니다. 내 몸에 이토록 많은 물이 저장되어 있다니…… 그런 느낌이 들 정도였으니까요.

아버지는 매질을 멈추고 나를 물끄러미 바라보았습니다. 그리고 떨리는 입술을 열어 말했습니다.

선생님한테 혼이 났다고 해서…… 그런 말을 해서는 안 된다. 비록 사실이라고 해도 말이다.

그게 아버지의 간단명료한 결론이었습니다. 훌쩍이는 나를 좁은 마루에 버려두고 아버지는 담배 연기 가득한 방으로 들어가버렸습니다. 나는 울음을 멈추었습니다. 종아리를 걷은 채 그 자리에 그대로 서 있었어요. 늦저녁의 황혼이 마루로 가만히 스며들더군요. 황혼은 매 맞은 종아리를 타고 올라왔습니다. 맞은 자리가 발갛게 젖어들었습니다. 그렇게 모든 걸 위로해주는 게 황혼의 임무라는 듯이 말입니다.

다음 날 나는 다시 파출소로 갔습니다. 부잣집 도련님처럼 얼굴이 말간 그 경찰관 아저씨를 찾아간 것이죠. 이번에는 마음을 굳게 먹고 진짜 거짓말을 했습니다. 참말을 하면 아무도 나를 믿어주지 않는다, 그게 어린 나의 깨달음이었으니까요. 나는 아버지가 수상하다고 말했습니다. 숫자가 가득 적힌 종이와 삐라들을 증거물로 건넸습니다. 밤마다 틱틱, 소리를 내며 어디론가 신호를 보낸다는 이야기도 했습니다. 어른 필체를 흉내 내서 종이에 빽빽하게 숫자를 적어 넣은 것은 나였고, 삐라 역시 산에서 주워 온 것이었습니다만, 틱틱거리는 소리만은 아버지의 것이었습니다.

그 후 놀라운 일이 일어났습니다. 아버지가 대규모 지식인 간첩단의 일원으로 체포되었다는 뉴스가 나왔으니까요. 아버지는 대학 때 포섭을 당했고, 불교계에 잠입했으며, 정체가 드러나기 직전 환속했다는 것이었습니다. 환속 뒤 막노동이나 도배 일을 하며 살아온 것도 일종의 위장술이라고 했습니다.

홀연히 사라진 아버지는 보름 뒤 피폐해진 몸으로 돌아왔습니다. 한 달쯤은 자리보전을 해야 할 정도로 망가져 있었어요. 언행이 방정한 자들은 수군거렸지요. 오락실의 개새끼까지 떠드는 것 같았습니다. 전쟁 때 월북했다는 할아버지 이야기…… 간첩으로 의심되지만 증거불충분으로 풀려났다는 신문기사…… 대공분실에서 모진 고문을 받고 정신이 이상해졌다는 이야기…… 그동안 필명으로 시를 발표했으며 신문에 무슨 반정부 칼럼 같은 것을 쓰기도 했다는 얘기까지.

아아, 나는 두려워졌습니다. 어떻게 두렵지 않을 수 있겠습니까? 나의 입은 언제나 무서운 진실만을 말했던 것입니다.

4

과묵했던 아버지는 더 말이 없는 사람이 되었습니다. 아버지

를 보고 있으면 깊은 물속을 유영하는 심해어가 떠오를 지경이
었으니까요. 심해어에게는 눈이 없는지, 아버지는 나를 아예 보
지 못하는 것 같았습니다.

그 후 저에게는 이상하다면 이상하고 이상하지 않다면 이상
하지 않은 일들이 일어났습니다. 입만 열면 기묘하게도 거짓말
이 튀어나왔다는 걸 말하는 게 아닙니다. 아니, 거짓말이 튀어나
온 건 사실입니다. 하지만 그건 이미 거짓말이 아니었습니다. 무
슨 말이냐구요?

숙제를 하지도 않았는데 숙제를 했다고 말합니다. 그러면 어
여쁜 새 담임선생님은 내 공책을 검사하고는 고개를 끄덕이며
지나갑니다. 온화한 미소를 띤 채로 말이죠. 무슨 일이 일어난
걸까요? 선생님이 돌려준 공책에는 '참 잘했어요'라는 푸른색
도장이 찍혀 있습니다. 텅 빈 공책 한가운데 말입니다.

그뿐입니까. 50원짜리 동전을 몇 개 훔쳤다가 오락실 아줌마
에게 들킵니다. 아줌마가 등 뒤에서 내 어깨를 잡는 순간, 이건
거스름돈이라고 소리를 지릅니다. 방금 아줌마가 천 원짜리를
받아 동전통에 넣지 않았느냐, 아줌마가 잔돈을 내게 건네주지
않았느냐고 외칩니다. 아줌마의 미간이 일그러집니다. 실랑이
끝에 동전 통을 확인합니다. 그러면 천 원짜리 지폐가 보란 듯이
아줌마의 알루미늄 동전 통 안에서 발견됩니다. 나는 의기양양
해집니다. 그때마다 오락실 개새끼가 미친 듯이 짖어대는 바람
에 금세 기분이 나빠지긴 했습니다만.

그런 일들은 끊임없이 일어났습니다. 어느 날 내 어여쁜 짝의 고급 펜텔 샤프가 사라졌습니다. 반대머리 담임이 어루만지지 않은, 장학사님의 딸인, 바로 그 짝 말입니다. 나는 그 애의 말이라면 팥으로 메주를 쑨다고 해도 믿었을 겁니다. 거짓말이라고는 한 번도 해본 일이 없는 것 같은 하얀 얼굴의 소녀였으니까요. 동화 속에서 갓 튀어나온 공주 같았어요. 우리 반 아이들은 그 애를 백설공주라고 불렀습니다.

백설공주, 나의 백설공주…… 맹세코 나는 그 애의 펜텔 샤프 같은 것에는 아무런 욕심이 없었습니다. 그저 공주의 희고 부드러운 손가락이 제일 오래 머무는 물건이라고 생각했을 뿐입니다. 공주의 따스한 체온이 가장 깊이 배어 있는 물건, 그게 그 앙증맞은 샤프였을 뿐입니다. 공주는 그 고급 샤프를 잃어버리고 울음을 터뜨렸어요. 참으로 아끼던 물건이었으니까요.

그때 우리 반에는 일곱 난쟁이가 있었습니다. 물론 백설공주의 난쟁이들입니다. 모두들 내 어여쁜 짝을 좋아했기 때문에 붙은 별명이지요. 나는 난쟁이들 가운데 가장 잘생긴 부반장의 이름을 공책에 적어서 조용히 백설공주에게 내밀었습니다. 그러곤 낮게 중얼거렸습니다.

애가 훔쳐갔어.

울고 있던 공주는 용수철처럼 벌떡 일어났습니다. 그리고 그 잘생긴 부반장 녀석에게로 똑바로 걸어갔습니다. 초등학교 소녀답게 아주 호전적인 눈빛을 띠고 말이죠. 공주는 표독스럽게 소리쳤습니다.

너지!

놀라운 일은 그다음에 일어났습니다. 부반장이 고개를 푹 숙이더니, 예의 그 펜텔 샤프를, 백설공주의 체온이 밴 바로 그 빨간색 샤프를, 슬그머니 책상 위에 올려놓는 게 아니겠습니까. 미안. 난 그냥 네가 오래 쥐고 있던 거라서…… 그렇게 소심하게 중얼거리면서 말입니다. 나의 공주는 경멸을 담은 눈빛으로 그 난쟁이를 쏘아보다가 샤프를 낚아채 자리로 돌아왔습니다. 기어들어가는 목소리가 난쟁이 쪽에서 들려온 건 물론입니다.

미안해, 정말로……

아아, 정말이지 어리둥절해질 수밖에요. 나는…… 나는…… 내 입을 의심하지 않을 수 없었습니다. 언제나 진실만을 말하는 내 입을 말입니다. 내 무서운 입을 말입니다.

'나는 거짓말쟁이다'라고 선언한 사람의 이야기를 알고 계시겠지요? '나는 거짓말쟁이다'라니. 참 이상한 말입니다. 그 사람이 정말 거짓말쟁이라면, 그는 진실을 말한 것이므로 거짓말쟁이가 아니게 됩니다. 그가 거짓말쟁이가 아니라면, 그는 자신이 거짓말쟁이라고 거짓말을 한 셈이 됩니다. 그는 자신이 거짓말쟁이라고 선언했기 때문에, 더 이상 거짓말쟁이가 될 수도 없고 거짓말쟁이가 안 될 수도 없는 이상한 상황에……

아아, 골치가 아파오는군요. 그만둡시다. 이런 말장난을 하느니 차라리 '죄송합니다. 나는 거짓말쟁이입니다'라고 깨끗이 인정해버리는 쪽이 나을 테니까요. 하지만 그러면 나는 또다시 거짓말쟁이가 될 수도 없고, 되지 않을 수도 없을 테지요. 그런 궁지에 몰리겠지요.

그래요. 그것이 나의 운명입니다.

5

이제 그 운명에 대해 말할 차례군요.

아시다시피 나는 박물관에서 일하는 사람입니다. 동물원도 아니고, 아프리카의 초원도 아니고, 바로 박물관입니다. 시간을 보존하는 공간, 아니 진실을 보존하는 공간 말입니다. 고독하지만 멋진 일이라고 생각합니다. 재산이니 평판이니 출세니 하는 것들과는 아무런 관계가 없는 일이니까요. 진실이 보존되는 곳, 아니 그것 자체가 진실인 공간이 일터니까요.

물론 내가 일하는 박물관은 소규모 대학 박물관이기 때문에 소장품들이 많지는 않습니다. 급여도 형편없습니다. 그래도 나는 불평 없이 관리인 일을 해왔습니다. 벌써 10년이 넘는 세월 동안 말이죠. 다시 말씀드리지만 조용하고 평화로운 곳입니다. 관람객 수를 다 합해봐야 하루 열 명이 안 되니까요. 초등학생들이 단체관람 올 때를 빼면 적막한 공기가 내내 고여 있습니다. 어둡고 은은한 조명, 청결한 실내, 푹신한 소파…… 시간은 그런 곳에 머무는 법입니다. 시간이 거처하는 유일한 곳, 시간이 자기 자신을 대상으로 삼는 유일한 장소, 그게 박물관이니까요.

박물관의 밤을 상상해본 적이 있으십니까? 긴 밤을 고요히 보내는 유물들의 황홀한 풍경을 떠올려본 적이 있으십니까? 기쁜 마음으로 말씀드리지만, 나에게는 그것이 생활입니다. 깊은 어둠 속의 시간과 함께 살아가는 것 말입니다. 박물관의 어둠이라는 건 부드러운 초콜릿에 가깝습니다. 몸을 담그고 있으면 소리 없이 녹아버릴 것 같은 검고 불투명한 용액 말입니다. 모든 것이 그곳에 존재했다가 그곳에서 사라지는 것이지요. 마치 그게 시간의 임무라고 선언하듯이 말입니다. 초콜릿처럼 달콤하냐고요? 글쎄요. 자기 몸이 녹아가는 기분이 달콤하다면 그럴 수도 있겠지요.

박물관 관리인이란 그런 침묵의 용액 속을 말없이 걸어 다니는 사람입니다. 관람객들이 모두 떠난 심야에 마지막으로 순찰을 하는 사람입니다. 시간의 문을 잠그는 사람입니다. 고여 있는 시간이 훼손되지 않도록 관리하고 보호하는 사람이지요.

물론 사소한 문제들이 없지는 않습니다. 대학 박물관은 또 이런 곳이기도 하니까요. 고인 시간과 적막이 주인인 곳이면서, 연인들의 페로몬 향기가 흘러드는 곳 말입니다. 무슨 뜻이냐고요?

젊고 풋내 나는 캠퍼스 커플들이 찾아듭니다. 어린 연인들은 팔짱을 낀 채 인적 없는 박물관 전시실을 천천히 돌아보지요. 유물들에 별 관심이 없다는 건 동선만 봐도 알 수 있습니다. 그들

은 곧 어두침침하고 외진 곳의 소파에 앉게 마련이죠. 그러고
는 서로 껴안고, 키스를 하고, 가슴을 만지고, 깊은 곳에 손을 넣
고…… 별짓을 다 하는 것입니다. 수백 년 된 불상들이 가만히
바라보는 앞에서 말이죠.

우스꽝스러운 일이라고 생각합니다. 천년의 영혼을 담은 유
물들 앞에서, 금방 죽어 문드러지고 썩어갈 육신들이 하는 짓을
상상해보십시오. 이미 좀비에 가까운 것들이 말입니다. 잠시 살
아 있는 시체들이 말입니다. 서로를 껴안고, 키스를 하고, 가슴
을 만지고…… 아아, 혐오스럽고 창피한 일입니다.

그래요. 아버지라면 물론 다르게 말했겠지요. 아버지는 그런
것이 인생이라고 생각할 테니까요. 작은 마당에 황혼이 내리던
어느 저녁, 병치레가 부쩍 잦던 아버지가 불현듯 이렇게 중얼거
리는 걸 들은 적이 있습니다. 사라지지 않는다면, 그것은 인생
이 아니다. 거짓말처럼 사라지기 때문에, 인생은 아름다운 것이
다…… 나에게 얘기하는 것인지 황혼에게 얘기하는 것인지는
알 수 없었습니다. 나는 그 말을 듣고 어쩐지 기분이 나빠졌던
것으로 기억합니다. 뭔가 항의라도 하려고 아버지를 보았는데,
그때 아버지의 얼굴은 발갛게 물들어 있었어요. 때마침 황혼이
제 임무를 다했던 것이지요. 나는 아무 말도 하지 못하고 입을
다물었습니다.

6

아버지가 세상을 뜬 건 내가 대학에 입학한 뒤였습니다. 몸은 거짓말을 하지 않습니다. 하루에 서너 갑씩 태운 담배와 늦게 배운 술이 아버지의 몸을 잠식해 들어갔습니다. 아버지는 침묵 속에서 죽어갔습니다. 병사한 어머니를 반복하려는 것이었을까요? 아버지의 폐는 이미 아무런 기능도 못 한다고 하더군요. 몸이 무섭게 말라갔어요. 그런 와중에도 아버지는 담배를 끊지 않았습니다. 변할 건 아무것도 없다는 식이었어요. 하긴, 뭐가 달라질 수 있었겠습니까? 죽음이 아버지의 고독한 인생을 곧 수납해 갈 텐데 말입니다.

아버지가 세상을 뜬 뒤로 나는 무기력한 생활에 빠져들었습니다. 연명했다고 하는 게 맞겠군요. 청춘의 열정이라든가 의욕 같은 것은 전혀 없었습니다. 동아리 활동 같은 것도 하지 않았고, 친구도 없었으며, 학점은 최악이었습니다. 그때 막 생긴 피시방에서 컵라면으로 끼니를 때우며 지냈습니다. 될 대로 되라는 심정이었달까요.

그런 나를 구원한 것은 뜻밖에도 공주였습니다. 빨간 샤프의 주인이었던 공주, 그 백설공주 말입니다. 초등학교를 졸업하고 한 번도 만나지 못한 우리는 우연찮게, 정말이지 거짓말처럼, 학교 근처의 피시방에서 다시 만난 것입니다. 대한민국의 수많은 대학들 중 수도권 외곽에 위치한 그 소규모 대학에서, 그것도 근처의 피시방에서 재회할 줄 누가 알았겠습니까?

당연히 우리는 사랑에 빠졌습니다. 사랑이라는 무지개, 그 구름바다에 말입니다. 그녀는 변한 것이 없었어요. 장학사였던 아버지가 세상을 뜬 뒤 가세가 기울었지만, 그녀는 여전히 그때 그 시절의 공주였습니다. 표정이나 성격, 말투만 그런 게 아니었어요. 초등학교 때와 키가 똑같았고, 얼굴이나 몸집도 거의 변하지 않았더군요. 남들은 대단한 동안이라고 부러워했지만 실은 좀 기이하게 보일 정도였습니다. 어떤 이는 질병을 의심했을 정도니까요.

공주는 대학생으로 보이기 위해 일부러 화장을 진하게 한다고 했습니다. 나와 여인숙에 갔을 때조차 새벽마다 욕실로 사라질 정도였어요. 옆에 누워 성기를 드러내고 밤을 보냈는데도, 아침이 오기 전에 화장을 하지 않으면 안 되었던 것입니다. 민낯의 공주는 나이와 얼굴이 맞지 않아 어딘지 균형이 어긋난 인상이었습니다. 마치 늙은 초등학생이라든가 나이 어린 노파를 보는 느낌이랄까요. 그녀는 여전히 예전과 같은 공주였지만, 그랬기 때문에 공주의 주위에는 난쟁이들이 없었습니다. 난쟁이들을 잃고 스스로 난쟁이가 된 공주 같았어요. 예전과 똑같기 때문에 달라지다니, 좀 이상한 일이긴 합니다만.

나는 공주를 독차지했습니다. '사랑해'라고, 나는 자주 말했습니다. 눈이 마주칠 때마다 '사랑해'라고 말했고, 잊을 만하면

'사랑해'라고 말했으며, 밤에 통화할 때도 '사랑해'라는 말을 반복했습니다. 왜였을까요? 나는 더 이상 펜텔 샤프 같은 데 관심이 없었고, 잘생긴 부반장에게 질투를 느끼지 않았으며, 공주 앞에서 선생에게 도둑으로 몰려도 치욕이라고 생각하지 않았을 텐데 말이죠.

하지만 어쩌면 그래서 더더욱 '사랑해'라고 외쳤는지도 모릅니다. 나의 입은 언제나 진실만을 말한다고 했었지요. 그렇습니다. '사랑해'라고 말하면 신기하게도 사랑의 마음이 되살아났습니다. 내 심장 어딘가에 숨어 있던 열기가 뜨거운 샘물처럼 솟아났습니다. 그러니 잊을 만하면 '사랑해'라고 말할 수밖에요. 불안을 느끼면 '사랑해'라고 외칠 수밖에요. 아아, 공주에 대한 나의 사랑은 다시 그렇게 깊어갔습니다.

처음에 우리는 주로 교내 음악실에 틀어박혔습니다. 커다란 스피커로 클래식을 틀어주는 곳이었어요. 어두컴컴한 음악실에는 연인들이 많았습니다. 잠을 자러 온 학생들도 있었지만 그건 견딜 수 있었어요. 음악을 듣느냐 마느냐는 취향의 문제니까요.

내가 견디지 못한 건 실은 음악 자체였습니다. 바흐의 「브란덴부르크 협주곡」 같은 것을 생각해보십시오. 형체도 없고 설명할 수도 없습니다. 그저 화려하고 다채로운 음들이 허공에 가득할 뿐입니다. 1번 1악장의 현란한 화사함, 2악장의 깊고 깊은 슬픔, 2번 2악장의 우아함, 그런 것들 말입니다. 그게 다 무어란 말입니까. 허공과 같은 것이…… 허공 자체인 것이…… 왜 그토록 우리의 마음을 울린단 말입니까. 내가 견딜 수 없었던 건 바로 음악 자체였습니다.

그녀와 나는 교내 박물관으로 데이트 장소를 옮겼습니다. 말씀드렸듯이 고요한 곳입니다. 우리는 손을 잡고 천천히 유물들을 구경합니다. 워낙 빈약한 컬렉션이기 때문에 전시물들을 돌아보는 데는 30분도 걸리지 않습니다. 이런 것을 박물관이라고 하다니, 조금은 한심한 기분이 들 수밖에요.

할 수 없이 우리는 구석의 소파에 앉습니다. 인적은 드물고 조명은 적당히 어둡고 주위는 고요합니다. 그 무렵 CCTV라는 게 처음 설치된 모양이지만, 그나마도 입구 쪽만 비추고 있었어요. 그러니 서로를 껴안고, 키스를 하고, 가슴을 만지고, 깊은 곳에 손을 넣고…… 그럴 수밖에요. 수백 년 된 불상들이 시간을 견디고 있는 곳에서 말입니다.

우리의 사랑이 또 다른 운명을 맞게 되리라고는 생각하지 못하던 시절이었습니다. 시절이란 그런 것이지요. 결국 지나가버리는 것 말입니다.

박물관 소파에 앉아 여느 때처럼 공주와 이야기를 나누던 오후였어요. 나는 문득 이상한 느낌을 받게 됩니다. 무언가가 우리를 바라보는 듯했기 때문이었죠. 처음엔 관리인 아저씨인가 싶어 주위를 둘러보기도 했습니다. 아니었어요.

이건 뭐지?

분명 어떤 시선이 우리의 몸을 훑고 있었습니다. 강렬한 시선이었어요. 타는 듯한 시선이었습니다. 나는 공주를 밀어내고 몸을 일으켰습니다. 다시 주위를 둘러보았습니다. 그리고 나는 그 시선이 어디서 오는 것인지 천천히 깨달았습니다.

그것은…… 불상이었습니다. 어린 시절 아버지가 데려가곤 했던 사찰의 불상들과는 비교할 수 없이 강렬한 느낌의…… 불상이었습니다. 종교니 부처니 하는 것에 대해서 나는 개뿔도 모릅니다만, 모르기 때문에 더 깊이 느낄 수 있는 것도 있지 않겠습니까? 솔직히 말해서 사찰의 불상들은 따분했습니다. 이건 대웅전이고 대웅전에는 불상이 있어야 하니까, 하는 식으로 앉아 있으니까요.

하지만 그 불상은 달랐습니다. 지금 이곳에 존재한다는 걸 뜨겁게 주장하는 것 같았습니다. 나는 심장박동이 빨라지는 걸 느꼈어요. 어지러움 같은 것이, 어떤 의식의 혼란 같은 것이, 나를 사로잡았습니다. 체온이 올라갔습니다. 얼굴이 달아올랐습니다. 백설공주를 안고 있었기 때문이 아닙니다. 전적으로 불상의 타는 듯한 시선 때문이었어요. 나는 그 뜨거운 시선에 사로잡혔던 것입니다. 스탕달이라는 작가가 그랬다던가요. 무슨 박물관에서 르네상스 시대의 그림 한 점을 봤을 때라고 했습니다. 정신이 멍해지고 다리가 후들거리고 영혼이 빨려 들어가는 듯한 체험을 겪은 게 말입니다. 「베아트리체 첸치의 초상」이라는 그림 때문이었다고 하더군요. 나는 그런 종류의 무슨 증후군에 걸린 것 같았습니다. 베아트리체에게 홀린 스탕달처럼, 나는 그 불상에 빠져들어 간 것입니다.

7

다시 말합니다만, 독특하고 아름다운 불상이었어요. 아시겠습니까? 독특하고 아름다워서…… 눈을 뗄 수가 없는 불상이었습니다. 백설공주를 소파에 버려둔 채 나는 불상을 향해 다가갔습니다. 부처가 눈을 감고 어떤 짐승 위에 결가부좌로 올라타 있었습니다. 93.5센티미터 높이의 고려시대 목조 비로자나불이라는 설명이 아크릴 판에 적혀 있었습니다.

하지만 우리를 향하던 그 뜨거운 시선은 부처의 것이 아니었습니다. 부처가 아니라, 부처가 타고 있는 짐승의 것이었습니다. 그래요. 그것은 바로…… 기린이었습니다. 동양의 상서로운 동물 말입니다. 뿔이 하나 달린 영물 말입니다. 사슴의 몸에 말의 발굽과 갈기를 지녔지요. 소의 꼬리를 갖고 있습니다. 온몸이 오색찬란한 비늘로 덮여 있습니다. 화사한 빛깔의 털이 흩날립니다. 기린은…… 기린은 아름다운 동물입니다. 나를 사로잡은 것은 비로자나가 아니라 비로자나가 타고 있는 바로 그 동물이었던 것입니다.

아니나 다를까, 기린불이라는 별명을 가진 그 불상은 박물관의 유일한 국보급 문화재라고 하더군요. 말씀드렸듯 작은 박물관이었고 소장품들은 형편없었습니다. 그 불상이 박물관의 존재 이유였던 셈입니다. 가장 값비싼 유물이자 박물관의 자랑이기도 했지요. 총장이 외부의 귀빈들을 데려와 관람시키곤 할 정도였으니까요. 그때마다 총장의 얼굴에 떠오르던 흐뭇한 표정을 나는 지금도 기억하고 있습니다.

나중에 문헌을 찾아보고 알게 된 것입니다만, 기린을 탄 부처상은 대단히 드물다더군요. 보살이나 동자가 탄 것은 간혹 있습니다만…… 기린을 탄 관음상이 둔황석굴에 있지만 그것 역시 부처는 아니라고 했습니다. 독특한 구도인 셈이지요. 게다가 기린의 모습이 특이했습니다. 부처는 어두운 빛깔에 오래된 목조 불상 특유의 은은함을 유지하고 있었어요. 그런데 기린만은 어쩐 일인지 금방 도료를 칠한 듯 화려하고 신선한 느낌이었습니다. 게다가 상서로운 동물답지 않게 매서운 눈과 뾰족하고 강인해 보이는 외뿔, 도드라지게 커다란 성기를 갖고 있었습니다. 당장이라도 수십만 마리의 정자를 허공에 흩뿌릴 기세랄까요.

수많은 학자들이 그 기린불에 대해 논문을 썼다더군요. 대개의 해석은 기린의 상서로운 기운으로 부처의 자비를 세상에 널리 퍼뜨린다는 식이었습니다. 하품이 나오는 얘기지요. 부처가 해탈을, 기린은 세속을 뜻한다고 설명한 사람도 있었다지요. 각각 영원성과 육체성을 상징한다는 헛소리도 있었는데, 어떤 학자는 이 기린이 예수의 발밑에 깔린 뱀처럼 묘사되어 있다고 주장했다가 호된 비난을 들어야 했다더군요. 왜 동양의 영물을 서양의 사악한 상징에 빗대느냐는 얘기였습니다.

　아무려나, 그런 것은 나와는 상관이 없었습니다. 그들에게는 그들의 기린불이, 나에게는 나의 기린불이 있는 것이니까요. 하느님의 것은 하느님에게, 가이사의 것은 가이사에게. 내게 황홀경을 안겨준 것은 기린의 의미 따위가 아닙니다. 기린 자체입니다. 거기 그렇게 서서 나를 바라보던, 그 자체로서의 기린 말입니다.

　나는 거의 매일 박물관에 나가 그 동물을 바라보았습니다. 그때마다 나는 혼자였습니다. 공주와는 곧 헤어졌으니까요. 사랑이란 바흐의 음악과 비슷하다고 했던가요? 음악이 사라지면, 이 세계는 순식간에 전혀 다른 허공을 가진 세계로 돌변해버립니다. 누가 먼저 이별을 선언했는지는 기억에 없지만, 그녀가 이렇게 말한 것만은 또렷이 생각나는군요. 황혼이 내리던 교정에서였어요. 벤치에 앉은 공주가 먼 곳에 지는 태양을 바라보며 말했습니다. 초등학생 여자애의 목소리로 말이죠.

　난 아직도 오리지널 펜텔 샤프만 써. 종류별로 갖춰두고서. 그때도 난 이미 여러 자루를 갖고 있었으니까.

　공주는 거기까지 말하고 잠시 숨을 골랐습니다. 다시 입을 열었을 때는 눈가가 촉촉하게 젖어 있었습니다.

　그런데 지금은 아주 흔해져버렸어. 누구나 마음만 먹으면 그 샤프를 쓰지. 너조차도. 심지어 그게 펜텔이라는 의식도 없이……

　발그레한 황혼이 그녀의 옆모습에 스며들었습니다. 나는 공주가 미친 건 아닌가 생각했어요. 샤프펜슬 같은 것을 아직도 머릿속에 두고 있다니, 오리지널이니 뭐니 하면서 감상에 젖다니 말입니다. 이것은 늙은 초등학생의 세계, 아니 나이 어린 노파의 세계가 아닌가 하는 엉뚱한 생각까지 들더군요. 나는 말없이 황혼을 바라보았습니다. 그게 공주와의 마지막이었어요. 나는 다시 음악이 사라진 허공에 버려진 것입니다.

8

대학을 졸업한 뒤 나는 바로 그 박물관에 취직했습니다. 박물관장이던 교수님을 열심히 쫓아다닌 덕분이었습니다. 임시직이었고 수위 일이었습니다만, 그런 것은 상관없었습니다.

그때가 내 인생에서 가장 행복했던 시절은 아니었을까요? 나는 기린을 매일 볼 수 있다는 기쁨으로 살았습니다. 결혼도 하지 않았고, 취미도 갖지 않았습니다. 술도 마시지 않았고, 육식도 즐기지 않았습니다. 물론 담배만은 예외였습니다만.

나는 늘 정해진 옷을 입었고, 소박한 식사를 했으며, 특별히 만나는 사람도 없었습니다. 사람을 만나서 대화를 나눈다는 것이 부질없게 느껴졌습니다. 옷을 차려입고 외출하는 건 아버지의 기일 때뿐이었습니다. 아버지가 다니던 사찰에 가서 혼자 조용히 불공을 드리고 오는 것이지요. 그렇게 원룸 전셋집과 박물관만을 오가면서 훌쩍 10여 년의 세월이 흘러갔습니다. 그토록 단조로운 생활을 10년이 넘도록 해온 것입니다, 나라는 인간은 말입니다.

언뜻한 얘기입니다만, 최근 이상한 뉴스들이 눈에 뜨이지 않던가요? 웬 노숙자가 국보급 문화재에 불을 지르지를 않나, 수십 억대 고미술품들이 위작이라지를 않나…… 문화재 가운데 진품이 아닌 것들이 많다는 소문이 신문 방송에 끈질기게 오르내렸습니다. 신라시대 여래입상이 가짜라는 둥, 목조관음불이 중국에서 수입된 모조품이라는 둥, 안견에서 불교미술까지 진위가 의심스러운 유물이 한둘이 아니라는 둥, 그런 소문들 말입니다.

나는 그런 얘기들에 관심이 없었어요. 나의 기린이 논란에 휘말리기 전까지는 말입니다. 누군가 문화재청과 대학 당국에 기린불이 가짜라고 투서를 넣었다고 하더군요. 진짜는 이미 일제 때 반출되었다는 허황된 주장이었습니다. 박물관 측과 사학과 교수들은 그 주장을 무시했습니다. 이미 정밀한 감식을 거쳤기 때문에 위작 논란은 말도 안 된다고 일축했습니다. 기린불이 가짜라면 박물관의 존재 근거가 사라지는 것이니 당연한 일이었지요.

박물관의 존재 근거만 사라지는 게 아닙니다. 그간 그 불상에 대해 논문을 쓴 교수들은 뭐가 되겠습니까? 수백 억의 가치가 있다며 지역신문에 특집 기사가 실린 적도 있는데, 신문사는 또 뭐가 되겠습니까? 기린불을 관람한 관람객들은 뭐가 되고, 내외 귀빈들에게 그 유물을 소개하던 총장의 자랑스러운 미소는 뭐가 된단 말입니까? 무엇보다도…… 무엇보다도…… 그 귀빈들을 안내하고, 기린불의 자리를 세심하게 청소하고, 실내온도를 신중하게 조절하고, 매일 그것의 안위를 확인해온 사람은 뭐가 된다는 말입니까? 그것에 오랜 세월 몸과 마음을 바쳐온 사람은 대체 뭐라는 말입니까?

아아, 그만둡시다. 흥분해봐야 소용없으니까요. 내가 이해할 수 없었던 건 학교 측의 태도였습니다. 그들은 끝까지 기린을 지켰어야 했습니다. 그런데 신문에 몇 번 기사가 났다는 이유로, 진리의 상아탑인 대학에 위작으로 의심되는 작품이 있어서는 안 된다는 학계의 성명서 한 장 때문에, 그들은 기린불의 진위 조사에 착수하겠다는 기자회견까지 열었던 것입니다. 곧 조사위원회가 꾸려질 것이고, 탄소 측정을 비롯한 각종 첨단 감식기술을 활용해 진품 여부를 가리겠다고 하더군요.

탄소 측정이라니요? 탄소 따위가 기린의 운명을 결정한다니요? 도대체 누가 진짜와 가짜를 나눌 권리를 그들에게 주었습니까? 누가 내 인생을 진짜니 가짜니 하면서 판정한다는 말입니까? 나는 잠을 이루지 못했습니다. 잠을 잘 수 없었습니다. 밤마다 기린의 타는 듯한 아름다움이 떠올랐습니다. 내가 대체 뭘 어떻게 할 수 있었겠습니까?

9

부슬부슬 비가 내리던 일요일 밤이었어요. 거리에는 인적이 드물었습니다. 갑작스레 날이 추워진 탓인지 을씨년스러운 분위기였지요. 나는 보일러도 켜지 않은 방바닥에 누워 원룸 천장을 바라보고 있었습니다.

왜 그런 날이 있지 않습니까? 모든 게 조금씩 어긋나는 느낌이 드는. 멀쩡하던 문이 삐걱거리고, 텔레비전이 고장 나고, 칼에 손을 베고, 길 건너편에서 검은 고양이가 빤히 이쪽을 바라보는 날 말입니다.

다음 날이면 위원회에서 방문 조사를 벌일 예정이라고 하더군요. 하루 종일 아무것도 손에 잡히지 않았습니다. 아무것도 먹지 못했습니다. 나는 몸을 일으켜 주섬주섬 옷을 챙겨 입었습니다. 근무 때 입는 회색 제복이었어요. 가슴에 내 이름과 대학명이 당당하게 적혀 있는 옷입니다.

나는 박물관으로 향했습니다. 휴일 밤이었기 때문에 교정에도 박물관 주변에도 인적은 없었습니다. 나는 열쇠로 박물관 문을 따고 들어갔습니다. CCTV가 나를 찍도록 말입니다. 왜였을까요? CCTV를 노려보며 입꼬리를 올려 미소까지 지었던 것은? 그 검은 어둠 속에서 말입니다.

나는 박물관 내부를 거닐었습니다. 옛 추억이 아련하게 내 영혼에 스며들더군요. 백설공주는 잘 살고 있을까? 아직도 난쟁이를 잃은 공주일까? 그녀는 내가 왜 차갑게 변해버렸는지 이해할 수 있을까? 하긴, 나 자신조차 이해하지 못하는 걸 그녀가 어떻게? 나는 백설공주와 키스하던 소파에 앉았습니다. 따스한 시간이 고여 있는 것 같았습니다. 다정하게 손을 맞잡고, 가만히 어깨를 감싸 안고, 그녀의 희디흰 목과 발간 입술에 키스를 하고……

그리고 기린불이 보이더군요. 나는 기린의 시선을 정면으로 마주 보았습니다. 초콜릿처럼 어둡고 짙은 시간이 우리 사이를 흘러갔습니다. 지난 10여 년이 하루하루 떠올랐습니다. 손전등을 들고 타박타박 거닐던, 고요하고 평화롭고 적막한, 그 밤의 순례들이 말입니다. 초콜릿처럼 녹아버린 그 무수한 나날들이 말입니다.

얼마나 시간이 흘렀을까요? 정신을 차리고 보니 모든 것이 명료해져 있었습니다. 그런 순간이 있지 않습니까? 이제 고민할 이유가 없다는 게 확실해지는 순간 말입니다. 그래요. 나는 기린의 말을 들었고 기린은 나의 말을 들었습니다. 우리의 대화에는 막힘이 없었습니다. 나는 확신했습니다. 전문가라는 자들이 탄소연대측정법이니 뭐니 난리를 피운들, 기린의 저 타는 듯한 눈빛을 지울 수는 없다고 말입니다. 저 시선의 진실을 부정할 수는 없다고 말입니다. 진실이란 그렇게 연약한 것이 아니니까요.

나는 담배를 피워 물었습니다. 연기를 들이마셨습니다. 다디

달았습니다. 갓 핀 산수유가 된 듯 신선한 느낌이었어요. 건강이 어쩌고저쩌고 떠들어대는 속물들이, 이미 좀비나 다름없는 인간들이 혐오스러웠습니다. 차라리 누가 먼저 연기나 구름이 되는지 내기하는 게 나을 자들이 말입니다.

나는 담배를 입에 문 채 천천히 몸을 일으켰습니다. 기린을 향해 다가갔습니다. 진열창의 실리콘을 제거하고 강화유리를 떼어내는 데 걸린 시간은 겨우 10여 분 정도였습니다. 나는 준비해 간 휘발유 통을 손에 들었습니다. 부처의 머리 위에서 통을 서서히 기울였습니다. 비로자나의 머리부터 기린의 발굽까지, 휘발유가 서서히 흘러내렸습니다. 어떤 기분일까요? 휘발유를 뒤집어쓴 부처의 마음이란?

나는 물끄러미 기린의 눈을 마주 보았습니다. 슬픈 눈빛이었습니다. 기린의 성기는 고요히 쭈그러져 있었습니다. 더 이상 고민할 게 뭐가 있었겠습니까? 나는 물고 있던 담배를 기린불 위에 떨어뜨렸습니다. 담배는 슬로비디오 속에서처럼 천천히 낙하했습니다. 그리고 문득 붉은빛을 발하는가 싶더니, 훅 소리를 내며 순식간에 타오르기 시작했습니다.

목조불상은 잘 탔습니다. 미친 듯이 잘 탔습니다. 마치 이런 순간을 기다리기라도 한 듯 말이죠. 기린의 발끝에 불이 붙고, 발목이 타오르고, 성기가 타오르고, 화사한 느낌의 몸뚱어리가 타오르고, 뜨거운 눈동자와 단 하나뿐인 뿔이 타올랐습니다. 세상에 없는 상상동물의 몸이 타올랐습니다. 하나의 물질인 몸이 타올랐습니다. 불길은 비로자나까지도 순식간에 삼켜버렸습니다……

아아, 나의 기린, 나의 베아트리체, 나의 공주, 나의 아버지, 그리고 어머니, 어머니…… 나는 나도 모르게 중얼거렸습니다. 아마도 외치고 있었는지도 모르겠습니다. 절규라고 해도 좋았겠지요. 무엇이었을까요? 무엇이 나를 그렇게 만든 것일까요? 기린의 뜨겁게 타오르는 눈빛이었을까요? 품행이 방정한 자들에 대한 증오였을까요? 나 자신에 대한 환멸이었을까요?

아닙니다. 그렇지 않습니다. 그게 환멸일 리 없습니다. 증오일 리 없습니다. 그것이 나의 운명이었을 뿐입니다. 진실만을 말하는…… 나의 운명 말입니다.

10

착각하지 마십시오. 나는 지금 당신의 선처를 바라고 이런 얘기를 하는 게 아닙니다. 당신에게는 나를 비난할 자격이 없습니다. 누가 나보다 더 그 기린을 사랑했다는 말입니까? 학자들입니까? 대학 총장입니까? 당신입니까?

그러고 보니 당신은, 내가 어린 시절 만났던 그 경찰관과 비슷하게 생겼군요. 노동이라고는 해본 적이 없는 하얀 손가락에, 얼굴은 희멀겋고, 책임감이 넘쳐 보입니다. 혹시 당신은 그때의 그 경찰관이 아닙니까? 자유와 정의를 지킨다고 착각하는 의경 말입니다.

뭐라구요? 또 얘기해야 합니까? 그건 이미 확실히 말하지 않았나요? CCTV를 확인해보세요. 당신들은 그런 것을 좋아하지 않습니까. 탄소니 CCTV니 하는 것들 말입니다. 화재경보가 미친 듯이 울리는 불구덩이 속에서 천천히 걸어 나오는 사람이 있을 겁니다. 그게 누굽니까? 내가 아닙니까? 기린불의 잔해가 발견되지 않았다구요? 그게 내 책임입니까? 내가 기린을 어디에 팔아먹기라도 했다는 말입니까? 겨우 돈 따위를 벌려고?

아아, 당신은 지금까지 내 이야기를 듣지도 않은 모양이군요. 차라리 바흐의 음악이 어디로 사라졌느냐고 물으십시오. 어제의 구름이 어디로 갔느냐고 물으십시오. 밤새 내린 빗방울들은 다 어디로 가버렸느냐고, 백설공주의 아름다움은 어디로 사라졌느냐고, 그렇게 물으십시오.

……그만둡시다. 나는 당신의 머릿속에서 태어난 그 기린에 대해 아무런 권리도 없으니까요. 그래요. 그 기린은 사슴의 몸을 하고 있습니다. 말의 발굽과 갈기를 지녔습니다. 소의 꼬리를 가졌으며, 온몸이 오색찬란한 비늘로 덮여 있습니다. 바로 그 짐승입니다. 외뿔을 곧추세운 동물 말입니다. 슬픈 눈을 가진 동물이지요. 그 동물은 지금 어느 구름 아래를 유유히 달려가고 있습니까? 얼마나 아름답습니까? 지금 막 고개를 돌려 당신을 바라보고 있습니까? 거기 황혼이 지고 있나요? 그런데 그것은……

정말 기린입니까?

이제 당신이 내게 대답할 차례입니다.

우리
모두의
정귀보

무명이었다가 사후에 유명해진 화가 정귀보(鄭貴寶, 1972~
2013)의 인생은 놀랄 만큼 단조로운 것이었다. 나는 미술을 전
문으로 하는 모 출판사의 다급한 청탁을 받고 화집을 겸한 평전
집필에 착수했지만, 특기할 만한 것이 없는 이력 탓에 고민에 빠
졌다.

　정귀보가 태어난 곳은 담양이었지만 그건 정귀보를 설명하는
데 별다른 도움이 되지 않았다. 그의 부모는 당시 시내에서 약간
떨어져 있는 초등학교 앞에서 문방구를 운영했는데, 문방구라
는 가게는 특별히 영업 수완이 필요한 것도 아니고 약간의 부지
런함만 있으면 되었기 때문에 운영에 큰 문제는 없었다. 부모 모
두 살아오면서 누군가에게 심각한 원한을 산 적도 없었고, 특별
한 인생관을 가진 적도 없었으며, 삶의 의미 같은 걸 추구한 적

도 없었다. 그런 건 그냥 다른 세계의 이야기였다. 옆의 가게들이 백반집에서 떡볶이집으로, 떡볶이집에서 오락실로 바뀌는 동안, 그들은 유리 진열장 하나 바꾸지 않고 문방구를 지켰다.

하지만 정귀보가 태어나고 말을 채 배우기도 전에 그의 부모는 서울로 이주했다. 그의 모친 말로는 "별다른 이유는 읎"었다. 비가 부슬부슬 내리던 1974년 가을의 어느 아침, 지금은 고인이 된 부친이 가게 셔터를 열고 돌아서다가 차양 끝에서 톡, 톡, 떨어지는 빗방울을 보았다고 한다. 그런데 그 빗방울에 얼비친 햇빛이 하도 애처로워서, 문득 이사를 가볼까 그런 생각이 들었다는 것이다. 이왕이면 서울로, 하는 생각이 자연스럽게 따라왔는데, 뜬금없다는 느낌보다는 아 왜 이제야 이런 생각이, 하는 기분이었다고 한다. 훗날 정귀보의 모친은 혼자 앉아 뜨개질을 하거나 텔레비전을 보다가 그 시절이 생각나면, 그 양반이 그날따라 쪼까 바람이 들었제—라고 중얼거렸다. 그렇게 말할 때 그녀의 입가에는 쓸쓸한 미소가 살짝 스쳐갔는데, 그녀 자신은 그걸 깨닫지 못하는 모양이었다.

부모를 따라 서울로 옮겨온 뒤로 정귀보는 담양에 간 기억이 거의 없었다. 상경 후 일을 못 찾아 막노동까지 하던 부친이 다소 이르게 세상을 뜬 탓도 있고, 담양에 남아 있던 몇 안 되는 친척들 역시 광주나 서울, 또는 인천 같은 곳으로 흩어져버렸기 때문이었다. 그러니까 1974년 가을에 그의 부친이 망연히 바라보던 비 내리는 아침이라든가, 그 아침의 차양 끝에 매달려 있던 작은 빗방울이라든가, '담양 태생'이라는 약력은, 정귀보라는 인간을 설명하는 데 그리 도움이 되지 않았다. 후에 정귀보는 서울 변두리, 이를테면 하계동이나 방학동 또는 장위동 부근에 살면서 평범한 학창 시절을 보냈다.

정귀보는 남들이 학교에 들어갈 때 들어갔고, 졸업할 때 졸업했으며, 인생의 중대한 결단 같은 것에 직면한 적도 없었다. 학창 시절의 성적은 중위권 정도로 아무도 성적 같은 것으로 그를 주목한 적은 없는 것 같았다. 중학교 3학년이던 1987년에 고등학교 선배들을 따라 시위에 참가하기도 했지만, 집에 돌아와서는 곧 다음 날의 국사 숙제에 몰두했다. 고교 입학 후에는 점심시간에 벌어진 몇 번의 패싸움에 휘말린 적이 있고, 2박 3일 동안 가출해서 서울역 근방의 뒷골목을 전전한 일도 있었다. 물론 그건 그 시절 그 또래의 남학생들이라면 누구나 작은 훈장처럼 이마에 붙이고 다니는 사건이었다.

교내 합창대회 우수상이나 1년 개근상 상장을 받은 적도 있지만, 그건 버리기도 그렇고 오랜만에 꺼내 봐도 별다른 감회가 들지 않는 기념품들이었다. 사생대회 같은 곳에는 나간 기록조차 없었다. 그래서 "어린 시절부터 드로잉에 재능을 보여" 등의 빤한 문장조차 쓸 수 없었다. 생활기록부에는 "성격 활달하지만 말이 없는 편"이라든가 "의외로 내성적이지만 인사성 밝음" 따위의 알쏭달쏭한 평들이 씌어져 있었다. 그건 고등학교 시절 정귀보의 담임을 맡은 교사가 우연히도 3년 내내 같은 사람이었기 때문이다. 그 교사는 고질적인 우울증을 앓고 있었는데, 인간은 언제나 양면적이며 모순적이기 때문에 도무지 알 수 없는 존재라고 믿는 사람이었다. 당연하게도 그는 그 무렵 신춘문예에 매년 소설을 투고하고 있었다. 말하자면 작가 지망생이었던 셈인데, "이 응모자는 소설이 인생을 닮으려 하면 할수록 인생과 멀어진다는 점을 유념하라"는 이상한 평을 받고 그 평을 쓴 원로 작가에게 항의 전화를 걸기까지 했다. 그는 그런 말도 안 되는 평을 듣느니 소설을 때려치우겠다고 선언했는데, 원로 작가는 그의 말을 처음부터 끝까지 침착하게 듣고 난 뒤에 다음과 같이 대꾸했다고 한다.

"그렇습니다. 그것도 좋은 방법이지요."

정귀보는 고등학교를 졸업한 후 서울 근교에 위치한 한 대학의 서양화과에 들어갔다. 입학이 그리 까다롭지 않은 학교였기 때문에 실기가 부실했는데도 무난히 들어간 모양이었다. 정귀보가 그린 아그리파는 여러모로 단순하고 서툴러 보였는데, 평점을 매기던 세 명의 교수들은 정귀보의 그림이 다른 응시생들의 작품에 비해 기본기가 떨어진다는 점에 충분히 동의했다. 다만 그들은 정귀보의 아그리파에서 다소 묘한 점을 발견했다. 다른 조각상에 비해 아그리파는 깊이 파인 눈의 어둠을 표현하는 게 중요한데, 정귀보의 데생에서는 눈뿐 아니라 코와 입술 등 여러 곳의 명암이 논리적이지 않았던 것이다. 하지만 교수들은 그 어긋남이 이상하게 생동감을 준다는 점에 동의했으며, 전날 회식 자리에서 자신들이 나눈 이야기, 즉 기본기의 완성도보다는 향후의 가능성이 중요하다는 이야기를 동시에 떠올렸다. 그리고 명암조차 정확하게 표현하지 못하는 그 학생에게 자신들도 놀랄 정도로 후한 점수를 주었던 것이다.

대학에 입학한 정귀보는 저학년 시절에 한두 번 연애 비슷한 것을 하기도 했다. 하지만 그리 심각한 수준은 아니었던 모양으로, 정귀보 스스로 그 시절 만났던 여자들은 이름조차 기억하지 못한다고 회고한 바 있다. 그건 정귀보의 기억력에 문제가 있어서가 아니라, 그 여자들이 정말 그의 마음을 살짝 스쳐간 수준이었기 때문이다.

정귀보의 인생에서 '심각한 연애'로 기억되는 여성은 세 명 또는 네 명이었다. 세 명 또는 네 명이라고 애매하게 말한 데는 이유가 있다. 그 가운데 두 사람이 쌍둥이였기 때문이다. 정귀보가 쌍둥이 자매를 한꺼번에 좋아했기 때문에, 세 명 또는 네 명이라는 표현은 어느 정도는 사실에 근접한 것이었다. 쌍둥이를 한 사람으로 느꼈는지, 전혀 다른 둘로 느꼈는지는 지금까지도 명백히 밝혀진 바 없다. 아마도 정귀보 자신조차 확언하기는 어려웠을 거라고 생각한다. 어쨌든 심각한 연애 상대가 세 명 또는 네 명이라면, 그리 많지도 적지도 않은 숫자라고 할 수 있겠다.

대학 시절의 연애 상대는 조영숙(가명, 1973~)이라는 같은 과 후배였다. 조영숙은 정귀보의 애정 고백을 듣자마자 그 자리에서 키스를 해주었다고 술회했다. 정귀보는 3학년이었고 그녀는 2학년이었으며, 장소는 방과 후의 실습실이었다. 그는 실습용 앞치마를 두른 채 조영숙의 입술을 허겁지겁 핥았다. 그녀의 허리를 감싸 안고 놓지 않았다. 아, 그때 그 사람, 온몸을 부들부들 떨더라니까요. 그게 귀여웠지. 너무 진지하고 순진하달까?

그렇게 말할 때 조영숙의 표정에는 약간의 자부심과 함께, 회상하는 사람 특유의 습기 찬 눈빛이 스쳐 갔다. 그녀는 이어서 정귀보의 손이 어떻게 자신의 가슴과 엉덩이를 만졌는지, 그 손길이 얼마나 예민하게 떨렸는지, 텅 빈 실습실의 이젤 쓰러지는 소리가 어땠는지 등을 다소 지나칠 만큼 세세하게 묘사했다.

하지만 대학 시절의 연애가 대개 그렇듯 그들은 헤어졌다. 이유는 명확하지 않았다. 단지 그녀는 정귀보를 만날 때마다 이상하게도 감정이 휘발되는 느낌을 받았다고 진술했다. 정귀보가 눈앞에 없을 때는 견딜 수 없는 그리움이 차올랐지만, 정작 그와 함께 있으면 아무런 감정도 느낄 수 없었다는 것이다. 실제로 곁에 있으면 감정이 사라지는 사람을 일생의 연인이라고 할 수 있을까? 아, 그렇다고 제가 특별히 열정적인 사랑을 원한 건 아니에요. 취향상 나는 미친 사랑의 노래보다는 따뜻하고 지속적인 감정 쪽을 좋아하니까. 미친 사랑의 노래는 대개 자기최면에 불과하잖아요.

조영숙은 다소 수세적으로 그렇게 설명했는데, 그러면서 인생을 아는 사람 특유의 쓸쓸함을 느끼는 것 같았다. 눈가의 주름이 미세하게 떨렸다. 자신의 내면을 드러낼 때의 긴장감이 그렇게 만들었을 것이다. 그녀는 인생이라는 것이 결국, 불꽃이 점화되있나가 전천히 식어가는 과정이라고 믿는 낭만적 허무주의의 세계를 살아가고 있었다. 그녀는 정귀보에 대해 다음과 같은 결론을 내렸다.

귀보 씨는…… 멀리 있어야만 가까이 있을 수 있는 사람이었어요.

그런 이유로 그녀는 정귀보를 떠났다. 이별의 과정은 상투적이었다. 정귀보가 군대에 갔을 때 고무신을 거꾸로 신은 것이다. 그녀는 그간의 사정과 자신의 마음을 솔직하게 설명하는 편지를 정귀보에게 보냈다. 하필이면 힘든 곳에 있을 때 이런 편지를 보내서 미안하다는 말은 P. S.로 덧붙였다.

정귀보는 탈영을 하거나 자살 소동을 벌이지는 않았다. 애수에 찬 답장을 적어 보내지도 않았으며, 원한에 사무친 표정으로 그녀의 집 앞에 나타나지도 않았다. 휴가를 나왔을 때 홍대 앞 카페에서 그녀를 만나 아쉬움을 표한 적이 있지만, 약간의 시간이 흐른 뒤 조용히 모든 것을 수긍하고 그녀의 시야에서 사라졌다. 정귀보가 마지막으로 그녀에게 남긴 말은 여러 면에서 암시적인 것이었다.

안녕. 아름다운 동화에서 한 페이지를 찢어냈는데도 이야기가 연결되는 느낌으로, 그렇게 살아갈게.

이 고별사는 조영숙에게 강한 인상을 남겼다. 그녀는 슬픈 동화의 주인공이 된 것 같은 기분에 잠겼다. 영원히 찢어진 한 페이지라는 로맨틱한 비극의 세계로 내던져진 느낌이었다. 그것은 쓸쓸하면서도 달콤한 고독의 감정을 그녀에게 남겨주었다.

그런데 대학을 졸업하고도 한참 시간이 흐른 뒤에, 그녀는 정귀보를 자꾸 생각하고 있는 자신을 발견하게 된다. 그것은 아직 남아 있는 사랑의 감정 때문은 아니었다. 그 사람, 이렇게 말하면 이상하지만, 지금도 내 주변에 있는 것 같은 착각이 들어요. 날 스토킹한다는 말이 아니라 그냥 그런 느낌이 든다니까요. 내 삶의 모든 페이지에서 여전히 그 사람이 살아가고 있는 느낌이랄까요. 페이지를 넘기면 그 자리에서 숫자가 차례차례 바뀌듯이 말예요. 물론 어느 페이지는 찢어진 채 버려져 있겠지요⋯⋯

3학년 2학기에 휴학을 하고 현역병으로 입대한 뒤 실연을 당했으니, 정귀보로서는 쓸쓸한 청춘이라고 할 만했다. 처음에는 연인의 변심 때문에 약간의 고통을 받았지만 큰 문제가 될 정도는 아니었다. 밤에 불 꺼진 내무반의 캄캄한 천장을 바라보고 있으면 슬픔과 쓸쓸함이 함께 몰려왔다. 하지만 우울과 고독을 가만히 느껴볼 겨를도 없이⋯⋯ 잠이 쏟아졌다. 그것이야말로 병영이라는 곳의 지극한 장점이다―라는 것이 후일 정귀보의 회고였다.

그 후 군 생활은 대체로 순조로웠다. 이병 때 사수의 집요한 괴롭힘에 시달리기도 했지만, 그건 흔하디흔한 고충일 뿐이었다. 나중에 상병이 되었을 때는 정귀보 역시 후임을 갈구거나 심지어 구타하기까지 했던 것이다. 김일성이 사망했을 때 군 전체에 데프콘 3이 떨어졌던 것, 야간 행군 때 뒤꿈치가 상한 걸 방치한 탓에 파상풍 판정을 받고 서울 창동에 위치한 국군병원에 입원했던 것 등이 그나마 기억할 만한 사건이었다. 말년에는 외박을 나갔다가 임질을 얻어 온 일도 있었지만, 그건 전역이 얼마 안 남은 사병들에게는 드물지 않은 추억이었다. 정귀보 역시 거꾸로 매달려도 국방부 시계는 간다고 습관적으로 중얼거리는 대한민국 육군의 일원이었으나, 그렇다고 그의 국가관에 문제가 있다고 보기는 어려웠다. 나중에 2002년이 되었을 때는 거리에 나가 '대~한민국'을 목청껏 외치기도 했던 것이다.

정귀보는 제대하자마자 복학을 했고 졸업할 때가 되어 졸업했다. 회화 작업을 했지만 별다른 열정은 없었다. 열정이 없었으니 눈에 띄는 진전도 없었다. 졸업 전시회에도 참여했지만 아무도 관심을 보이지 않았다. 서울 변두리 도로변을 걸어가는 행인들의 모습을 전통적인 유화 작법으로 재현한 그의 작품은 말 그대로, 눈에 뜨이지 않았다. 그것은 가운을 빌려 입고 찍은 졸업사진 속의 정귀보가 눈에 뜨이지 않는 것과 마찬가지였다.

정귀보는 취직이냐 예술이냐, 유학이냐 국내 잔류냐 같은 고민도 해본 일이 없었다. 산업디자인을 전공하지 않았는데도, 아는 선배의 적극적인 도움으로 중견 가구 회사에 계약직으로 자리를 잡았다. 입사하고 얼마 지나지 않아 IMF가 터졌으니 불행이 그를 간신히 비켜 갔다고 할 만했다. 까탈스러운 선임 디자이

너 밑에서 정귀보는 성실하게 일했다. 트렌드 조사에 심혈을 기울였고 모델하우스에도 열심히 나갔다. 덕분에 그는 2년간 계약을 연장할 수 있었고, 그 뒤에는 정규직으로 자리를 잡았다. 회사 사람들의 평판도 나쁘지 않았다. 정귀보 자신도 회사라는 조직에 그리 큰 거부감을 갖지 않았다. 당시 그 가구 회사는 싱크대 등 시스템키친의 점유율이 업계 상위권이었다. 그러니 오늘날 우리는 우리도 모르게 정귀보의 손길이 곳곳에 배어 있는 집에서 살아가고 있는지도 모를 일이다. 적어도 그런 싱크대에서 설거지는 하고 있다고 보아야 한다.

하지만 2002년 서른을 갓 넘긴 나이에, 정귀보는 불현듯 회사를 그만두게 된다. 갑자기 예술에 대한 열정이 샘솟았다거나 조직 생활에 환멸을 느꼈기 때문은 아니었다. 싱크대와도 무관한 일이었고 월드컵 4강의 환호 때문은 더더욱 아니었다. 어느 비 내리는 아침 출근길 버스 정류소의 표지판에서 톡, 톡, 떨어지는 빗방울을 보았기 때문인지도 모르지만, 아마도 "별다른 이유는 없"었던 것인지도 모른다.

알려진 바에 따르면, 정귀보가 그리 충동적인 유형의 인간이었던 것 같지는 않다. 오히려 충동적인 성향을 예술적인 성향으로 미화하는 미술대학의 분위기에 비판적이었다는 회고도 있다. 특히 예술가입네 폼을 잡으며 충동과 욕망을 제어하지 않는 동료들에게 호의적이지 않았다. 충동과 욕망이란 그저 동물적인 것이며 동물적인 것이 곧 예술적인 것은 아니다──라는 다소 허술한 논리를 펴곤 했다. 정귀보 역시 술자리에서 욱하는 성질을 못 이겨 선배와 주먹다짐을 벌인 적도 있지만, 곧바로 사과하고 예전과 같은 관계를 유지하기 위해 노력했던 것이다.

정귀보가 경기도의 한 갤러리에서 개최한 공모전에 입선한 것은 가구 회사를 그만둔 직후였다. 그게 아니라 공모전에 입선했기 때문에 가구 회사를 그만둔 게 아니냐―는 의견도 있으나, 사직서의 날짜와 공모전 날짜를 따져보면 확인되지 않은 추측에 불과했다. 공모전을 연 갤러리가 오픈한 지 얼마 안 된 탓에, 그해에는 지원작이 적었고 선정작은 유난히 많았다. 정귀보의 작품은 일러스트 느낌이 나는 인물화―지금도 정귀보 예술의 득의의 영역으로 인정되고 있는 바로 그 장르―였다. 왜 이런 터치로 인물화를 그려야 하는지에 대한 고민이 별로 없는 관습적인 작품이라는 혹평이 있었지만, 바로 그 점 때문에 인물이 살아 있다는 반론도 있었다. 아니 그게 대체 무슨 말이냐는 누군가의 불만 섞인 질문에, 옹호론을 편 인사는 정귀보가 제출한 포트폴리오를 가리키며 이렇게 답변했다. 이 얼굴을 잘 보세요. 이 얼굴은 인간의 얼굴이 아닙니까? 가장 인간적인 인간의 얼굴 말입니다. 인간의 인간다움을 이런 방식으로 파고든다는 건 결코 쉬운 일이 아니에요.

반론 쪽 인사는 이게 무슨 해괴한 동어반복인가 하고 생각했지만, 옹호 쪽 인사가 대학 선배였기 때문에 그쯤에서 논쟁을 접었다. 어쨌든 혹평 쪽이나 옹호 쪽이나 정귀보의 작품에 "별다른 미적 특장이 없음"에는 손쉽게 동의한 셈이었다. 그의 작품은 논란 끝에 다수의 선정작 가운데 하나로 뽑혔으며, "관람자들은 이 인물화에서 인간의 본질도 아니고 인간의 가면도 아닌 제3의 무언가를 볼 수 있지 않을까 한다. 어쩌면 그것은 우리가 생각하는 것보다 훨씬 중요한 무언가를 담고 있을는지도 모른다"는 보기 드물게 애매한 심사평을 얻었다.

그렇게 해서 정귀보는 생각보다 늦지 않은 나이에 '작가'로서의 생활을 시작할 수 있었다. 그 후 소규모 갤러리와 카페에서 개인전을 두어 차례 열었으나 주목을 끌지는 못했다. 파주에 위치한 개인 미술관에 관리인 겸 도슨트로 들어간 것은 그 무렵이었는데, 예전에 근무하던 가구 회사의 오너가 바로 그 미술관의 소유주라는 인연 덕분이었다.

박봉이었지만 정귀보에게는 그런 것을 가릴 여유가 없었다. 게다가 새 일터가 된 미술관은 정귀보의 마음에 쏙 들었다. 총면적은 작았지만 이동식 벽을 설치해서 꽤 많은 작품들을 전시할 수 있었다. 전시가 끝난 뒤 작품들을 철거하면 미술관에는 흰 벽에 불과한 민무늬 구조물만 남았다. 백색 패널로 된 벽은 구불구불하고 길고 하얀 미로를 이루었는데, 정귀보는 그 텅 빈 미로를 천천히 산책하는 것을 좋아했다. 같은 곳을 지나면서도 같은 곳인지 모르겠고, 다른 곳을 지나면서도 다른 곳 같지 않은 길을 그는 천천히 걸었다. 비가 내리는 날 아무것도 전시되어 있지 않은 그 미로를 거닐고 있으면 자신도 모르게 깊은 상념에 젖어들

수 있었다. 그리고 결국에는 다소 감상적인 톤으로 이렇게 덧붙였던 것이다.

아아, 이것이 곧 인생이요 세계가 아닌가.

정귀보는 미술관 일을 하면서 회화 작업을 병행했다. 12호의 균일한 크기에 상식적인 앵글과 드로잉이 대부분인 그의 인물화나 풍경화를 주목하는 사람은 없었다. 눈이 있을 자리에 눈이 있고, 코와 입이 있을 자리에 코와 입을 그린 것뿐이라는 식이었다. 가로수와 자동차, 건물과 횡단보도 등도 역시 그런 느낌을 주었다. 하지만 그 이미지들에는 다소간의 쓸쓸함이 배어 있었는데, 그건 그 무렵 정귀보가 세번째와 네번째 여자, 즉 쌍둥이 연인과 이별한 뒤였기 때문이다.

예민한 사람이라면 이 대목이 좀 이상하다고 생각할지도 모르겠다. 조영숙 이후 두번째 여자에 대해서는 아직 언급하지 않았기 때문이다. 하지만 우리가 지금까지 말하지 않은 것은 두번째 여자가 아니라 첫번째 여자라는 점을 유념해주기 바란다. 헷갈리시는가? 대학 시절의 조영숙 이전에 또 한 여자가 있었다는 뜻이다.

정귀보의 첫사랑은—이런 것을 첫사랑이라고 할 수 있다면 말이지만—고교 시절 가출했을 때 만난 '불량소녀'였다. 그때는 88올림픽의 흥청거리는 분위기가 채 가시지 않은 시절이었다. 정귀보 같은 평범한 가출 고교생에게는 아무도 관심을 두지 않았다. 정귀보는 서울역 근처의 심야 만화방에서 동갑내기 소녀를 만났다. 그 '불량소녀'는 발정기의 섬세하고 어린 수컷이 상상할 수 있는 이상적이며 비극적인 여성의 이미지에 정확하게 부합하였다. 깊이 눌러쓴 후드, 그 안에서 음울하게 빛나는 두 눈, 귀 쪽에서 빠져나온 워크맨 이어폰의 하얀 줄, 아무렇게나 걸쳐 입은 빈티지 청바지와 낡은 아이 러브 뉴욕 후드티, 거기에 마르고 하늘거리는 몸매까지. 그 모습은 정귀보의 환상 속에나 존재하던 미지의 소녀와 동일했는데, 그런 소녀가 문득 눈앞에 나타나 이렇게 말을 걸어왔던 것이다.

야, 너 담배 있냐?

아, 아니. 사, 사, 사줄까?

그렇게 시작된 소녀와의 짧은 만남은 정귀보에게 강렬한 인상을 남겼다. 그들은 추운 겨울밤의 회현동을 헤매다가 남대문시장 부근의 한 여인숙에서 함께 하룻밤을 보내게 된다. 소녀는 무일푼이었고, 정귀보의 수중에는 집을 나올 때 챙긴 약간의 돈이 남아 있었다. 그 밤은 도무지 잊으려야 잊을 수 없는 하나의 사건으로 정귀보의 머릿속에 각인되었다. 소녀의 비극적인 아우라가 정귀보를 매혹시켰을 뿐만 아니라, 한 번도 경험해본 적이 없는 강렬한 성욕에 이끌려 진정으로 순수한 짐승이 되었던 것이다.

하지만 여기에는 작은 반전이 기다리고 있다. 그 춥디추운 겨울밤, 남대문시장 뒷골목의 냄새나는 여인숙에서 고교생 정귀보가 알몸이 되어 그 신비로운 소녀를 덮쳤을 때, 정귀보라는 순수한 짐승의 귀에 들려온 것은 이런 말이었다. 그 후로도 오랫동안 그의 기억 속 깊은 곳에 남아 있다가 불쑥불쑥 튀어나올, 낮고 건조한 목소리.

야, 씨발아. 안 내려와? 난 여자만 좋아해.

정귀보는 그 말이 무얼 뜻하는지 미처 이해할 여유도 없이 소녀의 몸에서 내려왔다. 소녀의 단호한 명령과 선언에 압도된 채로, 그는 자신이 한 번도 상상해보지 못한 세계를 만났다는 느낌을 받았다. 그는 소녀가 한 말의 의미보다는 그 말의 어조와 뉘앙스와 목소리 자체에 매료되었다. 그 순간 그는 어둡고 이질적이며 매혹적인 하나의 세계가 자신의 마음속에 태어났다는 사실만을, 희미하게 깨닫고 있었다.

그러므로 오늘날 우리는 이렇게 말할 수 있다. 우리의 위대한 화가 정귀보는 십대 시절, 남대문시장 부근 여인숙의 그 황량한 어둠 속에서 만난 이름 모를 소녀와 그 소녀의 입에서 튀어나온 알 수 없는 문장을, 깊이깊이 사랑하게 되었다고 말이다. 실제로 그는 문득문득 "야, 씨발아. 안 내려와? 난 여자만 좋아해. 야, 씨발아. 안 내려와? 난 여자만 좋아해"라고 중얼거리는 자신을 발견하곤 했다. 그는 자신이 그 소녀를 사랑하는 것인지, 그 소녀가 내뱉은 그 말을 사랑하는 것인지 알 수 없다고 생각했으며, 그 밤의 낯선 어둠과 뼛속 깊이 스미던 추위를 오래오래 기억하게 되었다. "야, 씨발아. 안 내려와? 난 여자만 좋아해"라는 이해할 수 없는 문장과 함께 말이다.

　정귀보의 세번째와 네번째 여자는 앞서 말한 대로 쌍둥이였다. 약간 부은 눈에 오동통하고 아담한 몸매까지 분간이 쉽지 않은 일란성 자매였다. 우리는 서로 얼굴을 마주 보면서 화장을 해요. 이건 유쾌하고 장난기 많은 자매가 처음 만나는 사람에게 즐겨 하는 농담이었지만, 정귀보는 그 광경을 진지하게 상상해보고는 모종의 매혹을 느꼈다. 서로의 얼굴을 마주 보면서 화장을 하는 똑같이 생긴 두 사람이라니!

　정귀보가 먼저 좋아한 것은 언니 박순옥(가명, 1975~) 쪽이었다. 박순옥은 가구 회사의 후임 디자이너였는데, 그녀는 참으로 정감 있는 표정을 지을 줄 알았으며, 다른 동료들과는 달리 뒷담화를 좋아하지도 않았다. 그 무렵 정귀보는 뒷담화를 즐기는 모든 종류의 인간을 혐오하기로 결심하고 있었기 때문에 그녀에게 호감을 품고 있었다.

　정귀보가 용기를 내어 애정을 고백한 것은 초겨울의 어느 토요일, 회사의 직원휴게실에서였다. 직원들이 모두 퇴근한 오후의 텅 빈 휴게실에서 그녀를 마주쳤을 때는 마침 창밖에 첫눈이 내리고 있었다. 정귀보는 그것을 하늘의 계시라고 해석했다. 나란히 서서 창밖을 바라보던 정귀보가 먼저 수줍게 애정을 고백했고, 역시 바깥에 시선을 두고 있던 그녀는 예의 그 정감 어린 표정으로 정귀보를 돌아보았다. 한 가지만을 제외한다면 모든 것이 좋았다. 그가 마음을 고백한 상대가 박순옥이 아니라 박순옥의 동생 박진옥(기명, 1975~)이었다는 점 말이다. 그녀 역시 다른 부서에 근무하는 동료였던 것이다.

그 순간, 어쩐 일인지 박진옥은 마치 자기가 언니 박순옥인 것처럼 미소를 지었으며, 조용히 고개를 끄덕이기까지 했다. 소담하게 내리는 첫눈 때문이었는지도 모르고, 정귀보의 기분을 해치고 싶지 않다는 선량한 마음 때문이었는지도 모르지만, 어쩌면 어린 시절부터 무수히 반복해온 역할 바꾸기 놀이의 습관 탓이었는지도 모른다.

그녀는 정귀보와 헤어지고 나서 곧바로 언니에게 사태의 전말을 고했다. 동생의 이야기를 들은 박순옥은 화를 내지는 않았다. 상대가 그들을 헷갈려 하는 상황에 익숙했기 때문이기도 하지만 다른 이유도 있었다. 동생이 정귀보에게 보인 호의적인 반응은 자신이 그 자리에 있었더라도 똑같았을 것이니까.

이것은 텔레비전 개그 프로그램에나 나올 법한 희극적 상황임에 틀림없었다. 하지만 문제는 점점 심각한 쪽으로 흘러갔다. 당사자인 언니뿐만 아니라 고백을 들은 동생 역시 정귀보에게 제법 깊은 호감을 갖고 있었던 것이다. 그들은 정귀보와 함께 있으면 캐시미어 모포로 몸을 감싼 듯 편안한 감정에 빠져들 수 있었다. 아 정말이지 부드러운 늪에 빠져드는 느낌이랄까요?—라는 것은 언니의 말이었고, 동생 쪽은 다소 관념적인 표현을 써서 이렇게 설명했다. 뭐랄까, 자아라는 갇힌 틀을 넘어서 편안하고 평화로운 대기를 경험하는 기분과 유사하달까요?

정귀보는 며칠 후 자신이 좋아하는 이가 한 사람이 아니라 두 사람이며, 자신이 그들을 헷갈렸다는 것을 알게 된다. 그는 예상치 못한 혼란에 빠져들었다. 혼란은 쉽게 수습되지 않았는데, 둘이면서 또 하나인 마음이 이미 그의 가슴 깊은 곳에 자리를 잡았던 탓이다.

물론 정귀보가 자매를 동시에 사랑했다고 단정하기에는 여러 난점이 남아 있다. 그가 사랑한 것이 정말 두 사람이었다는 말인가? 사랑을 하는데 어떻게 대상을 제대로 구별하지 못한다는 말인가? 그것을 과연 사랑이라고 말할 수 있을 것인가? 후일 몇몇 지인들이 이런 정당한 의문을 제기했을 때, 정귀보는 우수 어린 침묵으로 일관했다고 한다.

세번째와 네번째라고 할 수 있는 이 연애가 오래가지 못한 것은 당연한 일이다. 정귀보는 어느 정도 자매를 구분할 수 있게 되었지만, 여전히 자신감을 갖지 못하는 자신에게 환멸을 느꼈다. 조금씩 상해가는 과일처럼, 정귀보의 마음은 형태와 빛깔이 변질되고 있었다.

스스로를 견디지 못한 그가 결별을 선언했을 때, 자매의 반응은 같으면서도 다른 것이었다. 두 사람을 한 사람처럼 사랑하면 안 돼? 그건 언니 박순옥의 말이었다. 그냥 두 사람이라고 생각하고 사랑해도 좋지 않아? 이건 동생 박진옥의 말이었다. 정귀보는 둘 모두를 향해 고개를 흔들었다. 불가능한 일이었다. 무엇보다도 그의 내부에서 피어오르는 모멸감을 더는 견딜 수 없었다. 사랑이란 난 한 사람만을 향하는 것이라고 그는 확신하고 있었다. 따라서 지금 이 감정은 결코 진실한 것이 아니다. 그게 그의 결론이었다.

그는 자매에게 결별을 통보하고 전격적으로 회사를 사직했다. 이제 와서 말이지만, 정귀보가 회사를 그만둔 것은 차양에서 톡, 톡, 떨어지는 빗방울 때문은 아니었던 셈이다.

이 희비극적인 연애에 대해서는 특별히 덧붙일 말이 없다. 굳이 부연하자면, 그 자매를 실제로 만나본다면 누구도 정귀보를 손쉽게 비난할 수 없을 것이라는 점이다. 모든 면에서 정귀보는 사랑에 충실하고자 했을 뿐이다. 그리고 모든 면에서 충실했다는 바로 그 이유 때문에, 정귀보의 세번째 또는 네번째 사랑은 모두에게 상처만 남기고 물거품이 되었다.

회사를 그만둔 뒤 정귀보가 본격적으로 회화 작업에 매진했기 때문에, 이 실연은 오늘날의 미술애호가들에게 어떤 면에서는 행운이라고 할 수 있다. 정귀보는 장위동 근처의 낡은 빌라에서 살면서 주변 사람들의 얼굴과 집 주위의 풍경을 그렸다. 버려진 옷이라든가 이불보 같은 것을 캔버스로 활용하기 시작했다는 점을 제외한다면, 과거의 화풍과 그리 다르지 않았다. 그의 인물화와 풍경화는 이 세상 어디에나 있는 이미지 같았는데, 묘하게도 관람객들의 시선을 끌었다. 관람객들은 누구나, 이건 어디서 만난 적이 있는 얼굴이 아닌가, 그렇게 중얼거리며 친근감을 표시했다. 그리고 한참 후에 고개를 갸웃거리며 이렇게 덧붙이곤 했다. 이건 어딘지 나를 닮았는데……

정귀보의 후기 예술을 장위동 시대라고 명명할 수 있다면, 그는 그 시대까지도 자신의 미래를 모르고 있었다. 클레멘트 그린버그를 잇는 뉴욕 평단의 거장 빈센트 호크의 주목을 받아 세계적 작가로 거듭난 아시아의 천재, 그게 바로 자기 자신일 줄은 예측하지 못했으니까 말이다.

여기서 잠시 빈센트 호크에 대해 언급하고 넘어갈 필요가 있겠다. 빈센트 호크는 오하이오 출신으로 2000년대 이후 뉴욕 현대미술을 이끌어온 독보적인 미술평론가이다. 「뉴욕 타임스」의 어떤 칼럼니스트는 "아무리 도로를 달려도 옥수수밭만 이어지는 시골 출신임에도 불구하고, 그의 이름 '호크(매)'가 필명이 아니라 본명이라는 점은 충분히 주목받아야 한다. 특히 이 '호크'는 아시아라는 옥수수밭을 날아다니는 데 천부적이었던 것이다"라고 적었다. 이게 무슨 뜻인가? '호크'가 어쩌고 한 것은 그게 매처럼 날카로운 눈을 가진 비평가에게 잘 어울리는 이름이라는 뜻이다. 그리고 아시아라는 옥수수밭을 날아다닌다는 것은 아시아의 무명작가들을 발굴해내는 데 날카로운 식견을 발휘한다는 뜻이다. 이 칼럼니스트의 문장에는 지역적, 인종적 편견이 배어 있었지만, 기이하게도 이를 지적한 사람은 아무도 없었다.

특유의 성실한 리서치를 통해 정귀보의 포트폴리오를 접한 빈센트 오그는 곧마도 뉴욕의 큐레이더들에게 그를 추천했다. 그렇게 해서 정귀보는 저 유명한 모마(MoMA, 뉴욕현대미술관)의 「21세기, 내일은 어디서 오는가?」 전에 초청을 받게 된 것이다. 모마의 이 야심 찬 기획에 초대된 아시아계 작가는 정귀보가 유일했다. 중국 작가가 포함되지 않은 것은 중국의 인권 상황에 대한 뉴욕 화단의 항의 표시이며, 무명의 한국 작가가 포함된 것은 모마에 재정적 후원을 약속한 한국 대기업을 고려한 결과라는 확인되지 않은 소문도 있었다. 그렇다 치더라도 한국 작가에게 자리가 돌아온 것은 행운이었다. 정귀보로서는 중요한 도약의 기회였다.

하지만 우리가 알다시피, 정귀보는 모마의 초대장을 받자마자 자살로 추정되는 의문의 사고로 실종됨으로써 더욱 신비로운 이미지를 남겼다. 일종의 유작전이 된 그 전시회에서 정귀보는 현대회화의 새로운 장을 연 미래의 아티스트라는 평을 얻었다. 뉴욕 모마의 홈페이지에는 그의 작품 일부와 함께 다음과 같은 다소 난해한 추천사가 게재되었다.

설치, 개념 및 비디오 아트가 주도하는 현대회화에서 프랜시스 베이컨과 루치안 프로이트의 신표현주의 이후 정귀보만큼 회화의 구상적 본질에 도달한 화가는 없었다. 캔버스로 선택된 낡은 옷과 버려진 침대보는 고도로 계산된 정귀보의 페이셜 이미지와 절묘한 화학작용을 일으킨다. 일본의 모노하(物派)를 비롯한 탈주관주의의 동양적 흐름에 휩쓸리지도 않고, 잭슨 폴록의 드리핑이 대변하는 소위 '과정의 미학'에 종속되지도 않으면서, 정귀보는 인간의 얼굴을 보편적 궁극의 상태로 밀고 간 유일한 작가라고 할 만하다. 우리가 아시아에서 길을 찾아야 한다는 것을 증명하는 화가, 그가 정귀보인 것이다.

빈센트 호크의 평은 "매의 날카로운 눈"을 느끼기에는 지나치게 일반적이고 서구중심주의적이었지만, 정귀보를 주목의 대상으로 만들기에는 부족함이 없었다. 국내 갤러리에 '퀴포 청 Kui-Po Chung'의 작품을 찾는 외국 화상들의 문의가 심심치 않게 이어진 것은 물론이다. 부재하면서 존재하는 화가, 죽은 채로 미래가 된 화가, 무상(無償)의 터치가 창조하는 급진적인 전위성으로 인간을 재해석한 화가. 그런 표현들이 정귀보를 수식하기 시작했다.

이후 나온 언론의 문화면 기사들은 정귀보에 대한 뉴욕 평단의 평가를 비중 있게 소개했지만, 그의 인생에 대해서는 이렇다 할 정보를 알려주지 못했다. 정귀보가 만 41세, 즉 한국인 평균수명의 대략 절반만 채운 뒤에 인생을 마감했다는 것이 그 기사들에 나오는 유일하게 올바른 정보였다. 게다가 그 기사들은 그의 죽음이 자살인지 아닌지 단정 짓기 어렵다는 점을 간과하고 있었다.

목격자들에 따르면, 정귀보는 서해안 하구의 한 계곡에 있는 구름다리를 건너다가 죽음을 맞이했다. 고도 15미터, 길이 25미터의 제법 아찔한 다리였다. 시간은 목요일 오후 3시, 날씨는 약간 흐린 정도로 사람들에게 특별한 인상을 남기기 어려운 하늘빛이었다. 목격자들의 증언은 간단했다. 정귀보보다 먼저 구름다리를 건너갔던 중년 여성의 말이다.

"건너면서 뒤를 돌아봤지. 마흔이나 됐을까 싶은 남자가 막 다리에 들어섰는데, 평범한 등산객 차림이었어요. 뭐 요즘엔 회사 잘리고 평일에도 산에 오는 남자들이 많으니까. 그런데 그 사람이 다리 가운데서 걸음을 멈추더니 상체를 내밀고 물을 지긋이 바라보는 거야. 아이고, 저거 위험한데, 호기심 많은 양반이네. 그런 생각이 들자마자, 갑자기 바람이 세게 분 거예요. 다리가 흔들렸지. 아무래도 출렁다리니까. 어, 저 양반 발바닥이 허공에 떴다, 그런 생각이 드는 순간 순식간에 사라진 거야. 그때는 무슨 일이 일어난 건지 감이 안 왔어요. 아주 자연스럽게 느껴져서 끔찍한 일이 일어났다는 생각도 못 했다니까."

이 목격자에 따르면 정귀보는 다리 아래의 가파른 계곡을 자세히 보려다가 실수로 추락사한 것이 틀림없었다. 마침 그 시간에 바람이 강하게 불었고 다리가 심하게 흔들렸다는 증언은 그외에도 더 나왔다. 구름다리의 사고 위험을 지적하는 청원이 평소에도 많았다는 사실이 추가로 밝혀졌다. 신발을 벗어놓고 뛰어내린 것도 아니고 유서를 남긴 것도 아니었으니 경찰 입장에서는 실족사로 처리하는 게 순리였다.

하지만 그 순간을 가장 가까이서 목격한 다른 등산객의 진술은 달랐다. 나이가 지긋한 노인이었는데, 그는 전직 교수인 데다 깊은 주름과 중후한 목소리를 갖고 있어서 신뢰감을 주기에 충분했다. 그는 정귀보의 뒤를 따라 다리를 건너다가 추락을 목격했다고 진술했다. 중년 여성의 반대편이었던 셈이고, 정귀보와는 5미터 정도밖에 떨어져 있지 않았다. 그는 확신에 찬 표정으로 말했다.

"내가 이 산을 12년째 다녀. 산에 대해서는 잘 알지. 거긴 그런 사고가 일어날 만한 데가 아니야. 일부러 그러지 않는 한 떨어질 수가 없는 곳이라고. 내가 이런 얘기를 하는 건, 구름다리 한가운데 서 있는 그 사람 표정을 봤기 때문이우. 어딘지 어두운 표정이었어. 난간을 꼭 쥐고는 일부러 상체를 밖으로 내민 것 같았다니까. 물을 바라보는 듯하더니, 순간 펄쩍 뛰어서 떨어진 거야. 그건 몸을 던진 거예요 분명히. 내가 나이가 일흔둘이야, 일흔둘. 확실해요."

자살이라는 얘기였다. 정귀보는 신발도 벗지 않았고 유서도 남기지 않았지만, 확실히 그것으로 자살이 아니라고 단정할 수는 없었다. 바람이 불었다고는 하나 느끼기에 따라서는 산들바람 정도였다. 그 다리에서 사람이 떨어져 죽은 사례는 지금까지 두 건밖에 없었다. 둘 다 자살이었다. 구름다리는 폭 1.5미터 정도로, 양쪽에 밧줄로 된 난간이 설치돼 있었다. 난간 높이는 어른

가슴께까지 오는 정도였고, 난간 아래로도 촘촘히 그물이 설치
돼 있었다. 일부러 뛰어넘지 않는 한 추락하기는 어려워 보였다.

군청 직원의 말에 따르면, 그때는 민원을 접수하고 구름다리
의 전면 보수공사를 끝낸 지 얼마 지나지 않았을 때였다. 다리가
위험했던 건 아니라는 뜻이다. 군청 직원은 구름다리라는 것이
어떻게 만들어지는지를 상세하게 설명해주었다. 그 때문에 나
는 산 위의 구조물들에 대한 의외의 지식까지 얻게 되었다. 당연
한 말이지만, 산에는 나무와 바위만 있는 것이 아니다. 거기에는
인간이 만든 산장도 있고, 인간들의 무수한 도전과 실패가 있으
며, 헬리콥터가 커다란 철근을 매달고 허공을 날아가는 시간도
있는 것이다.

자살이라는 주장을 뒷받침하는 정황증거는 그 외에도 여럿
이었다. 우선 정귀보는 평소 산행에 취미를 가진 사람이 아니었
다. 특별한 계기가 없이는 혼자서 산을 탈 사람이 아니라는 뜻이
다. 게다가 그의 풍경화는 산이나 바다가 아니라 주로 도시 변두
리를 대상으로 삼았다. 대학을 졸업한 이후 그는 한 번도 자연을
그린 적이 없었다. "자연에서는 표정을 발견할 수 없다"는 것이
이유였다. 작업을 하러 갔을 리 만무했다.

그러니 평일 낮에 혼자서 산에 올라갔다면 뭔가 심경의 변화
가 있었다고 보는 게 자연스럽다. 그 전날 산 아래 주점에서 혼
자 술을 마셨다는 증언도 확보되었다. 분명히 혼자였다고 증언
한 주인 남자의 말은 다음과 같았다.

"여긴 혼자 오는 손님은 드문 편이라 기억이 나요. 그냥 얌전하게 소주 두 병을 비우고 나갔지. 스마트폰도 들여다보고 하면서 멍하니 마셨어요. 어디다 전화를 걸어 언성을 높이지도 않았고, 행패도 부리지 않았어. 안주는 도토리묵과 김치전이었고. 아, 도토리묵은 우리가 서비스로 준 거야. 자살할 표정이었냐고? 에이, 그런 걸 어떻게 알아? 얼굴에 씌어져 있는 것도 아니고. 근데…… 또 그렇다고 생각해보면 확실히 그런 표정이었던 것 같기도 하고……"

뉴욕 모마의 전시를 위한 작업이 잘 되지 않아서 자살했을 거라는 언론의 추측성 기사가 반복된 것은 그런 이유에서였다. 기사의 표제는 「천재 예술가의 때 이른 비극」식이었는데, 말미에는 애도이기도 하고 영웅화이기도 한 관습적인 찬사를 덧붙이는 경우가 많았다.

구구한 논란에 종지부를 찍은 것은 정귀보 자신이 작성한 유서였다. 유서는 장위동 정귀보의 방, 그것도 책상 위에 놓인 책 사이에서 발견되었다. 의심의 여지가 없는 친필이었고, 삶과 죽음에 대한 진지한 성찰로 이루어진 글이었다.

"죽음은 삶 전체를 드러내는 무한한 거울이다."

"죽음은 단순한 없음이 아니다. 그것은 우리가 영원히 소유할 수 없는 신비이자, 무한한 사건의 발생 가능성이다."

"우리가 존재하는 한 죽음은 우리와 함께 있지 않을 것이며, 죽음이 오면 우리는 이미 존재하지 않으리라. 그러므로 우리는 죽음을 두려워할 필요가 없다." 등등.

　조간들은 정귀보의 유서가 발견되었다는 기사를 쏟아냈다. 천재 작가다운 혜안으로 빛나는 글이라는 찬사와 함께였다. 확실히 죽음에 대한 그 문장들은 정귀보가 왜 극단적인 선택을 했는지 암시하는 것으로 보였다.

　하지만 나는 그 유서의 전문을 여기에 인용하지 않으려 한다. 왜냐하면 그것은 나로서는 매우 실망스러운 글이었기 때문이다. 이유는 여러 가지다. 첫째, 그 유서가 꽂혀 있었다는 책은 『세계 잠언집』이었는데, 그건 편자조차 '편집부'로 되어 있는 싸구려 책이었다. 책 디자인이나 종이의 질이 조악했을 뿐 아니라, 인용문들에는 출처조차 없었다. 흔히 중고서점 1천 원 코너 같은 데서 파는 책이 틀림없었다. 둘째, 그 유서에 감명을 받아 문화면에 전문을 게재한 신문들은 다음 날 다소 충격적인 제보를 받아야 했다. 전화는 문화부 데스크로 하루 종일 이어졌다. 제보자들이 이구동성으로 증언한 것은, 정귀보의 유서라고 보도된 그 문장들이 실은 정귀보가 읽던 바로 그 책 『세계 잠언집』에 실려 있는 글귀라는 사실이었다. 대개 나이 지긋한 독자들이 전화를 걸어왔는데, 그들은 문제의 유서가 사실 그 책의 일부이며 어떤 문장은 잘못 옮겨지기까지 했다고 주장했다. 칠십대라는 한 독자는 자신이 문제의 『세계 잠언집』 속 문구를 아침마다 하나씩 골라서 낭송하기 때문에 기사를 보자마자 금방 알 수 있었다고 설명했다. 심지어 그는 그 책에서 가훈을 뽑아 액자로 걸어놓았다는 점을 강조하기까지 했다. 이 제보가 사실이라는 것은 금방 확인되었다. 책을 입수해 대조해보면 되었기 때문이다.

정귀보가 왜 삶과 죽음에 관한 선인들의 잠언을 베껴 쓰고 거기에 '유서'라는 제목을 붙였는지는 정확히 알 수 없었다. 가장 단순한 주장은 이런 것이었다. 이것은 진짜 유서가 아니며, 단지 책의 내용을 메모해놓은 것에 불과하다는 얘기였다. 『세계 잠언집』 5장의 소제목이 바로 '예술가들의 유언'이라는 설득력 있는 근거도 제시되었다. 하지만 이 주장은 정귀보가 왜 '예술가들의 유언'이 아니라 '유서'라고 적어놓았는지, 왜 5장뿐 아니라 다른 곳의 문장들도 섞여 있는지는 설명하지 못했다.

매력적인 해석도 있었다. 천재 예술가답게 정귀보는 죽음을 맞이하는 순간까지 유머를 잃지 않았다는 것이다. 상투적인 잠언들을 진지한 죽음과 겹쳐놓는 고급스러운 농담이라는 해석이었다. 하지만 그런 농담이 정말 '고급스러운' 것이냐는 냉소적인 반론이 있었고, 그 잠언들이 당신 눈에는 상투적으로 보이느냐는 다소 감정적인 반론도 있었다. 정귀보가 그런 식의 말장난을 좋아하는 타입의 천재는 아니었다는 주장도 추가되었다. '고급한 유머'론은 금방 힘을 잃었다.

그 외에도 여러 견해가 제출되었다. 죽음에 대한 글을 너무 열심히 읽다 보면 정말 죽음에 대한 충동을 느낄 수 있다는 정신과 의사의 칼럼이 게재되었고, 잠언은 교훈과 가르침을 담은 문장이기 때문에 유서에 잠언을 베껴 쓰는 것은 당연한 일이라고 주장한 대학 교수도 있었다. 이 모든 게 악의적인 정치적 조작이라는 극단적인 견해는 SNS에서조차 야유를 받았으며, 기실은 그냥 자살이지 뭐 그렇게 복잡하게 생각하느냐는 근본적인 주장은 홍대 앞 술집 같은 곳에서 잠깐 흘러나왔다가 사라졌다.

하지만 이 사건의 더 큰 난점은 다른 곳에 있었다. 사건 발생 후 한 달이 다 되었는데도 시신이 발견되지 않았던 것이다. 구름다리에서 추락해 바위에 두 차례 부딪힌 다음 급류에 휩쓸려간 것은 틀림없는데, 정작 시신은 찾을 수 없었다. 수중탐색 전문요원들이 포함된 군경 합동수색단이 하구를 이 잡듯 뒤졌는데도 아무런 흔적도 발견되지 않았다. 바위에 남은 핏자국이 증거의 전부였다. 배낭이나 신발 같은 것조차 발견되지 않았다.

하구는 바다와 만나면서 물이 넓고 깊어진다. 시신은 해류의 지배를 받게 되고, 그때부터는 강바닥이 아니라 바다라는 거대한 세계에 속하는 것이다. 정귀보는 이미 그 거대한 세계의 일부가 되어 있는지도 몰랐다. 그렇다면 시신을 찾는 것은 사막에서 모래알 찾기라든가 갈대밭에서 바늘을 찾는 일에 가깝다. 이것은 시신 확보에 생각보다 어려움이 있을 것이라면서 덧붙인 경찰 고위 관계자의 비유였다.

하지만 정귀보는 사건 발생 4개월이 지난 뒤, 넓고 깊고 어두운 그 바다의 심연에서 자신을 드러냈다. 마침내 시신이 발견된 것이다. 내가 연락을 받은 것은 정귀보가 실종된 지 정확하게

120일째가 되던 날의 저녁 무렵이었다. 가을이 깊어가고 있었다. 내가 사는 아파트의 창밖에는 황혼을 배경으로 낙엽이 정말 그림처럼 흩날리고 있었다. 만물의 조락은 그렇게 자신만의 표현법을 갖게 되는 것이다. 팔짱을 낀 채 나는 그런 쓸쓸한 생각에 잠겨 있었다.

그즈음 나는 평전 집필을 중단하리라고 마음먹고 있었다. 정귀보의 삶에 대해서는 아무런 할 말이 없다는 것이 나의 판단이었다. 계약금을 받은 마당에 무책임하고 성급한 판단이라는 건 알고 있었지만, 할 말이 없는 건 어쩔 수 없는 일이 아닌가. 나는 무엇보다 빈센트 호크가 아니기 때문에 추상적이고 현란한 논리로 그의 작품을 변호할 생각이 없었고, 정귀보가 한국인이라는 이유로 우리 민족이 낳은 천재니 뭐니 하는 과장과 미화를 일삼고 싶지도 않았다. 그의 시신이 발견되었다는 출판사 사장의 다급한 전화를 받기 전까지는 말이다. 나와는 미대 동창이기도 한 사장은 다소 흥분한 목소리로 급보를 전한 뒤 이렇게 덧붙였다. 이봐, 빨리 취재 시작하라고. 다른 데서 손쓰기 전에.

시신을 발견한 것은 바닷가에서 놀던 오누이라고 했다. 초등학교 3학년 여자아이와 5학년 남자아이였다. 부모는 수협 공판장에 일을 나간 뒤였고, 학교에서 돌아와 해변에서 놀다가 정귀보를 발견했다는 것이다. 유감스럽게도 그리 신빙성 있는 진술은 아니었다. 아이들은 정귀보가 처음에는 시신 상태가 아니었으며, 바다에서 '비틀거리면서 걸어 나왔다'고 증언했다. 처음에는 동네 아저씨라고 생각했는데 자세히 보니 처음 보는 사람이었다는 것이다. 힘없이 고개를 숙인 채였고, 옷은 수영복이나 잠수복이 아니라 등산복이었다. 정귀보가 산에 올라갈 때 입고 있던 바로 그 옷이었다.

해변으로 걸어 나온 정귀보는 너무 오래 수영을 해서 기진맥진한 사람처럼 그 자리에서 푹, 허물어졌다. 오누이는 바다에서 걸어 나온 남자가 자기들을 빤히 바라보다가 쓰러졌으며, 그래서 아무런 말도 나눌 수 없었다고 증언했다. 이 진술에 의하면, 정귀보는 120일 동안 바닷속에 잠겨 있다가 산 채로 걸어 나온 것이 된다. 아마 애들이 공포에 질려 잠시 착각한 거겠지. 사장은 그렇게 덧붙였다. 나는 고개를 끄덕였다. 파도를 타고 해변에 밀려온 시신을 본 초등학생들이라면 그런 환상에 사로잡힐 수도 있을 것이다. 공포라는 감정은 우리에게 어떤 종류의 환상이든 이끌어내지 않던가.

전화를 끊었을 때, 나는 뜻밖의 욕망에 휩싸여 있었다. 멈췄던 심장이 뛰는 것 같은 느낌이었다. 정귀보의 시신을 직접 볼 수 있다면 평전을 시작할 수 있을지도 모른다. 그 시신은 정귀보에 대한 기나긴 글의 유일한 출발점일지도 모른다. 그런 생각이 머릿속에 차올랐던 것이다. 그것은 나로서도 갑작스러운 열망이라고 할 만했다. 다소 엉뚱하게 들리겠지만, 나에게 그 열망은 사랑이라든가 증오 같은 감정과는 거리가 먼 것이었다. 그것은 집착이 아니며, 호기심이나 의무감은 더더욱 아니었다. 더 이

상하게 들릴지도 모르지만, 나는 그것을 '영원한 탐구열'이라고
말하겠다.

　나는 정귀보의 시신을 눈으로 확인하기 위해 그가 안치돼 있
다는 해안가 소도시의 한 종합병원으로 달려갔다. 기자들도 오
지 않았고, 심지어 빈소조차 차려지지 않은 상태였다. 나는 깊은
밤에 관리실 유리창을 두드려야 했다. 선잠에서 깬 근무자가 쪽
창을 열었다. 육십대 중반쯤의 피로한 얼굴에 드문드문 검버섯
이 피어 있었다. 잠으로 돌아가는 것만이 유일한 목적인, 그런
얼굴이었다.

　그는 정귀보의 시신을 보고 싶다는 나의 청을 한마디로 거절
했다. 규정상 불가능하다는 것인데, 그건 이미 예상했던 일이었
다. 그에게 생각보다 많은 액수의 사례를 한 뒤에야 나는 정귀보
의 시신을 두 눈으로 확인할 수 있었다. 자정을 넘긴 시간이었
고, 바닷바람이 부는 적막한 병원의 적막한 영안실이었다. 관리
인이 열쇠 꾸러미를 뒤져 안치실 문을 따고, 3번이라는 번호가
붙은 냉장고를 꺼내는 시간이 한없이 길게 느껴졌다.

　엠바밍을 한 것도 아닐 텐데 시신은 말끔한 상태였다. 익사라
고는 믿을 수 없을 정도로 정상적인 모습이었다. 심지어 생생한
느낌까지 들었다. 피부가 붇지도 않았고, 상한 곳도 없었다. 눈
과 코와 입이 정확하게 있어야 할 곳에 위치해 있었다. 얼굴에는
아무런 표정이 없었다. 지금이라도 상체를 일으켜 "누구요?" 하
고 물을 듯한 얼굴이랄까. 정귀보는 생전의 모습 그대로, 172센

티미터에 71킬로그램의 체형조차 조금도 변하지 않은 채, 그렇게 누워 있었다.

무슨 처리를 어떻게 했느냐는 내 질문에, 관리인은 자기가 방금 근무 교대를 했기 때문에 답해줄 수 없으며, 내일 아침에 직접 병원 측에 문의하라고 나른한 목소리로 대답했다. 열쇠를 짤랑거리며 안치실 문에 기대선 그의 등을 바라보다가, 나는 시신 쪽으로 다시 눈을 돌렸다.

이것이 백 일이 넘는 동안 바다 밑을 떠돌아다닌 시신이란 말인가? 아니면 그가 살아서 걸어 나왔다는 아이들의 말이 사실이란 말인가? 나는 도무지 믿을 수 없었다. 믿을 수 없을 뿐만 아니라 참을 수도 없었다. 기묘한 슬픔이 가슴속에서 배어 나왔다. 나는 안치실의 희미한 형광등 불빛 속에 망연히 서서 오랫동안 정귀보의 얼굴을 바라보았다. 이 밤이 영영 끝나지 않을 것 같은 기분이었다.

다음 날 나는 사장에게 전화를 걸었다. 쉽지는 않겠지만 정귀보에 대한 글을 다시 시작해보겠노라고 말했다. 사장은 아 그럼 안 하려고 했단 말이냐?라며 무슨 헛소리를 하느냐는 듯 시큰둥하게 반응했다. 나는 별다른 대꾸를 하지 않았다.

물론 지금껏 책은 지지부진한 상태를 벗어나지 못하고 있다. 정귀보의 예술이야 평론가들이 설명할 문제지만, 정귀보의 인생을 탐구하는 것은 소위 평전을 쓰겠다는 나의 몫이 아닌가. 그러나 나는 뭘 어떻게 시작해야 하는지조차 알 수 없었다. 그의 인생을 연대별로 정리할 것인지, 큰 사건별로 정리할 것인지, 몇 개의 시대로 나눌 것인지도 판단할 수 없었다. 대체 처마에서 떨어지는 빗방울에 얼비친 햇빛이라든가, 야 씨발아 난 여자만 좋아해—라든가, 쌍둥이를 동시에 사랑한다는 것은 과연 무엇인 것일까? 그런 것에 의미를 부여해서 이렇게 저렇게 정리한다는 것은 무슨 뜻일까? 그런 것을 쓰려는 나라는 인간은 대체 무엇이란 말인가? 평전이 아니라 차라리 연보만으로 한 권의 책을 만드는 게 낫지 않겠는가? 시간 순서에 따라 철저하게 객관적이며 확인 가능한 정보만으로 이루어진 책을 말이다. 설령 그것이 단 한 페이지로 이루어진 책이라고 할지라도……

지금 나는 정귀보가 죽음을 맞기 전날 밤 혼자 술을 마셨다는 주점에 앉아 이 글을 쓰고 있다. 낡은 나무탁자 여섯 개와 통나무의자들이 아주 오랜 세월을 그렇게 보내왔다는 듯 눅눅한 향기를 내뿜고 있다. 뜨내기 등산객들을 받는 주점답게 안주는 다양한 편이어서, 도토리묵도 있고 김치전이나 파전도 있으며, 심지어 고등어구이도 있다.

죽기 하루 전의 정귀보가 된 듯이, 나는 도토리묵(주인장이 서비스로 준 것이다)과 파전을 앞에 두고 막막한 감정에 잠겨 있다. 특별히 비관적인 기분이라고 말하고 싶지는 않다. 나는 누군가에게 전화를 걸어 언성을 높이지도 않을 것이고, 만취해서 행패를 부리지도 않을 것이다. 단지 나는 무언가가 내 안에서 조금씩 피어오르고 있다는 것은 깨닫고 있다. 어쩌면 그것은 정귀보의 인생에 대한 기나긴 글의 첫 문장 같은 것인지도 모른다. 마지막 문장이 없는…… 짧고 건조한…… 첫 문장 말이다. 첫 문장에서 두번째 문장이 나오고, 두번째 문장에서 세번째 문장이 이어지고, 세번째 문장에서 또 다른 문장이 태어날 것이다. 그러던 어느 날, 나는 거기서 아무렇지도 않게 걸어 나오는 정귀보를 보게 되는지도 모른다. 해변에서 놀고 있는 우리를 향해 다가오는, 우리 모두의 정귀보를 말이다.

칠레의
세계

1

아픈가?

아프겠지.

아플 거야.

그래도 내 이야기를 들어보라구. 이런 순간에는 시간이 한꺼
번에 흐르는 법이니까. 일생이 주마등처럼 스쳐간다는 말도 있
지 않은가. 나는 그게 비유가 아니라고 생각한다네. 어떤 순간에
우리는 우리가 지나온 긴 시간을 한꺼번에 떠올리지. 답답한 시
간의 질서를 초월하는 거야. 이야기라는 것도 마찬가지가 아닐
까. 참으로 길고 복잡한 이야기가 한꺼번에 이해될 때가 있으니
까. 마치 지금의 자네처럼.

겨울밤의 눈 내리는 거리에 서서 하염없이 내 이야기를 듣는,
지금의 자네처럼.

2

2006년 겨울, 산티아고의 어느 평화로운 아침이었네. 아우구
스토 호세 라몬 피노체트 우가르테라는 긴 이름의 독재자가 있
었지. 그래, 흔히 피노체트라고 부르는 그 독재자 말일세. 권좌
에서 내려온 뒤 학살과 고문 혐의로 재판을 받느라 가택연금 상
태였다지. 늙고 노회한 독재자는 침대에서 몸을 일으키다가 문
득 심장이 이상하다는 것을 깨달았다네.

심장마비인가……

그는 조용한 목소리로 탄식을 내뱉었어. 지나온 시간이 주마
등처럼 떠오르거나 하지는 않았다네. 간이나 폐 또는 비장쯤에
서 올라온, 올라오면서 위의 점막과 식도와 머리뼈에 골고루 스
며드는, 아득한 무력감을 느꼈을 뿐.

인생이란 결국 그런 것 아니겠나? 일상의 투쟁 속에서, 정신
의 투쟁 속에서, 타인들과의 투쟁 속에서, 그렇게 미친 듯이 흘
러가다가, 어느 날 문득 무언가가 끝나가고 있다는 걸 깨닫는 것
말일세. 늙은 독재자가 창가에서 중얼거린 말은 겨우 이런 것이
었지.

이건…… 뭘까?

그래. 이건 뭘까? 그런 질문을 하게 되는 때가 있지. 이제 내 기치 않은 시간이 다가왔다는 뜻이라네. 오랫동안 예견해왔던 시간이라고 해도 다를 건 없겠지. 누구나 그렇게 고독하게 중얼거리는 시간과 문득 마주하게 되는 법이니까. 이건…… 뭘까? 하고.

하지만 대개는 이미 늦은 뒤지. 늙은 독재자의 심장은 차근차근 그 순간을 준비해왔을 거야. 전날 밤에, 전전 날 밤에, 또는 그해 봄이나 몇 해 전의 겨울에, 그리하여 아주 먼 시간 이전부터 말일세. 갑작스럽거나 우연한 사건이 아니라는 뜻이지.

사실 우연이란 게 뭐겠나? 그건 우리가 이해하지 못하는 사태에 붙이는 이름이 아니겠나? 우연이란, 우리가 그것에 대해 아무것도 모른다는 것을 의미할 뿐이니까.

아아, 기억할는지 모르겠군. 자네가 다니던 작은 교회의 목사도 그렇게 얘기한 적이 있지 않은가. 사실 우연이란 없다고, 이 세계는 보이지 않는 의지의 혈관으로 무한하게 얽혀 있다고 말일세. 세계는 알 수 없는 인과와 필연의 핏줄기들이 꿈틀거리는 거대한 내장을 닮았다고. 금방 터져버릴 듯하지만 터지지 않는, 터질 듯 터질 듯 쉽게 터지지 않는, 핏발 선 심장을 상상해보라고. 그게 바로 우리가 살아가는 세계의 모습이라고.

아직 혈기왕성한 나이의 목사는 두 손을 옆으로 활짝 펴 들고 말을 이었지. 표현이 다소 현학적이었기 때문에 예배에 참석한

신도들이 그 말의 의미를 온전히 이해했는지는 알 수 없네만.

젊은 목사는 열변을 토했네.

형제자매 여러분, 이 세계가 어떤 아름다움을, 어떤 광포함을, 어떤 무자비함을, 어떤 형언할 수 없는 자애로움을 우리에게 보여줄 때, 우리는 그 이면에 잠복해 있는 의지의 고리, 인과의 사슬을 읽어내야 합니다. 우리가 할 일은 모든 것이 그분의 역사하심이라는 것을 온몸으로 깨닫고 순순히 받아들이는 것입니다. 그분의 피를 받아 마시듯이, 오래 숙성된 한 잔의 포도주를 받아 마시듯이, 그리하면 우리의 몸과 마음이 안식을 얻게 될 것이니……

아멘 소리가 예배당을 가득 메웠네. 비록 어렴풋이 이해했을 뿐이지만, 자네는 깊은 감동을 느꼈지. 무언가가 육박해오는 느낌이랄까. 그래, 젊은 목사의 말마따나, 의지의 고리, 인과의 사슬이라는 것은 피노체트라는 독재자의 문제만은 아니야. 그 인과의 고리와 사슬은 우리의 모든 시간에, 모든 공간에, 모든 육체에 스며드는 것이니까.

자네와 나를 포함한 우리 모두에게 말일세.

기억해보시게.

자네는 홀로 길을 걸어가고 있었지. 햇살이 따가운 날이었을 거야. 자네는 손으로 차양을 만든 채 고개를 들어 태양을 바라보았다네. 그저 무심코 그렇게 했을 뿐이지. 사실 인생은 그렇게 무심코 하는 행동들로 가득하지 않은가.

그때 자네는 하늘에서 무언가가 떨어지고 있는 걸 발견했다네. 작은 점 하나가 급강하고 있었던 거야. 무서운 속도였지. 자네의 머릿속으로 이런 문장이 막 만들어졌다네. 저건…… 붉은 벽돌이구나……라는.

물론 이미 늦은 뒤지. 그 붉은 벽돌은 자네의 머리를 정통으로 때린 뒤, 탁 탁 소리를 내며 아스팔트 바닥으로 떨어졌으니까. 자네는 밑동이 잘린 나무가 허물어지듯 쓰러졌지.

그리고 시간은 흘렀다네. 시간이 흘러간다는 것보다 무서운 일이 또 있겠나. 그것보다 자애로운 일은 없다고 해도 마찬가지겠군.

이윽고 자네는 병실 침상에서 눈을 떴다네. 실눈을 뜨고 주위를 둘러보았지. 흰 가운을 입은 간호사의 등이 보이고, 햇살이 따사롭게 흘러드는 창문이 보였을 거야. 창문 옆에는 자네의 아내가, 그래, 자네의 아내가 단정히 앉아 뜨개질을 하고 있었지.

자네는 어리둥절한 느낌이었네. 대체 무슨 일이 일어난 걸까. 그제야 기억 속에 저장된 이미지가 천천히 떠올랐지. 머리 위에서 무서운 속도로 떨어지는 벽돌 하나가 말일세. 자네는 소스라치듯 모든 걸 이해했다네. 공사 현장에서 우연히 떨어진 벽돌이 하필이면 그 아래를 지나가던 자네의 머리를 강타했다는 것을. 자네가 그 자리에서 정신을 잃었다는 것을.

창밖으로 시선을 돌리며 자네는 이렇게 중얼거렸다네. 이게 무슨 불운인가. 하필이면 공사장 근처를 지나갈 때 벽돌이 떨어질 게 뭔가. 아아, 어이가 없다. 이런 걸 운명이라고 부르는 것인가……라고. 단어 선택이 좀 이상하다는 생각이 들어서 자네는 '운명'이라는 단어를 '재수'라는 단어로 바꾸었지. 자네는 다시 중얼거렸다네. 아 씨발, 재수 없어.

그때 간호사가 자네를 돌아보며 살짝 미소를 지었지. 깨어나셨군요. 삶과 죽음의 경계에서 운명적으로 귀환하신 걸 축하드려요. 그런 뜻으로.

뜨개질을 멈추고 침대맡으로 다가온 아내의 걱정스러운 얼굴을 확인한 뒤에야, 자네는 생동하는 삶의 세계로 돌아왔음을 확신했다네. 얼마간은 당혹스러운 기분으로. 그렇지. 삶의 어지러운 생동감이란, 언제나 그렇게 당혹스러운 것 아니겠나. 무수한 움직임과 에너지가 어지럽게 교차하는 공간, 그게 이 세상이니까 말일세.

사실 이런 일이 처음은 아니지. 자네는 벽돌 사건 이전에도 그런 기분을 맛본 적이 있지 않은가. 그때는 벽돌 정도가 아니었지. 브레이크가 고장 난 1톤 트럭이었으니까. 갓 수입한 포도주들을 가득 싣고 달리던 트럭이었어. 자네는 그 육중한 기계가 내리막길을 따라 미친 듯이 달려오는 걸 목격했다네. 트럭은 교차로를 지나던 몇 대의 승용차들을 덮쳤어. 여기까지는 뉴스에서 흔히 보던 사고에 불과하다고 할 수 있지. 그 승용차들 중 한 대에 우연히 자네가 타고 있었다는 사실만 빼면 말이야.

뒷좌석에 앉아 있던 자네는 트럭이 달려드는 순간 두 눈을 질끈 감았다네. 일생이 주마등처럼 머릿속을 흘러간다거나 하는 일은 일어나지 않았지. 다행히 트럭은 자네가 탄 승용차의 앞 범퍼를 스쳤을 뿐이니까. 다른 차량들과 연쇄적으로 충돌한 뒤에야 그 무자비한 기계는 교차로 한가운데 멈춰 섰어.

자네는 목덜미를 감싸 쥔 채 차에서 내렸다네. 주위를 둘러보았지. 교차로에는 비현실적으로 아득한 황혼이 깔려 있었어. 자네는 물끄러미 바라보았다네. 트럭에 실려 있던 포도주병들이 쏟아져 나와 박살이 나 있는 풍경을. 붉은 빛깔의 술과 붉은 빛깔의 피가 뒤섞인 황혼 녘의 풍경을. 그 풍경으로 스며드는 석양의 붉은빛을……

자네는 자신도 모르게 안도의 숨을 몰아쉬었지. 자네의 몸에 별다른 이상이 없다는 사실을 확인한 뒤에 말이야. 두 다리는 여전히 덜덜 떨리고 있었어.

그 사건 이후 자네에겐 일종의 깨달음이 생겼다네. 인생이란, 브레이크가 고장 난 트럭이 달려드는 교차로를 우연히 지나가는 일과 같다,라는. 신념이나 좌우명이라고 하기에는 이상하지만, 운명에 대해 이만큼 적절한 설명이 또 어디 있겠나? 트럭 대신 벽돌을 이 문장에 넣어도 마찬가지일 거야. 인생이란, 벽돌이 떨어지는 거리를 우연히 지나가는 일과 같다,라고 말이야.

다시 말하지만, 우연이란 그저 가볍고 자유로운 공기 같은 것이 아니겠나? 우연이라는 향기로운 공기로 가득한 세계가 곧 낙원 아니겠나? 그런데 어쩌겠는가. 그 낙원의 공기 안에, 치명적인 의지의 고리, 무서운 인과의 사슬이 숨겨져 있다면 말일세. 이불 속의 바늘처럼. 향기로운 포도주 속의 독극물처럼.

아우구스토 호세 라몬 피노체트 우가르테라는 긴 이름의 남미 독재자 역시 마찬가지였어. 그는 산티아고의 평화로운 겨울 아침에 자신의 심장이 이상하다는 걸 깨달았지. 곧 심장이 멈출 거라는 직감이 그를 사로잡았다네. 노회한 독재자의 오랜 습관대로, 그의 머릿속엔 이런 의문들이 떠올랐어.

이것은 진실로 우연히 찾아온 심장마비일까? 오늘 저녁 나는 무엇을 먹었던가? 어떤 포도주를 마셨던가? 누가 내게 그걸 권했던가? 어제 저녁에 삼킨 알약 속에는 무엇이 들어 있던가? 화장실에 새로 설치된 방향제는 과연 어떤 성분으로 이루어져 있는가?

그는 천천히 생각했다네. 그리고 중얼거렸지.

이것은…… 우연이 아닐 것이다,

라고.

원인이 있기 때문에 결과가 있는 것이다,

라고.

그가 그렇게 중얼거리며 바라본 창문 밖으로 산티아고의 겨울 아침이 차갑게 펼쳐져 있었다네.

3

자네의 마음속 한 켠에는 벌써 의구심이 일어나고 있겠지. 의구심이라기보다는 강렬한 심증이라 해도 좋을 거야. 아니, 이미 돌이킬 수 없는 확신인지도 모르겠군.

자네는 그런 과정에 익숙하지 않은가? 처음에는 뭔가 의아한 느낌이었다가, 점점 의심스러워지다가, 드디어 의심의 여지 없이 명백한 확신의 꼬리를 붙잡게 되는 것. 꼬리에 꼬리를 물고 발생하는 사건들을 명료한 인과의 사슬로 잇는 것. 급기야 앞뒤가 꽉 짜인 한 편의 이야기를 완성하는 것. 흩어져 있던 사건들이 문득 하나의 의미를 향해 모여들어서, 부인할 수 없는 필연의 사슬로 연결되는, 그런 과정 말일세.

자네는 궁금하겠지. 지금 자네가 처한 이 상황의 기원에는, 지금 자네를 둘러싸고 있는 이 모든 사태들의 처음에는, 과연 무엇이 있는가? 아니, 누가 있는가? 질문이 끝나기도 전에 자네의 머리에 떠오르는 사람이 있지 않은가? 도저히 외면할 수 없는 사람이?

그렇지. 자네의 아내. 이 모든 사태의 기원에 그녀가 있을 거라는 의혹. 바로 그 의혹이야말로 우리의 존재 이유라고 해도 좋겠지. 이 눈 내리는 겨울 거리의 한복판에 서서 우리가 이렇게 긴 이야기를 나누는 이유 말일세.

그러니 이제 다시 떠올려보세. 자네의 아내가 누구인지. 대체 어떤 사람인지. 자네의 낡은 표현을 빌려 말하자면, 그녀는 참으로 '조신한 여자'였다네. 한때 연예인이었던 여자에 대한 자네의 의구심을 알고 있었기 때문일까. 아니면 세상에 대한 환멸 때문이었는지도 모르지. 그녀는 정갈한 삶을 영위했다네. 말수가 적었고, 혼자 있는 걸 좋아했으며, 누구한테 화를 내는 법도 없었지. 가령 새벽마다 위층에서 들려오는, 자네의 신경을 긁어대는, 타닥타닥 하는 정체불명의 소음조차 아무렇지 않다는 투였으니까.

결혼 전 한때 그녀는 연예계의 촉망 받는 신인이지 않았는가. 평범한 외모에도 불구하고 탄탄한 연기력과 뭐라 설명하기 어려운 '여백의 매력'으로 주목받은 배우였지. 트위터에 노출된 사소한 발언 때문에 하루아침에 추락하기 전까지는 말일세.

군인이 무슨 소용이에요.

그게 다였다네. 원래 그 문장 앞에는 '무기가 없다면'이라는 조건절이 붙어 있었어. '무기가 없다면, 군인이 무슨 소용이에요'라는 이야기였지. 당연하고도 올바른 문장 아닌가? 하지만 불행하게도 그 문장은 앞의 조건절이 사라진 채 유포되었다네. 긴 문장을 끊어서 올리게 되는 온라인 공간의 특성도 한몫했겠지.

군인이 무슨 소용이에요.

그건 대한민국의 정체성을 부정하는 발언이었어. 신성한 병역의 의무를 다한 사람들의 분노를 유발하기에 딱 좋은 문장이었고. 그녀가 누군지조차 모르는 사람들까지도 악담에 가담했다네. 그 발언의 의미를 파고들면 들수록, 그녀를 옥죄는 올가미는 더 날카로워졌지. 신상 털기가 시작됐고, 모든 것이 추론의 근거가 됐다네. 과거에 했던 그녀의 사적인 발언들이 모두 국가 및 군대를 부인하는 의미로 수렴된 거야.

불행하게도, 그 악담들에 근거가 없는 건 아니었어. 왜냐하면 실제로 그녀의 사촌 동생 중에는 무기를 들기를 거부한 양심적 병역 거부자가 있었으니까. 그녀의 발언은 그 사촌 동생을 옹호하는 문장으로 해석된 거지. 스스로 발전하고 스스로 의미를 만들어내는 것. 그게 또 인간의 말 아니겠나? 댓글을 다는 이들에게는 모든 게 필연적이었어. 이미 돌이킬 수 없는 결론이 예정돼 있다는 뜻이지. 겨우 1년도 안 되는 기간 동안 활동했을 뿐인데, 너무 이르게 닥친 시련이었던 거야.

뜻밖에도 그녀의 선택은 간단했다네. 그녀는 변명을 하지 않았어. 주위의 만류를 뿌리치고 전격적으로 연예계를 떠났을 뿐. 그리고 자네가 잘 알다시피, 다시는 그곳으로 돌아가지 않았지. 자네와 결혼한 것도 그 환멸의 결과였을까? 그럴지도.

아니, 그건 명백한 사실일 거야. 그녀 스스로 자네에게 '그렇다'고 말했으니까. 이렇게. 사랑을 고백하는 목소리로.

그래요. 나는 당신에게 속하고 싶어요. 당신은 눈에 잘 뜨이지 않고, 만져지지 않고, 아무도 찾아낼 수 없는 사람이니까요. 나는 당신 안으로, 사라지고 싶어요.

그 고백을 듣고 자네가 기분 나빠했던가? 천만에. 자네는 그녀의 말을 수긍했다네. 그녀의 고통을 이해했다네. 뿐만 아니라 그녀의 고통이 자네라는 사람의 내부로 스며들어 영원히 드러나지 않기를 진심으로 바랐지. 그럴 수 있으리라고 생각했어. 실제로 자네는 그런 사람이니까.

어느 모로 보나 눈에 뜨이지 않을 만큼 평범한 사람. '일반인'이라는 표현이 딱 맞는 사람. 특별히 모난 데는 없어 보이지만 특별히 잘난 데도 없는 사람. 170센티미터에 72킬로그램, 남미산 주류를 수입해 이익을 남기는 소규모 수입상의 과장급 팀장. 곧 있을 승진 심사를 위해 성실히 노력하는 사람. 연말정산 과세표준액을 꼼꼼히 확인하는 사람. 화장실에 혼자 앉아 조금씩 묵직해지는 아랫배를 물끄러미 바라보는 사람. 그게 바로 자네 아닌가. 자네는 마음에 들었다네. 그녀의 사랑을 얻기 위해 특별히 노력할 게 없다는 것이.

결혼 후 그녀는 최소한의 행동반경만을 유지하며 생활했지. 거의 집 안에서만 하루를 보냈다네. 만나는 사람도 없었고, 사회 활동 같은 건 거의 하지 않았어. 단지 자네를 '내조'하는 것으로 만족하려는 여자 같았네. 자네 역시 그런 와이프를 사랑했고.

와이프.

그건 자네가 다른 이들 앞에서 그녀를 지칭할 때 쓰는 단어지. 어느 술자리에선가, 자네는 '와이프'를 '나이프'에 비유한 썰렁

한 농담을 들은 적이 있다네. '누구에게나 와이프가 나이프가 되는 날이 온다'는 유치한 농담이었어. 모두들 그럭저럭 너그러운 웃음을 흘렸지만, 자네의 표정은 굳어 있었지. 대신 집으로 돌아와 자네는 그 농담을 반복했다네. 그녀를 식탁에 앉혀놓고 말일세.

'와이프가 결국 나이프가 된다더군'이라고.

차가운 어조로.

그렇지. 그런 때가 온 거야. 모든 관계에 필연적으로 찾아오는 회의와 환멸의 시간이. 그게 언제부터였는지 자네는 잘 기억하고 있겠지. 그래, 그녀가 교회를 다니기 시작하면서부터였어.

이렇게 말할 수 있을까? 우리 모두는 믿음 자체를 믿는다고 말일세. 믿음이 인간을 신실하게 만들고, 성실하게 만들고, 선량하게 만든다는 것을 자네는 경험으로 알고 있지 않은가. 그녀가 교회에 나가보겠다고 했을 때 자네는 말리지 않았네. 심지어는 치열한 경쟁이 벌어지고 있는 이번 입찰 건만 끝나면 자네도 같이 나가겠다고 다짐했지.

교회에 다닌 이후 그녀는 자네의 기대대로 신실한 사람이 되었다네. 주일을 빼먹지 않았고, 때로는 평일 밤에도 봉사나 심방을 나갔지. 얼굴에도 화색이 도는 듯했어. 믿음은 믿음을 가진 사람에게 언제나 알 수 없는 광채를 선사하는 법. 그녀는 지상에 보물을 쌓지 않고 천상에 보물을 쌓기로 결심한 사람으로 보였지.

얼마간의 시간이 지난 뒤에는 자네 역시 교회에 나가기 시작했네. 어린 시절 여름성경학교에 가봤던 걸 빼면 사실상 처음이었지. 예배에 처음 참석한 후 자네는 다소 의외라고 생각했네. 담임 목사가 젊고 대단히 열정적이라는 사실 때문에 말이야. 선병질에 창백한 표정이었는데도 그의 목소리에서는 어떤 정열이 느껴졌어. 목사의 강론은 해박한 달변으로 은총 받은 자의 기쁨을 선사했다네.

하지만 가끔은 좀 이상한 말을 하기도 했어. 젊은 목사는 때로 신을 부정하는 듯한 발언도 서슴지 않았으니까. 혹시 기억하는가? 목사의 묘한 발언을? 그는 맹목적으로 기도하는 것은 성도의 자세가 아니라고 했네. 믿음은 어떤 믿음이라도 의심과 부인의 과정을 거쳐야 한다고도 했지. 그리스도를 세 번 부인한 베드로의 존재를 기억하라고, 베드로를 통해 우리는 더 진정한 신앙을 얻게 된 것인지도 모른다고, 베드로의 부인 자체가 이미 신의 역사하심이라고, 신의 열세번째 사도는 어쩌면, 우리 내면에 잠재해 있는 그 부인하는 베드로인지도 모른다고.

자네는 의아한 기분이었네. 이 사람은 지금 신을 믿으라는 것인가, 의심하라는 것인가? 말씀을 긍정하라는 것인가, 회의하라는 것인가? 목사는 부정을 통해 이르는 긍정의 세계를 설파했지만, 자네에게 그건 아무래도 요령부득의 궤변처럼 들렸다네. 자네는 생각했지. 부정은 결국 부정일 뿐이며, 긍정은 어디까지나 긍정이 아닌가, 라고 말일세.

그러던 어느 날, 사소한 사건이 일어났어. 우연의 일치일 수도 있고 우연이 아닐 수도 있는, 그런 사건이. 신의 가호인지도 모르고, 신의 저주인지도 모르는, 그런 사건이.

자네의 와이프에겐 로스앤젤레스에 사는 동생이 하나 있지 않은가. 미국인을 만나 귀화해 살고 있는, 제 언니의 결혼식에도 참가하지 않은, 그래서 아직 자네가 한 번도 만나보지 못한, 그런 처제 말일세.

어느 날 자네의 와이프는 수심에 찬 표정으로, 로스앤젤레스에 잠시 다녀오겠다고 말했네. 동생이 암에 걸렸다는 거였어. 우울한 목소리의 처제와 통화한 후, 자네는 와이프의 미국행에 동의했다네. 1주일 예정이었지. 갑상선암은 암도 아니라고, 가벼운 질환에 불과하다고, 심리적인 문제가 더 큰 병이라고, 자네는 진심 어린 위로까지 했다네.

하지만 문제는 그다음이었어. 아내가 출국한 뒤 주일예배 때였네. 자네는 혼자 교회에 나갔다가 젊은 목사가 자리를 비웠다는 이야기를 듣게 됐지. 인자한 표정의 장로가 그 소식을 전했어. 목사님이 무슨 컨퍼런스 때문에 미국에 잠시 다니러 가셨다고. 행선지가…… 로스앤젤레스라고.

처음에는 자네 역시 그 두 사건을 연결시키지 않았다네. 이런 우연이 있나, 그렇게 생각했을 뿐. 하지만 우리는 잘 알고 있지 않은가. 우연이라는 건 우리가 아직 이해하지 못한 사건에 붙이는 이름이라는 것을.

자네는 조금씩 과거를 기억해냈다네. 지난 일들이 문득 서로 연결되어 씨줄과 날줄이 되기 시작했다네. 그래, 생각해보면 교회에 나간 뒤 자네의 와이프는 많이 변하지 않았는가. 밝아졌다고나 할까. 채 1년이 되지 않는 짧은 연예계 생활을 접은 뒤 몇 해가 흘렀고, 사람들은 빠르게 그녀를 잊었지. 챙이 달린 모자나 마스크를 쓰지 않아도 그녀를 알아보는 사람이 없을 정도였어. 평범한 외모가 도움을 준 셈이랄까. 아니면 평범한 사람을 연기하는 연기력인지도 모르겠네만.

그러던 어느 날 교회 사람들과 담소를 나누면서, 그녀는 자신이 한때 여배우였음을 고백했다네. 목사를 비롯한 신도들과 식사를 하면서였지. 누군가 가져온 포도주를 한 잔 곁들였기 때문인지 그녀의 얼굴에는 화색이 돌았어. 몇몇 사람들은 그녀의 말이 농담이라고 생각하여 소탈한 웃음으로 반응했지만, 자네는 아내의 변화에 적잖이 놀랐다네. 스스로 자신의 내력을 털어놓다니, 그것도 농담을 하듯 편안한 어조로 말이야.

기억하는가? 그때 젊은 목사의 은근한 시선을? 그녀에게 교회 수련회에 참여하는 게 어떻겠느냐고 권하던 목소리를? 자네의 와이프가 그 제안을 흔쾌히 받아들였던 것을? 심지어 사랑스러운 미소까지 지으면서 말일세. 자네는 당황했지. 두 사람이 잠시 주고받은 시선의 교감이 자네의 심장 어딘가를 찌르는 느낌이었네.

그뿐인가. 자네는 잘 기억하고 있지 않은가. 하필이면 목사가 그날 오전 강론에서, 자살한 연예인들을 애달파했던 것을. 그게 과연 우연이었을까? 악플러들을 비판하는 발언을 하면서 목사가 자네의 와이프를 두세 차례나 바라본 것이?

또 자네는 알고 있었다네. 목사가 그녀의 초등학교 동창이라는 것을. 그건 부인할 수 없는 사실이었지. 그녀 자신이 고백한 것이니까.

알고 보니 목사님이 초등학교 동창이더라고요. 생각해보니 같은 반이었던 것 같기도 해.

별일 아니라는 듯 그렇게 말하는 그녀의 뺨에 작은 보조개가 패었던가, 아닌가? 목사는 어째서 자살한 연예인들을 위한 기도를 한 것일까? 자네가 교회에 처음 나갔을 때 목사가 보여준 친절은 어딘지 과잉이 아니었던가? 그 교회에 젊은 목사가 부임한 시기와 자네의 와이프가 교회에 나간 때가 기묘하게 일치한다는 건 또 무엇을 의미하는가? 두 사람의 미국행이 비슷한 시기에 이루어졌다는 게 과연 우연이란 말인가?

한번 연결된 사건들은 마치 스스로 생장하는 괴물처럼 모든 사건들을 잡아먹었지. 사건들은 문득 의미심장한 원인과 결과의 사슬로 이어졌다네. 우연이라고 생각하면 우연일 수 있는 사건들은, 그럴 수 없이 완강한 인과의 사슬 속에서 다시 태어났던 거야.

와이프가 로스앤젤레스로 떠났다. 우연찮게 아내의 동생이 병에 걸렸다. 전화로 목소리를 확인했으나, 그 목소리가 정말 처제의 목소리인지는 확신할 수 없다. 한 번도 이야기를 나누어본 적이 없으니까. 그런데 하루 차이로 목사 역시 로스앤젤레스행 비행기를 탔다. 목사가 로스앤젤레스로 떠난 이유는 무슨 국제 목회자 컨퍼런스 때문이라고 했으나, 인터넷 어디에서도 그 대회에 대한 정보를 찾을 수 없었다……

의혹이란, 부정하면 부정하는 만큼 죄인의 살을 파고드는 아라비아의 동아줄과 같다네. 부인하면 할수록 자신도 모르게 긍정을 향해 나아가지. 자네의 의혹은 점점 더 완강해졌고, 자네의 부정은 점점 더 자네의 긍정을 의미하게 되었네. 동아줄은 영혼의 연약한 살갗을 긁어대면서 점점 더 깊이, 점점 더 잔인하게 파고들었지. 이미 필연적인 결론이 예정돼 있다는 듯이.

4

사실 자네도 이미 알고 있지 않은가? 자신이 언제나 필연에 이끌리는 사람이라는 것을. 자네는 의심의 여지 없이 명백한 인과를 좋아하고, 잘 짜인 서사에 매혹을 느끼는 사람이라네. 그로부터 쾌감과 동시에 고통을 느끼는 사람이지. 견딜 수 없는 고통을. 말하자면 고통스러운 쾌감을.

그건 상식에 속하는 일이야. 고통과 쾌감이 어느 순간 구분되지 않는다는 것 말일세. 쾌락은 언제나 일정한 양의 고통을 수반

하고, 어떤 고통은 쾌감과 분간되지 않으니까. 증거를 대볼까? 자네가 걸어가는 길가에서도 발견할 수 있는 증거를? 가령 게단이 그렇지. 모든 종류의 계단 말일세.

어린 자네는 학교 가는 길의 계단들을 정확하게 기억하는 소년이었어. 자네는 자네의 계산이 틀리지 않았다는 것을 확인해야만 학교에 들어가곤 했지. 학교 정문으로 올라가는 계단은 왜 하필이면 13개씩 두 번 반복되었던 것일까?

자네는 계단의 수를 꼼꼼히 세었다네. 어딘지 부정확하다고 느껴지면 자네는 다시 아래로 달려갔다네. 정확하게 셌다는 것을 알면서도, 처음부터 다시 차근차근 세어야 했지. 계단들이 13이라는 숫자와 정확히 일치할 때까지 확인에 확인을 거듭했어. 모든 계단들이 13이라는 의미에 정확하게 부합할 때까지. 13 자체가 될 때까지.

다른 친구들이 자네를 의아하게 쳐다보는 것도, 교문에 서 있는 선도부 선배의 노란 완장도, 자네를 멈추게 할 수는 없었다네. 매번 지각하는 걸 이상하게 여긴 교사가 아무리 추궁해도 자네는 입을 열지 못했어. 이 자식, 이제 선생한테도 개기냐? 담임의 손이 허공으로 올라갔을 때에야, 자네는 결국 울음을 터뜨리며 큰 목소리로 외쳤다네.

계단 수가 틀렸어요!
라고.

그게 무슨 뜻인지 이해한 사람은 그때 그 교실에는 없었겠지.

13개의 계단이 지닌 의미를, 무지한 그들이 어찌 알겠나? 정확하게 13개의 단계로 이루어진 그 황홀한 세계를 말이야. 한 발을 들어 허공에 올려놓는 순간 또 한 발이 스스로를 지탱하는 세계. 한 발이 허공을 향해 나아가는 순간 다른 한 발이 온몸의 균형을 잡는다는 것. 쾌락 속으로 한 발을 들이밀 때 고통 속에서 자신을 지탱하는 또 다른 발이 있다는 것. 그것만큼 매혹적인 일이 또 있겠나?

물론 그 세계가 완전한 건 아니었지. 13개의 계단은 자주 12나 14를 가리켰어. 아니 그렇지 않은가 하고 의심이 되었지. 그 미세한 의심은 예외 없이 자네의 불안을 자극했고, 모든 계단을 정복하기 위한 자네의 투쟁은 점점 치열해졌다네.

계단뿐인가. 언젠가부터 자네는 보도블록의 수와 그들의 정교한 배열에 관심을 가졌고, 화장실의 세면도구들 하나하나를 완전히 이해하려고 했네. 그것들의 정확한 배치와 방향이 화장실이라는 완전무결한 우주를 완성할 때까지 말이야.

대학을 졸업하고서도 자네는 멈추지 않았어. 오히려 더 넓고 깊어졌지. 계단에서 보도블록으로, 보도블록에서 화장실의 세면도구들로. 급기야 거리의 광고판들이 은밀한 방식으로 의미하고 지시하는 것들에 대하여. 거기 적힌 숫자들이 의미심장한 조합을 이루어 가리키고 있는 것들에 대하여. 자네를 향해 다가오는 모든 자동차들의 번호판에 대하여. 언젠가부터 그 번호들의 합이 서서히 13으로 수렴되고 있다는 사실에 대하여.

어느 날 인터넷을 검색하다가 자네는 치명적인 사실을 알게 됐다네. 1970년 4월 11일, 플로리다 주 케네디 우주센터 발사지점 39구역, 아폴로 13호가 달을 향해 발사된 것이 13시 13분이었다는 사실을. 자네는 얼마나 경악했는가. 그 숫자들이 자네의 생년월일은 물론 생시까지 정확하게 가리키고 있다는 것을 깨달았을 때 말일세.

세번째 아폴로 프로젝트에 의해 우주 공간을 날아간 아폴로 13호가 달 궤도 진입 중 사고를 일으킨 건 정확하게 4월 13일 19시 13분이었지. 자네는 불쾌감을 넘어 공포를 느꼈어. 모든 것이 무언가를 끊임없이 환기하고 있다는 것을, 그 표적이 바로 자네라는 것을, 온몸으로 실감했으니까 말이야.

자네는 모종의 음모가 시작되고 있다는 사실을 깨달았다네. 부들부들 떨리는 손과 함께 수긍할 수밖에 없었어. 그 무렵 인터넷을 떠도는 정보들은 점점 더 명확하게 자네를 가리키기 시작했으니까. 하나의 점을 향해 서서히 수렴해간다는 것. 모든 것이 자기도 모르게 그것을 지시한다는 것. 세계 전체가 거대하고 단일한 기호로 변해간다는 것. 마침내 하나의 방향으로 움직이기 시작한다는 것. 그래. 강렬한 예감이 자네를 압도하기 시작한 거야.

아아, 물론 나도 잘 알고 있다네. 자네가 숙명론자가 아니라는 것을. 숙명 따위를 핑계로 자신의 무능력을 은폐하는 자가 아니라는 것을. 자네는 신비주의자도 아니지. 알 수 없는 우주의 힘을 들먹이며 제가 할 일을 회피하는 무책임한 사람이 아니니까.

신호란 그것을 발신하는 자들이 있게 마련 아니겠나. 최근 들어 더욱 구체적이고 정교하게 자네를 옥죄는 자들 말일세. 말하자면 벽돌이 떨어지거나 고장 난 트럭이 달려오는 방식으로.

벽돌에 머리를 맞은 뒤 자네는 주위의 모든 사람들을 의심하기 시작했다네. 근거는 충분했어. 그날이 1월 13일이었다는 것, 점심시간이 막 끝난 시간이었으니 틀림없이 13시 13분쯤이었다는 것. 어떤 힘이 계획적으로 자네를 공사장 옆길로 끌어들인 게 틀림없다는 것……

자네가 겪은 교통사고는 어떤가? 자네가 탄 승용차를 향해 트럭이 돌진해온 날은 바로 자네의 결혼기념일이었어. 모종의 음모가 숨어 있다는 데는 의심의 여지가 없었지. 자네는 침착하게 생각했다네. 대체 누구인가? 이 파렴치하고 잔인한 계획을 세운 자는? 그것을 실행하고 명령한 자는?

자네는 모든 사람을 용의선상에 올렸다네. 경쟁사의 오너에서 교회 목사까지. 최근 자네가 해고를 건의한 임시직 사원은 물론이고, 심지어는 자네가 사는 아파트의 경비실 노인네까지 말이야. 졸음 근무를 하지 말라고 자네가 싫은 소리를 한 적이 있으니까.

하지만 자네의 직감이 가리키는 방향은 다소 엉뚱했다네. 위층 남자 얘길세. 그 남자는 집 안에서 거대한 개를 키우는 게 틀림없었어. 타다다닥, 타다다닥, 뭔가 네 발 가진 짐승이 달리는 듯한 소리가 밤마다 들려왔으니까. 자네가 새벽에 <u>그 소리</u> 때문에 윗집의 초인종을 누른 것만 해도 이미 열 번은 되지 않나.

문을 연 윗집 남자는 언제나 차분한 표정을 짓고 있었지. 심지어는 졸려 보일 정도였어. 그는 예의 바르게 자네의 의혹을 부인하면서, 커다란 개 같은 것은 키우지 않는다고, 자신은 그저 조용히 앉아서 글을 쓰는 소설가일 뿐이라고, 새벽에 애들처럼 뛰어다닐 이유가 없다고, 지금은 단지 창밖을 물끄러미 바라보기에 좋은 시간이라고, 묻지도 않은 말을 지껄이지 않았는가. 심지어는 직접 확인하라고 현관문까지 열어 보이면서 말이야. 이미 개를 감추기에 충분한 시간이 흐른 뒤였기 때문에, 자네는 당연히 거절했어. 자네는 형식적인 사과의 말을 남기고 내려왔다네. 뭔가 다 알고 있다는 식의 오만한 표정을 짓고 있는 그 소설가라는 작자에게 까닭 모를 적의를 느끼면서. 언젠가 저자가 내게 비수를 꽂을지도 모른다는 근거 없는 예감에 시달리면서.

5

수십 년처럼 느껴지는 일주일이 흘러간 뒤에, 자네의 와이프는 로스앤젤레스에서 돌아왔다네. 떠날 때와 같은 모습, 같은 표정으로. 자네는 어리석은 사람이 아니지. 쓸데없이 와이프를 다

그치는 일 따위는 하지 않았어. 대신 확실한 물증을 잡아야 한다고 생각했을 뿐. 자네는 흥신소에 의뢰해 사람을 붙였다네. 목사와 밀회하는 장면을 잡기 위해서. 누군가는 통속극 같다고 하겠지. 하지만 통속극이 어때서? 나는 자네를 충분히 이해한다네. 자네가 쏟아부은 영혼의 집중력은 놀라울 정도였지.

뜻밖에도, 흥신소에서는 자네에게 아무런 물증도 제공해주지 못했어. 흥신소의 젊은 직원—자네의 편견과는 달리, 첩보원이나 사립탐정보다는 대기업에 갓 입사한 신입사원에 어울리는 얼굴이었지—이 보고서랍시고 몇 페이지의 종이쪽을 내밀며 자네에게 한 말은 이런 것이었다네.

사장님, 아무래도 사장님이 오해하신 것 같습니다.

그 신입사원의 표정에서 묘한 경멸의 흔적을 발견한 건 그저 착각이었을까? 겨우 며칠 미행이랍시고 해보고는 그런 부실한 보고서를 건네다니. 자네는 화를 내지 않았네. 흥분하지도 않았지. 다만 흥신소까지 가담한 의심스러운 움직임을 느꼈을 뿐. 생각했던 것보다 거대한 이야기가 시작되었음을 자네는 직감했다네. 물샐틈없는 자기논리를 지닌, 너무나도 명료한, 자네의 모든 삶을 지배할, 그런 이야기가 말일세.

은밀한 어둠의 힘이 자네의 몸에 비수를 겨누는 기분. 그걸 누가 이해해줄 수 있겠나? 자네는 외로웠네. 새벽의 거리가 내려다보이는 창가에서, 뜨거운 고독 속에서, 드디어 결심했지. 더이상 방법이 없을 때 자네가 결행하는, 바로 그것을 말일세.

직접 답을 구하는 것.

즉,

단도직입적으로,

질문하는 것 말일세.

신도시의 고요하고 맑은 겨울밤이었다네. 함께 교회에 갔다가 집으로 돌아온 뒤였지. 자네는 자연스럽게 와이프를 식탁에 앉혔네. 왜 소파가 아니라 식탁이었을까? 아마도 좀더 생활의 느낌에, 평범한 일상의 기분에 가깝기 때문은 아니었을까?

식탁에는 남미 지도가 그려진 식탁보가 깔려 있었어. 길고 복잡한 해안선을 가진 한 나라를 자네는 물끄러미 바라보았다네. 아아, 또 이곳으로 출장을 가야 할지도 모르겠구나. 아콩카과의 와이너리와 단독으로 계약을 하려면 그 수밖에 없겠지. 그런 생각을 하면서.

고개를 숙인 채 지도에 시선을 두고, 다소 홍조를 띤 표정으로, 자네는 자네가 그녀를 얼마나 사랑하는지 설명했다네. 장황하고 두서없는 느낌이 들었지만, 자네는 잘 견뎌냈어. 그리고 팽팽한 긴장감 속에서, 드디어 본론으로 들어갔지.

자네가 지금 그녀에게 치명적인 의혹을 가지고 있으므로, 그 의혹에 대해 가능한 한 솔직하게 진실을 말해달라고 청했네. 그녀는 말없이 자네를 바라보고 있었지. 잠시 뜸을 들인 뒤에 불현듯, 자네는 고개를 들어 질문을 던졌다네. 치명적인 질문을. 그녀를 똑바로 쳐다보면서.

목사 놈과…… 잤나?

자네 역시 알고 있었지. 그게 삼류 드라마의 대사라는 걸. 그
럼에도 불구하고 자네는 통속적인 드라마의 바로 그 표현, 그 뉘
앙스 그대로, 기습적인 질문을 던졌던 거야. 왜였을까? 왜 그랬
던 것일까? 그렇게 해야 진실과 대면할 수 있다고 생각했던 것
일까?

아니, 반대로 자네는 그녀가 극렬하게 경멸해주기를 바랐던
거야. 그 경멸이야말로 이 모든 의혹이 자네의 강박에서 비롯된
오해라는 걸 증명해주는 것이니까. 모든 게 일종의 병이라는 사
실을, 자네가 환자라는 사실을, 확인해주는 것이니까. 그녀의
경멸이 잔인하면 잔인할수록, 자네의 쾌감은 커질 것이니까.

자네의 얼굴은 이미 자네가 제어할 수 없는 지경이었어. 표정
이란 그런 것 아니겠나. 얼굴의 근육 한 올 한 올이 제각각 다른
방향으로 움직이는 것 같았다네. 처참하게 일그러졌지. 그녀는
자네의 얼굴을 물끄러미 바라보고 있었어.

실망스럽게도, 그녀의 표정에는 경멸의 시선도, 놀라움의 제
스처도 나타나지 않았지. 이렇게 표현할 수 있다면, 그건 단지
사실 속에서만 살아온 사람의 표정이었어. 그녀는 가만히 입을
열었지. 그 입에서 낮고 고요한 음성이 흘러나왔다네.

난 당신이 모든 걸 알고 있다는 걸…… 이미 알고 있었어요.
당신이 사실을 알고 있다는 걸 말이에요. 맞아요. 나, 그 사람

210

과…… 잤어요. 나를 깊은 데서 이해해주는 사람이었으니까. 그래서 마음이 움직여버렸어.

평온한 어조였다네. 자네는 비현실적일 만큼 건조하고 나직하게 말을 내뱉는 그녀의 입술을 바라보았지. 와이프가 한때 연기자였다는 생각이 멍하니 떠올랐어. 아아, 이 모든 건 연기다. 이 모든 건 허구다. 자네는 그렇게 생각했다네. 그것만이 희망이었으니까.

하지만 자네의 직감은 이 모든 게 연기가 아니라는 것을 깨닫고 있었어. 그 순간 머릿속에 떠오른 건, 자네가 생각해도 엉뚱한 문장이었다네.

이런 어조와 표정은 예전에도 본 것 같은데……라는.

그래. 자네는 그런 어조와 표정을 본 적이 있다네. 언젠가 그녀에게 물어본 적이 있지 않나. 군인이 무슨 소용이에요, 라는 말 때문에 겪은, 연예인 시절의 그 시련에 대해서 말일세.

당시에 자네는 그녀의 팬클럽 회장으로서 그녀를 독대했다네. 그 악플 소동을 주도한 게 바로 자네라는 건 물론 말하지 않았지. 자네만의 사랑을 그녀에게 전하기 위해서는 불가피한 선택이라고 생각했으니까. 자네의 사랑을 증명하는 유일한 방법은, 그녀를 시련에 빠지게 하고 그 시련에서 그녀를 구하는 것뿐이라고 생각했으니까. 어떤 일이 있어도 변치 않을 지고한 사랑을 보여주기 위해서는, 어쩔 수 없다고 생각했으니까.

군인이 무슨 소용이에요?—라는 말의 진의를 묻는 자네에게,

그녀는 예의 그 낮고 차분한 어조로 대답했다네.

아니요. 사람들 말이 맞아요. 양심적 병역거부를 한 내 사촌 동생을 옹호하기 위해 쓴 거 맞다고요. 군인이 있어야 평화를 지킬 수 있다는 말을, 나는 안 믿으니까. 군인이 있기 때문에, 전쟁이 일어난다고 생각하니까.

자네는 그때의 어조와 표정을 다시 대면하게 된 것이지. 자네는 와이프의 말을 머릿속에서 재구성했다네. 그리고 천천히 이해했지. 지금 그녀가 무슨 말을 한 것인지를. 문자 그대로. 축자적으로. 아무런 어둠도 거느리지 않은 채.

즉, 목사와 잤다는 것. 로스앤젤레스에서도 만났다는 것. 동생의 갑상선암은 사실이지만, 자네의 말마따나 그건 실제로 사소한 질환에 불과하다는 것 등등.

자네는 비현실적인 세계로 추락했다네. 이럴 수는 없다는 생각이 들었지. 자네는 스스로가 환자라는 걸 확인해야만 한다고 생각했어. 그래야 이 모든 인과의 사슬, 필연의 굴레에서 자유로워질 수 있다고 믿었으니까. 하지만 이제 그 기회를 박탈당한 거야. 무참한 경멸을 기다리던 자네 앞에, 그보다 더 무참하고 가혹한 진실이 드러나버린 거지. 자네의 입에서 나온 대사는 겨우 이런 것이었다네.

와이프가…… 결국 나이프가 된다더군.

묘한 일이지. 그 순간 자네는 자네 자신에게조차 배신감을 느껐어. 절망감이 엄습하리라는 예감과 달리, 실은 어떤 절망도 찾아오지 않았으니까. 대신 이제 어떤 의혹도, 어떤 질문도, 어떤 불행도, 더 이상 자신을 괴롭히지 못할 거라는 낯선 느낌이 들었어. 신선한 기분, 의외의 세계라고 해도 좋을 거야.

자네는 문득 평화를 되찾은 표정으로 그녀를 바라보았다네. 심지어 미소까지 지으면서. 그리고 기나긴 해안선을 가진 나라가 새겨져 있는 식탁에서 말없이 몸을 일으켰어. 안방으로 들어가 천천히 양복을 걸쳐 입었지. 위층에서 타닥타닥 하는 소음이 들려왔지만 상관하지 않았네. 위층에 개가 있건 없건 상관없다는 기분이었으니까.

자네는 그대로 집을 나왔어. 밖에는 눈이 내리고 있었지.

아주 소담스럽고 환한 눈송이들이.

지금 우리에게 내리는, 바로 이 눈송이들이.

신도시의 눈 내리는 거리를 무작정 걸으며 자네는 깨달았다네. 자신이 한 번도 그녀를 사랑한 적이 없다는 사실을. 그리고 동시에, 이제야 겨우 그녀를 진정으로 사랑할 수 있으리라는 사실을.

자네는 이상한 감동에 휩싸였지. 예기치 않은, 뭐라 형언할 수 없는 감동에. 동감으로는 결코 닿을 수 없는, 이질적인 감동에 말일세.

자네는 가까운 호텔의 바로 가서 혼자 술을 마셨어. 먼저 주문

한 건 칠레산 알마비바였네. 가택연금 상태이던 늙고 노회한 독재자 피노체트가 마지막으로 마셨다는 그 포도주 말일세.

자네는 잔을 비우기 시작했어. 한 잔, 두 잔. 자네는 완전히 자기 자신이 되어간다고 느꼈지. 이제 모든 사랑이 다시 시작될 거라고 확신하면서. 감동의 눈물을 흘리면서. 바텐더가 이상하다는 듯 힐끔거렸지만, 자네는 포도주에 이어 보드카까지 주문해서 마셨다네. 창밖에는 화사한 네온사인들 사이로 눈 내리는 겨울밤이 펼쳐져 있었고.

빈속이었기 때문에 거의 만취라고 해도 좋을 정도였어. 술을 안다는 것과 술을 많이 마신다는 건 별개가 아닌가. 술은 양으로 마시는 게 아니라는 것이 자네의 지론이었지. 하지만 때로는 오로지 알코올의 노예가 될 목적으로 마셔대는 게 술이라는 것도, 자네는 알고 있지 않은가.

자네는 호텔을 나왔다네. 네온사인이 휘황한 밤거리를 비틀비틀 걸었지. 동화 속처럼 소담하게 눈이 내리는 거리를. 이제 무엇이 어떻게 될지 자네는 알지 못했어. 그건 내리는 눈송이들도 마찬가지였을 거야. 늦은 시간이긴 했으나 아직 거리에는 행인들이 많았지. 주점과 노래방, 편의점에서 쏟아져 나온 불빛들이 거리를 메우고 있었어.

그때 자네의 앞쪽에서 자네를 향해 다가오는 사내가 있었다네. 자네도 그 사내를 발견했지. 발견했다기보다는, 그냥 눈에 들어왔다고 해야 할 거야. 비틀거리며 그쪽을 바라보았을 뿐이니까. 행인이 행인을 바라보는 시선, 그 우연한 시선으로 말일세.

앞에서 다가오는 게 남자라는 것, 낡은 면바지에 허름한 파카 차림이라는 것, 챙이 달린 야구 모자를 깊이 눌러쓴 채 고개를 숙이고 있다는 것, 천천히 걸어오고 있다는 것.

자네의 시각세포들이 이런 정보를 빠르게 뇌에 전달했지만, 이미 뇌는 마비 상태였어. 단지 누가 다가오고 있다는 것만을 겨우 이해했을 뿐. 저건 벽돌이구나—라고 생각했던 그때처럼.

다가온 사내와 어깨를 부딪쳤을 때, 자네는 약간의 불쾌감을 느꼈다네. 이제 막 새로운 사랑이 시작될 것인데, 무언가가 그걸 툭, 치고 지나간 것 같은 기분이었지. 물론 그런 기분은 알코올 탓에 배가되었고. 평소였다면 아무 일 없었다는 듯 지나갔겠지만, 이번에는 자네 안의 무언가가 불쑥 튀어나왔네. 자네는 사내를 향해 돌아서면서

너, 뭐야?

라고 호기롭게 외쳤지. 칠레산 포도주와 러시아산 보드카 속을 떠도는 알코올의 힘이라고 해두세.

야구 모자 아래로 사내의 깊고 캄캄한 입이 열린 건 그때였어.

그러는 넌, 뭔데?

그 순간, 다소 뜻밖의 상황이 일어났다네. 어쭈 이것 봐라 하는 표정을 짓는 순간, 사내는 멍하니 서 있는 자네를 슬쩍 끌어안았지. 마치 오랜 친구를 만나 포옹을 하듯 아주 자연스러운 자세였어. 사내가 동시에 자네의 옆구리에 찔러 넣은 것은, 더욱

뜻밖에도, 칼이었다네. 자네로서는 가늠할 수 없을 만큼 날이 잘 서 있는, 그런 칼이지. 횟집에서나 쓸 법한, 예리한 나이프니까.

6

다시 말하지만 잘 갈린 회칼이라네. 이런 칼은 옷을 쉽게 뚫고 들어가 무방비한 피부를 깊이 파고들지. 그게 칼이라는 것의 본질이니까. 칼이라는 것의 실체니까. 그래서 지금 자네는 이렇게 편안한 자세로, 내 품에 안겨 있는 것 아니겠나. 마치 오랫동안 사랑과 증오를 반복한 끝에 상대를 완전히 받아들인 연인이라도 되는 듯이.

그래, 눈 내리는 겨울밤의 거리에서 우리는 그렇게 만났다네. 이 긴 이야기를 한꺼번에 듣고 있는 자네와, 이 긴 이야기를 한꺼번에 하고 있는 내가 말일세. 사실 우리의 이야기란 흔하디흔한 것 아니겠나. 내일 아침 신문에 겨우 단신기사로 처리될 만한 이야기일 뿐이지.

아마 그 기사는 이런 제목을 달고 있을 거야.

'지나가던 행인을 상대로 한 묻지 마 살인, 또 발생'

과거 정신 병력이 있는 사내가, 막노동으로 생계를 꾸려가는 사내가, 아직도 알코올중독에 빠져 있는 한 사내가, 마트에서 칼을 구입해 품에 감추고는, 이제 처음 만나는 사람을 죽이겠다, 그렇게 결심했다는 이야기. 같은 곳을 빙빙 돌다가, 그걸 실행에 옮겼다는, 그런 이야기 말일세.

흔하디흔한 기사지. 단지 우연에 불과할 뿐인 불행. 모두들 동정을 표할 만한 불행. 그 불행이 자신에게 닥치지 않았다는 것에 감사하게 되는 불행. 그런 불행에 대한 신문 기사.

진지한 신문에서는 사건의 근본 원인을 짚으면서 사회구조적인 변화가 필요하다고 역설하겠지. 언제 어떻게 실현될지 요원한 사회구조의 근본적 개선을 요구하는 것만큼 손쉬운 일이 어디 있겠나. 다른 종류의 신문은 어떤가. 부랑자들을 법에 따라 엄격하게 처리해야 한다고, 소위 주폭(酒暴)들에게 관용을 베풀어서는 안 된다고 목소리를 높이겠지. 그들이 그렇게 주장하기 때문에, 이 세계가 더욱 더 노숙자와 알코올중독자의 세계가 되어가고 있다고는 전혀 상상하지 않은 채로 말일세.

글쎄. 자네는, 자네는 어떻게 생각하나?

자네는 어쩌자고 그 논리들에 연루된 것일까? 지금 이렇게 내 품에 안겨 있는 자네는 그 논리들과 대체 무슨 상관인 것일까? 다른 사람도 아니고 하필이면 자네가, 겨울밤의 이토록 추운 거리에서, 옆구리에 날선 회칼을 멍하니 받아들인 채, 왜 이런 이야기를 들어야 하는 것일까? 아 씨발, 세상에, 무슨 이런 개 같은 경우가 다 있나?

나도 그렇게 생각한다네. 개 같은 경우라고 말이야. 나 역시 이렇게 눈이 소담스럽게 내리는 세밑의 거리에서, 주위의 행인들이 질러대는 비명을 들으며, 요란하게 사이렌을 울리며 경찰차가 당도할 때까지, 자네의 옆구리에 칼을 꽂은 채, 이토록 긴 이야기를 중얼거리게 될 줄이야 어찌 알았겠나? 이런 걸 상상하면서 태어나고, 성장하고, 하루하루의 생활을 견디는 사람이 대체 어디 있겠나?

이런, 아직도 자네는 의아해하고 있군. 이 낯모르는 자는 대체 누구길래 나에 대한 모든 걸 이렇게 속속들이 알고 있는 것일까, 하고. 대체 이 자가 누구길래 잘 드는 칼을 내 몸에 찔러 넣고 이렇게 기나긴 이야기를 주절거리는 것일까, 하고.

자네는 또 생각하겠지. 혹시 이 자는 경쟁사에서 고용한 업자가 아닐까? 그때 그 미친 트럭과 연관된? 아니면 벽돌을 떨어뜨린 바로 그 자일 가능성은? 해고된 직원일 가능성은? 와이프의 알려지지 않은 내연남일 수도 있지 않은가? 심지어는 모자를 깊이 눌러쓴 젊은 목사 놈이라면 어떤가? 그렇지, 위층 남자일 수도 있을 거야. 새벽 1시 13분이 되면 기다렸다는 듯 거대한 개를 뛰어다니게 만드는, 소설가라는 그 작자.

이보게. 차라리 이렇게 생각하는 건 어떤가? 지금 자네를 끌어안고 있는 나라는 자는, 시뻘건 핏줄로 촘촘히 얽혀 있는 이 세계의 희미한 말초신경에 불과하다고 말일세. 의지의 고리, 인과의 연쇄로 이루어진 이 세계의 말단, 또는 신의 사소한 오해라고 해도 좋겠지. 아주 우연히, 그저 우연히, 충만한 적의를 품은 채 눈 내리는 길을 길이기던 사람에 불괴찬…… 피와 뼈와 살로 이루어져 있는…… 하나의 물질이 틀림없는…… 그런 존재라고 말일세.

나는 자네가 나의 긴 이야기를 완전히 이해했다고 확신한다네. 이건 결국 자네의 이야기니까 말이야. 자네가 이미 다 알고 있는 이야기, 자네의 내부에 가득한 이야기, 그러나 자네가 힘겹게 다시 들어야 할, 바로 그 이야기 말일세. 우리는 때로 우리가 지나온 기나긴 시간을 한순간처럼 느끼기도 하지. 우리의 긴 이야기도 마찬가지일 거야. 주마등처럼 순식간에 흘러가겠지.

이제 끝날 때가 되었군. 들리는가? 저기 저 먼 데서 다가오는 사이렌 소리가? 그래, 모든 이야기에는 결국 끝이 있다네. 끝이 없다고 주장하는 이야기에도 끝은 있는 법이지. 뫼비우스의 띠에 끝이 없다고? 그게 트릭이거나 관념의 장난이라면 어떨까? 가위로 띠를 툭 잘라버리게나. 앞이 아니라 옆을 따라가도 좋을 거야. 거기 바깥이 있을 테니까. 영원히 회전하는 띠의 바깥으로 나가는 건 그렇게 쉬운 일인지도 모르지. 이제 가만히 고개를 들어 바라보게나. 거기 다른 세계가 보이지 않는가?

우리가 생각했던 것과는 조금 다른,

길고 복잡한 해안선을 가진,

그런 세계가 말일세.

어느 날
욕실에서

세상에서 제일 좋아하는 곳이 어디에요? 라는 질문을 받은 적이 있다. 커피를 홀짝거리면서 여자가, 자신이 왜 이탈리아를 좋아하는지, 로마가 왜 세상에서 가장 아름다운 도시인지를 길게 설명한 뒤였다. 이번엔 내 차례였다.

—아, 저는 뭐 별로…… 특별한 곳이……

정말 특별한 곳이 없었다. 여자가 갸우뚱하게 나를 바라보다가 커피숍 창밖으로 시선을 돌렸다.

그러고는 침묵이 이어졌다. 이마에 땀이 흐르기 시작했다. 입 안에서 침이 말랐다. 다른 사람들과 있을 때 침묵을 견디지 못하는 건 내 고질병이다. 혼자서 오래 침묵하기 경연대회 같은 것이 있다면 우승도 할 수 있을 텐데, 어찌 된 일인지 다른 사람과의 침묵은 10초도 버틸 수가 없다.

제법 침묵이 길어지자, 초조한 나머지 나도 모르게 엉뚱한 이야기가 튀어나왔다.

—아, 그게, 제가 세상에서 제일 좋아하는 곳은…… 좋아하는 곳은……

여자가 호기심 가득한 표정으로 나를 바라보았다.

—……요, 욕실입니다.

—네? 욕실이요?

머그잔을 입에서 떼면서 여자가 되물었다. 낭패였다.

—아, 네, 욕실이…… 욕실을…… 그게, 우리 집…… 요, 욕실입니다.

나는 얼굴을 찌푸리며 실토하듯 말했다. 어머, 왜요? 욕실이 왜 좋아? 여자는 손으로 입을 가리고 웃었다. 그게…… 그게……

나는 말을 잇지 못했다. 삐질삐질 땀이 흘렀다. 여자가 물끄러미 내 얼굴에 시선을 두고 있다가, 창밖으로 고개를 돌렸다. 뭔가 포기한 표정이었다. 거리는 한창 봄이었다. 화사한 햇볕 때문에 여자의 눈초리가 살짝 감겼다.

*

그건 사실이다. 내가 세상에서 가장 좋아하는 곳이 욕실이라는 것 말이다.

욕실이 왜 좋은지 정확히 설명하기는 어렵다. 혼자 있는 곳이기 때문에? 벌거벗고 있어도 좋으니까? 그럴지도 모른다. 하지만 더 중요한 것은 물에 머리를 담글 수 있기 때문이다. 물에 머리를 담그다니, 이게 무슨 말이지?

일종의 취미라고 해도 좋다. 이런 것이다.

한밤중에 욕조에 맑은 물을 가득 받는다. 허리를 굽혀 머리를 담근다. 깊이 담가도 좋고, 눈과 코와 입이 물속에 겨우 잠기는 정도도 괜찮다. 그리고 눈을 뜬다. 낡은 욕조이기 때문에 누렇고 밋밋한 바닥이 보인다. 물속에는 아무것도 없다. 물만 있을 뿐이다. 무엇보다도, 조용하다. 아무래도 그런 풍경을—그것을 풍경이라고 할 수 있을까?—좋아한다고 말하기는 어렵다. 그것은 적막한 단색의 이미지일 뿐이니까.

하지만 거기에도 하나의 세상이 있다고는 할 수 있다. 가만히 귀를 기울여보면 그곳에도 소리들이 떠돌고 있다. 물이 숨을 쉬는 소리, 아니면 눈에 보이지 않는 미생물들이 움직이는 소리 같기도 하다. 움직인다기보다는 생장한다는 느낌이 들기도 한다.

소리만 들리나? 아니다. 그곳에는 물결도 있다. 무의미한 것 같지만 매우 섬세한 물결이라고 생각한다. 그 물결의 무늬가 눈에 들어오기까지는 제법 시간이 걸린다. 내 경우는 30초에서 1분 사이다. 조금 더 걸릴 때도 있다. 가능한 한 가만히 물의 움직임을 바라보아야 한다. 점점이 흩어지는 기포들과, 정지해 있는 것 같지만 서로 위치를 바꾸는 물의 결들.

왠지 선량한 풍경이라는 느낌이 든다. 그런 풍경 속에 5분이고 10분이고 머물러 있으면, 이윽고 그곳이 하나의 세상이라는 것을 수긍하게 된다. 거기에는 물결이 만드는 작은 떨림 같은 것도 있고 낯선 외로움 같은 것도 있다. 결국 물도 살아가고 있는 건 아닐까, 그런 생각을 하게 된다.

폐활량이 좋다거나 그런 것도 아닌데, 어떻게 그렇게 오래 물속에 잠겨 있을 수 있을까? 그건 나도 잘 모르겠다. 아마도 내가 물고기를 닮아서, 숨을 조금씩 쉬는 법을 알고 있기 때문인지도 모른다.

실은 평소에도 그렇다. 나는 대개 조금씩 먹고 조금씩 움직인다. 숨도 조금씩 내쉬고 조금씩 들이쉰다. 생각도 조금씩 하고 의욕도 조금씩 갖는다. 오줌이나 똥의 양도 많지 않다. 시간이 한 모금씩 한 모금씩 흘러가는 느낌으로 살아간달까. 돈도 거의 벌지 않고 가능한 한 쓰지도 않는다. 외출도 가급적 자제한다. 몇 달 전 세상을 뜬 어머니가 남겨놓은 사망보험금을 조금씩 지출하면서 살고 있을 뿐이다. 한 3년 정도는 그렇게 견딜 수 있을 것이다. 그다음은……

모른다. 어머니는 스물아홉이나 처먹은 것이 집에서 멍하니 시간을 보내다니,라고 매일 한탄하다가 세상을 떠났다. 저녁에 욕실에서 목욕을 하다가 심장마비로 돌아가신 것이다. 뭐라고 한탄도 할 수 없을 만큼…… 잠깐이었다.

그렇다.

욕실에서는, 욕실에서도, 많은 사건들이 일어난다. 그게 낡고 솝은 욕실이라고 해도 마찬가지다.

얼마 전에는 오글오글 뭉친 머리카락이 수챗구멍을 막아 물이 내려가지 않았다. 공기압축기로 펌프질을 해서 뚫었는데 다음 날 또 막혀 있었다. 슈퍼에서 독한 세제를 사 와 구멍에 흘려 넣었지만 하루가 지나자 도로 마찬가지였다. 고불고불한 머리카락들이 또 도르르 뭉쳐 있었다. 나는 어딘지 낯익은 그 머리카락 뭉치를 집어 올려 물끄러미 바라보았다. 거울 속의 내 머리카락은 짧은 직모이기 때문에 내 것이라고 할 수는 없는데…… 이건 누구 것일까?

먼지가 잔뜩 낀 환기구 틈으로 벌레가 기어 나온 적도 있다. 한 번도 보지 못한 다족류였다. 10센티미터는 될 듯한 긴 놈이었는데, 기형적으로 커다란 그리마가 아닌가 싶었다. 놈은 머리에 난 더듬이 같은 것으로 욕실 천장을 조심스럽게 매만지며 내 쪽으로 기어왔다. 거울을 보던 나는 조심스럽게 욕실을 나가 빗자루를 들고 왔는데, 벌써 사라지고 없었다.

그뿐이 아니다. 엊그제는 볼일을 마친 뒤 물을 내렸는데 변기에서 거꾸로 물이 올라왔다. 나는 비명을 질렀다. 이게 역류라는 것인가. 똥이 변기를 넘쳐 욕실 바닥으로 흘러내렸다. 급하게 뚜껑을 닫았지만 소용없었다. 고약한 냄새가 진동할 수밖에. 내 몸에서 나온 더러운 것이 타일 위로 넘쳐흐르는 걸 맥없이 바라보고 있다가, 나는 아아 길게 탄식을 했다. 그러다 이참에 욕실을 바꿔버리면 어떨까 하는 생각이 들었던 것이다.

　망설이다가, 천천히, 마음을 다잡았다.

　나로서는 대단한 결심이었다.

　욕실을 수리하기 위해 사람을 부르기로 한 것이다.

　구레나룻이 덥수룩한 업자가 와서 욕실을 둘러보더니, 아니 이런 낡고 좁은 아파트에 화장실만 리모델링하는 게 무슨……까지 말하다가 입을 다물었다. 그러고는 표정을 부드럽게 바꾸더니 최소한 나흘은 걸립니다,라고 말했다. 인부도 둘이나 더 필요하다는 것이었다. 나는 순순히 고개를 끄덕였다. 수챗구멍을 뚫거나 환기구를 청소하는 일은 금방 할 수 있다. 하지만 욕실을 완전히 바꾸는 건 대단히 큰 공사인 것이다.

　곧 공사가 시작되었다.

　나는 흐뭇하고 느긋한 마음으로 완공을 기다리기로 했다.

　며칠은 욕실을 이용할 수 없기 때문에, 집 앞 시장통에 있는 구식 공중목욕탕을 이용하기로 했다.

*

　아무래도 공중목욕탕인지라 물은 좀 탁했지만, 낯선 냄새가 그런대로 나쁘지는 않았다. 몸을 대충 씻고 탕에 들어가서, 습관대로 물속에 머리를 담근 채 눈을 떴다. 일단 시야가 넓은 게 마음에 들었다. 게다가 집의 욕조에서는 볼 수 없는 묘한 것들이 떠다녔다. 먼지들. 사람의 피부에서 떨어져 나온 때들. 알 수 없는 동작으로 꼬물거리는 작은 생물들. 첫날에는 그것들을 구경하느라 시간이 다 갔다. 물에서 나오자 중년 남자 둘이 나를 이상하다는 듯 바라보고 있었다.

이틀째는 일부러 사람이 거의 없는 시간—해도 뜨지 않은 새벽—에 맞춰 목욕탕에 갔다. 탕에 사람이 없어야 물속을 구경하기에 좋으니까. 하지만 아침잠 없는 노인들이 많았다. 많아도 너무 많았다. 나는 몸 씻기를 포기하고 집으로 돌아왔다.

사흘째는 저녁 무렵에 갔다. 모두들 식사를 하거나, 식사를 마친 후에 텔레비전 드라마를 볼 시간이었다. 기대대로 사람이 거의 없었다. 다만 사내 하나가 욕탕에 몸을 담그고 나오지 않았다. 편안한 마음으로 물에 머리를 담글 수 없다고 생각하니 조금 초조해졌다. 샤워기로 몸에 물을 뿌리며 기다렸지만, 사내는 나올 기미가 없었다. 깍두기처럼 뒤통수가 각진 사내는 시간이 꽤 흘렀는데도 꿈쩍을 하지 않았다. 나는 자포자기하는 마음이 되어 비누를 몸에 칠한 뒤 씻어내기 시작했다.

—저기, 부, 부탁이 있는데요,

사내가 말을 걸어온 것은 내가 그만 나가려고 할 때였다. 처음에는 수증기 때문에 뿌연 그림자만 보였다. 레버를 눌러 샤워기를 끄고 가만히 바라보았다. 사내의 윤곽이 천천히 눈에 들어왔다.

거구였다. 정말 깍두기처럼 생긴 머리통에 목이 없었다. 비대한 느낌의 사내가 어딘지 엉거주춤한 자세로 서 있었다. 내 눈에 먼저 뜨인 건 허리춤에서 출렁이는 살이었다. 가만히 서 있는데도 그렇게 유연하게 물결치는 살이라니. 겹으로 접힌 뱃살 아래로 검붉은 빛깔의 성기가 매달려 있었다. 아니 늘어져 있다고 말하는 편이 옳았다. 살 속에 파묻혀 있는 뱀이 머리를 드러낸 채 잠든 것 같았다.

나는 사내의 얼굴로 시선을 돌렸다. 낯이 익었다.

—아, 안녕하세요.

엘리베이터에서 이웃을 만난 것처럼 나는 인사를 건넸다. 왜냐하면 정말 엘리베이터에서 가끔 마주치고 인사를 나누던 사내였기 때문이다. 그가 엘리베이터에 들어서면 나도 모르게 구석으로 비켜서곤 했다. 몸이 컸기 때문에 두세 사람 정도의 공간을 차지했다. 숨이 막힐 정도였다.

하지만 사내의 얼굴을 보면 다른 느낌이 들었다. 한눈에도 외로운 느낌을 주는 얼굴이랄까. 눈은 너무 작아서 잘 보이지 않았다. 웃음을 지으면 가는 주름들이 섬세하게 물결 모양을 이루었다. 그런 얼굴로 말없이 고개만 숙여 인사를 했다. 동물로 치면 어떻든 초식동물이 틀림없다고 나는 생각했다. 붉고 싱싱하고 식욕을 자극하는 고깃덩어리를 던져줘도, 킁킁 냄새를 맡다가 흥미를 잃어버릴 것 같은, 그런 동물.

—등을 좀…… 미어주시겠습니까?

사내는 그렇게 말했다. 잇새로 발음이 조금 새는 듯했다. 나는 그의 얼굴을 물끄러미 바라보았다. 요즘은 공중목욕탕이라고 해도 서로 등을 밀어주는 경우는 드물다. 오래전에는 그런 일이 흔했지만, 지금은 대개 긴 목욕 수건으로 등을 슥슥 문지르는 것으로 끝내게 마련이다. 심지어 어떤 신식 목욕탕에는 버튼을 누르면 자동으로 등을 닦아주는 기계도 있다고 한다.

나는 순순히 고개를 끄덕였다. 등을 밀어달라는 부탁이 왠지 모를 향수를 불러일으켰기 때문만은 아니다. 어쩐지 그에게 친밀감을 느꼈다고 해도 좋았다. 정말이지 나는 몸집이 커다란 초식동물을 좋아했으니까. 내셔널 지오그래픽이 나의 선호 채널이었으니까.

욕탕에는 사람이 없었다. 우리 둘뿐이었다. 얼마 전에 시장통 건너편에 신식 사우나가 생긴 탓에 이 구식 목욕탕은 장사가 잘되지 않았다. 목소리가 텅텅 울렸다. 우리는 엉거주춤 자리를 잡고 앉았다.

괜찮다고 했는데도, 그가 먼저 내 어깨를 지그시 눌러 앉히더니 등을 밀기 시작했다. 이건 확실히 호의라고 느꼈기 때문에 거절이 어려웠다. 부드럽고 연약한 내 피부가 두어 겹은 벗겨지지 않을까 싶을 만큼, 사내의 손에는 힘이 들어가 있었다. 나는 신음 소리를 낼 뻔했지만 간신히 참았다. 등이 좁아서 금방 끝이 난 게 다행이랄까.

이번에는 내 차례였다. 사내의 커다란 등이 내 앞에 주어졌다. 거무죽죽하고 넓은 등판이었다. 피부는 두꺼워 보였다. 전체적으로 미세한 주름이 썰물 때의 갯벌처럼 무늬를 이루고 있었다. 면적도 다르고 결도 다르니 서로 등을 밀기에는 내가 손해라는 생각이 들었다. 그래도 뭐 어쩔 것인가? 나는 모래밭처럼 넓고 거친 등을 천천히 밀기 시작했다.

기다렸다는 듯이 그가 입을 열었다. 굵은 목소리가 텅 빈 목욕탕에 웅웅거리며 퍼져나갔다.

—공중모요탕을, 조, 조아하십니까?

나는 무슨 말인가 싶어 잠시 생각하고는, 아, 집에 욕실이 공사 중이어서요,라고 짧게 대답했다.

사내는 다시 말이 없었다.

나도 말이 없었다.

제법 침묵이 길어지자 내 입에서 또 쓸데없는 말이 튀어나왔다. 타인과의 침묵을 견디지 못하는 건 내 고질병이다.

—실은, 죽은 어머니가 욕실을 떠나지 않으셔서……

—에?

—그게, 돌아가신 어머니가…… 아, 아닙니다. 그냥 그렇다는 이야깁니다. 하하.

나는 어색한 웃음을 흘리고는 곧 입을 다물었다. 미간이 찌푸려졌다.

손에 힘을 주고 그의 넓은 등판을 열심히 문질렀다. 미끄럽고 어딘지 축축한 느낌이었다. 피부에서 분비물이 나오는 듯도 했다. 그가 고개를 숙인 채 입을 열었다.

—저는…… 제가 공중모요탕을 이요하는 이유느……

넓은 등판에서 조그맣게 돌 둘 발린 때가 끝도 없이 나왔다.

—제가…… 사시은……

사내의 입에서 튀어나온 건 좀 뜻밖의 말이었다.

—……하마입니다.

사내의 등판에 닿아 있는 손이 멈췄다. 뒤통수를 가만히 바라
보자, 정말 어딘지 하마의 뒷통수를 닮은 것 같다는 생각이 들
었다.

—아, 물론 별며, 별며이죠.

사내가 하하 웃었다. 텅 빈 목욕탕에 웃음소리가 퍼져나갔다
가 잦아들었다. 메아리가 길게 여운을 만들었다. 아, 네……라
고 내가 겨우 대꾸를 하자 다시 어색한 침묵. 수도꼭지들에서 물
방울 떨어지는 소리가 불규칙하게 들렸다. 아니, 규칙적으로 리
듬을 타는 것 같기도 했다. 똑. 또독. 똑. 또도똑. 똑. 침묵의 음
표들이 이어지는 것 같았다. 아니나 다를까, 내 입에서 엉뚱한
농담이 흘러나왔다.

—하마시라면…… 물을 좋아하시겠습니다?

말을 뱉고 나니 실례인가 하는 생각이 들어 흐흐, 멋쩍은 웃음
을 흘렸다. 그러자 사내가 조금 빨라진 어조로 대답했다. 뜻밖에
도 조금 신이 난 것 같은 말투였다.

—그, 그어습니다. 하마는 무을 좋아합니다. 잠수도 자하지요.

—아, 그러시군요.

나는 중얼거리듯 그렇게 대꾸했다. 잠수. 잠수하는 하마. 물속의 외로운 풍경을 이해하는 동물. 나는 보이지 않게 미소를 지었다.

그래도 뭔가 설명이 필요하다고 생각했던 걸까. 사내가 바닥을 향해 고개를 떨어뜨리고 덧붙였다.

—어쩌면 좀 이상하게 드릴 수도 있고…… 아마 거짓말이아고 생가하시겠지만……

사내는 거기서 말을 멈추었다. 오래 뜸을 들였다. 나는 가만히 기다렸다.

—아시게지만, 어제은 비가 꽤 내였습니다……

뭔가 긴 이야기가 시작될 모양이었다. 나는 그걸 직감으로 알았다. 그의 등에서 손을 떼고 작고 빨간 목욕 의자에 걸터앉았다. 사내도 비스듬히 각도를 바꾸어 앉았다. 목욕 의자가 부서질 듯 삑삑 소리를 냈다. 우리 사이에 수증기가 가만히 피어올랐다.

*

아시겠지만, 어제는 비가 꽤 내렸습니다.

아열대의 비라고나 할까요. 미지근한 물을 대야로 붓는 격이었지요. 집에 가겠다는 김 씨를 붙들고 딱 한 잔만 더하자고 조른 건 저였습니다. 김 씨는 예전에 다니던 회사 동료로, 친하게 지내는 몇 안 되는 사람 중 하나입니다. 체구도 작고 눈도 작고 모든 게 작은 친구지요. 제가 몸이 크고 혀는 짧고 거칠어 보이는지라 웬만한 사람들은 저를 슬슬 피합니다만, 그 친구만은 저와 술을 나서주기도 합니다. 전생에 두더지라든가 개미핥기 같은 짐승이었음에 틀림없습니다. 천성이 남의 부탁을 거절하지 못하는 동물이랄까요.

물론 그 친구와 술을 같이 마시는 게 아주 재미가 있다거나 한 것은 아닙니다. 대개 아무 말도 하지 않고 술만 마시는 편이니까요. 서로 얼굴을 쳐다보다가 비 내리는 창밖을 바라보며 맥주를 들이켭니다. 그리고 손가락으로 치킨을 집어 입에 넣고 씹습니다. 나는 그냥 먹는 편이고, 친구는 양념소스를 듬뿍 묻혀 먹는 편이지요. 맛있네, 한마디 하고는 텔레비전에 시선을 둡니다. 그러다가 비 내리는 창밖을 바라보며 다시 맥주를 들이켜고, 손가락으로 치킨을 집어 입에 넣고…… 그런 식입니다. 하긴, 하마라든가 개미핥기에게 무슨 할 말이 그리 많겠습니까. 게다가 개미핥기에게는 이빨도 없고 아주 작은 입만 있기 때문에…… 하하, 뭐 그냥 그렇다는 것입니다만.

어제도 김 씨는 저의 간청을 이기지 못하고 한잔을 해주었지만, 2차는 피하더군요. 자네는 취했어. 취했다구. 자네는 취하면 기억도 잘 못 하지 않나. 또 뭘 들이받고 어디에 드러누울지…… 아닐세. 어쨌든 취하지 않는 게 좋아. 게다가 내게는 가정이라는 것도 있고, 지금은 비도 쏟아지고……

김 씨는 하늘을 바라보더니 미안하다는 표정을 짓고는 이내 손을 흔들며 멀어져갔습니다. 그의 뒷모습을 멍하니 바라보다가 저도 하늘을 쳐다보았습니다. 과연 빗줄기가 굵어져 있더군요. 탁탁, 소리를 내며 얼굴에 떨어지는 빗방울을 손으로 쓸어내렸습니다. 오늘은 어쩐지 아침에 씻지도 않고 집을 나왔는데 잘 됐다는 생각이 들었습니다.

혼자 지하철을 타고 돌아갈 수밖에요. 직업상의 필요 때문에, 전철을 타면 사람들을 관찰하게 됩니다. 승객들의 시선을 살피기도 하고 사소한 행동들을 연구하기도 합니다. 어떤 생활용품들을 쓰는지 눈여겨보기도 하지요. 우산이라든가 팔 토시라든가 손수건 같은 것 말입니다. 사람들에게 가장 필요한 물건을 받아다 지하철 같은 곳에서 싸게 파는 게 제 일이니까요.

사람들은 대개 비슷한 자세로 앉거나 서 있지만, 가만히 보면 모두들 다른 세상에 가 있는 것 같습니다. 밀림에 사는 것은 똑같지만, 서로 다른 세계에서 살아가는 동물들처럼 말이죠. 누구한테 이 세상은 깊은 동굴이고, 누구한테는 가뭄 든 초원이고, 누구한테는 벌레들로 가득한 웅덩이 같은 것이 틀림없습니다. 골똘히 사람들을 관찰하노라면 지하철도 흥미로운 우주가 되지요.

하지만 요즘에는 그런 것도 시들합니다. 몇 개월째 축축한 기분으로, 그냥 창문을 멍하니 보고 있을 때가 많습니다. 다른 동물들에게 관심을 잃어버린 하마처럼 말이죠. 선거가 끝난 뒤였기 때문인지도 모르고, 몇 개월째 한화 이글스가 최하위를 벗어나지 못한 탓인지도 모릅니다. 어쨌든 멍하니 창문을 바라봅니다. 거기 뭐가 있을 리 없습니다. 전철 안의 풍경들이 희미하게 반사될 뿐입니다. 졸고 있는 동물, 뭐라뭐라 혼자 중얼거리는 동물, 이어폰을 꽂고 휴대전화를 뚫어지게 쳐다보는 동물 등……

그 너머로는 그냥 캄캄한 어둠입니다. 정해진 간격대로 붙어 있는 형광등 불빛이 휙휙 지나갈 뿐이죠. 그 어두운 회벽을 바라보고 있으면 이상한 느낌이 듭니다. 시간여행을 하고 있다거나, 어딘지 다른 세계로 가고 있는 것 같달까요. 아니, 다른 세계로 가버린 건 내가 아니라 아내가 아닌가, 그런 생각도 듭니다만.

아, 네, 아내요. 아내가 집을 나간 것도 꽤 된 일이죠. 수소문해서 잘 달래 데려오면 다시 집을 나가곤 했으니까요. 그 짓을 몇 번이나 했는지. 이젠 저도 자포자기 상태입니다만.

아시다시피, 우리 아파트가 엄청 낡긴 했어도 현관 키는 자동식 아닙니까. 예전에 여러 가구에 도둑이 든 뒤 1층 입구에 CCTV를 설치했잖아요. 그때 현관 키도 일괄 교체한 걸 기억하시는지 모르겠습니다. 비밀번호를 누르면 열리게 되어 있는 그런 문 말입니다.

저는 그게 마음에 들었습니다. 열쇠를 가지고 다니지 않아도 되고, 삑삑 소리도 경쾌해서 말이죠. 번호는 여섯 자리입니다. 삑 – 삑 – 삑 – 삑 – 삑 – 삑. 딱 여섯 자리입니다. 여섯 번 버튼을 누르고 문을 잡아당길 때마다, 드디어 나의 공간으로 들어가는

구나 하는 쾌감 같은 것이 있지 않습니까. 들어가보면 음침하고 어두운 동굴이나 웅덩이일 뿐이지만 말입니다.

그런데 어제는 어쩐 일인지 문이 열리지 않았습니다. 버튼을 잘못 눌렀나? 그렇게 중얼거리면서 여섯 개의 버튼을 다시 한 번 천천히 눌렀습니다.

7, 삑, 8, 삑, 0, 삑, 6, 삑, 2, 삑, 8, 삑.

하지만 역시 문은 열리지 않았습니다. 건전지가 다 됐나? 나는 소리 내어 스스로에게 물었습니다. 아니, 건전지를 바꾼 지 얼마 안 됐잖아. 버튼에 불이 들어오고 누를 때마다 삑삑 소리가 나는 걸 봐. 건전지 문제는 아니야. 나는 잠시 생각한 후에 다시 질문했습니다. 그럼 비밀번호는 맞나? 나는 대답했습니다. 그럼, 기억하기 편하니까 주민번호 앞자리로 했지. 설마 그걸 틀렸을까? 아, 자문자답은 제 버릇입니다만.

침착하게 버튼을 노려보며 다시 한 번 7, 8, 0, 6, 2, 8을 눌렀습니다. 엉뚱한 얘깁니다만, 제가 태어난 생년월일을 매일 누르다 보면 이런 느낌이 듭니다. 지금 나는 이 세상에 태어나서 살아가고 있다. 비밀번호 버튼을 누르는 한, 나는 살아 있는 것이다. 아무도 모르는 비밀번호를 나만 알고 있는 것이다. 비밀리에, 저는 이렇게 삶을 확인합니다. 그래서 제가 비밀번호 누르는 걸 좋아하지요. 취미라고 해도 좋습니다.

그런데도 문은 열리지 않았습니다. 층을 잘못 찾아왔나? 나는 물었습니다. 문에 붙은 호수를 확인했습니다. 601호, 맞는데?

아닌가? 맞는데? 나는 다시 확인했습니다. 술을 좀 마신 건 사실이지만, 집이라는 게 제멋대로 움직이는 물건은 아니잖습니까?

심호흡을 한 뒤에 다시 버튼을 눌렀습니다. 삑. 삑. 삑. 삑. 삑. 삑. 신중하게 눌렀습니다. 비와 땀으로 등은 축축하고, 어중간한 술기운인지라 기분은 좋지 않았어요. 어서 옷을 벗고 몸을 씻고 싶은데, 문이 열리지 않더군요. 저는 조금씩 화가 났습니다. 제가 느리고 둔해 보여도 성미가 좀 급하지요. 꼭지가 돌면 앞뒤 분간 못하고 돌진하는 성질이랄까요. 그게 단점이라는 건 잘 알고 있습니다만.

어느새 저는 버튼을 마구 눌러대고 있었습니다. 아내의 주민 번호도 누르고, 돌아가신 부모님의 기일도 눌렀습니다. 예전에 비번으로 쓰던 번호들이지요. 아, 물론 전화번호도 눌렀습니다. 삑삑삑삑삑삑. 삑삑삑삑삑삑. 문은 열리지 않았습니다. 삑삑 소리가 반복될수록 더 화가 나는 것이었습니다. 이런 제기랄, 이봐, 날 무시할 셈인가, 응? 미친 듯이 번호를 누르면서 제 목소리는 조금씩 커졌습니다.

그 순간이었습니다. 나도 모르게 무슨 버튼을 누른 것일까요? 삐리리릭. 익숙한 음악 소리가 울리면서 문이 열렸습니다. 어째서 문이 열린 것일까? 어째서 아까는 열리지 않은 것일까? 나는 누구의 생년월일을 누른 것일까? 아니면 누구의 기일을? 저는 한숨을 내쉬었습니다.

아무려나. 저는 집 안으로 들어갔습니다. 후텁지근하고 끈끈한 공기가 실내에 고여 있었습니다. 그때까지만 해도 평소와 다른 것은 없었어요. 장마철이라는 것, 비가 내리고 있다는 것, 천둥과 번개가 창밖을 점령하고 있다는 것, 그런 정도였지요. 현관문이야 그렇게 가끔 말썽을 부리니까요. 지난번에도 현관 키에 문제가 생긴 적이 있었습니다. 건전지가 떨어진 걸 모르고 문 옆에 놓여 있던 소화기로 다 부숴놓는 바람에 새것으로 바꿔야 했으니까요.

　하지만 이번에는 현관만 문제가 아니었습니다. 실내등도 켜지지 않더군요. 스위치를 올려도 불이 들어오지 않았습니다. 또? 저는 중얼거렸습니다. 이 낡은 아파트에는 최근 들어 전기가 자주 나가곤 했습니다. 재건축 이야기가 슬슬 나오고부터는 수리도 잘 안 하더군요. 한 동 전부가 한나절씩 캄캄해질 때도 있으니까요. 아, 저와 같은 동에 사시니 잘 아시겠군요. 하하.

　전기 스위치를 부수거나 두꺼비집을 박살내지는 않았습니다. 평소에도 불을 켜지 않고 지내는 시간이 많았으니까요. 집 안이 캄캄해도 별문제는 없었습니다. 실은 가끔은 일부러 불을 꺼놓을 정도지요. 눈을 감고도 뭐든 할 수 있는 게 집이라는 곳 아닙니까? 창밖에서 흘러 들어오는 희미한 빛만으로 모든 걸 할 수 있지요. 화장실도 갈 수 있고, 변기 커버도 올릴 수 있고, 어둠 속에서 오줌도 눌 수 있고, 레버도 내릴 수 있습니다. 화장실 문을 닫고, 정확한 방향으로 걸어가 방문을 열고, 딱 세 걸음을 움직여 침대에 누울 수도 있습니다. 아무래도 낯익은 곳입니다. 집이라는 장소는. 아주 낯익은 세계지요.

어쨌든 집에 들어왔으니 일단 씻어야겠다고 생각했습니다. 어둠 속에서 옷을 벗었지요. 벌거벗은 채 쿵쿵 발소리를 내며 좁은 거실을 가로질렀습니다. 잘 아시겠지만, 우리 아파트의 욕실 구조라는 게 대단히 평범하지 않습니까? 특이한 점이라고는 전혀 없지요. 욕조가 있고, 욕조 위에 샤워기가 달려 있고, 그 아래로 샴푸나 린스 통들이 늘어서 있습니다. 욕조 옆에는 당연하다는 듯 세면대가 있고, 세면대 오른쪽 위에는 비누를 놓는 곳이 있고, 세수를 한 뒤 고개를 들면 얼굴을 볼 수 있도록 거울도 붙어 있습니다. 구석에 양변기가 있는 건 물론입니다.

아마 우리 아파트에 사는 사람들은 동선이 아주 비슷할 겁니다. 욕실 문을 열고 들어간다, 들어가서 한 번 몸을 틀어준다, 바지나 치마를 내린 뒤에 앉는다. 그리고 밖에는 들리지 않을 정도의 신음 소리를 내면서 일을 마친 뒤 엉거주춤 일어선다. 변기 레버를 내린다. 구멍 속으로 사라지는 배설물을 확인한다. 거울에 비친 제 얼굴을 살피면서 손을 씻고, 뒤로 돌아 수건에 손을 닦는다. 그리고 다시 한 번 거울을 본 뒤 욕실을 나간다.

그런 것이 바로 욕실이라는 것 아니겠습니까? 욕실이란 결국 그런 것이 아니겠습니까? 그러니까 저는 맹세코, 그런 욕실로 들어가고 싶었을 뿐입니다.

그 순간 제법 강렬한 번개가 쳤기 때문에, 저는 욕실 문 앞에서 멈춰 섰습니다. 그건 제 버릇이죠. 번개가 친 뒤에 가만히 서서 천둥을 기다리는 것 말입니다. 길을 걸어가다가도 그런 순간에는 문득 걸음을 멈춥니다. 그리고 천둥을 기다립니다. 이상하게 생각하실지 모르지만, 저는 그 기다림의 시간을 매우 좋아합니다. 어릴 때는…… 말할 수 없이 좋아했습니다. 번개가 치면 천둥이 뒤따라온다는 것, 그 간격이 길수록 먼 곳에서 생긴 번개라는 것…… 아시다시피 빛의 속도와 소리의 속도가 달라서 생기는 현상 아닙니까?

그런데 왜일까? 왜 그런 짧은 기다림의 시간이 좋은 것일까? 모든 것을 밝힐 만큼 환한 빛이 지난 뒤에, 지축을 울리는 굉음이 들린다는 게 뭣 때문에 좋은 것일까? 번개와 천둥 사이의 고요함이 쾌감을 주기 때문에? 모르겠습니다. 그저 빛의 속도와 소리의 속도 사이에 서 있는 느낌을 좋아한 것인지도 모르지요.

저는 시간을 헤아렸습니다.

하나.

둘.

셋.

넷.

다섯을 셌을 때, 거대한 천둥소리가 귀로 몰려들었습니다. 다시 말씀드리지만 참으로 멋진 순간입니다. 단순한 자연의 법칙일 뿐이라고 하실지도 모르겠군요. 하지만 저는 그토록 심오한

순간은 세상에 없다고 생각합니다. 총소리나 폭약이 터지는 소리는 아무리 크더라도 어딘지 공허하게 마련입니다. 귀를 먹먹하게 만드는 건 농일하지만 깊이가 없달까요. 천둥은 다릅니다. 진정한 천둥은 세상 모든 것을 집어삼키고는 우리의 폐부 깊은 곳까지 스며들어 영혼에 흔적을 남겨놓습니다.

그 장엄한 하늘의 음향이 잦아든 뒤에는, 아주 사소한 소리들이 그 자리를 다시 메우지요. 아주 사소하고 또 사소한 소리들 말입니다. 빗방울들이 아스팔트에 무수히 떨어지는 소리, 축축한 나뭇잎이 젖은 바람에 쓸리는 소리, 자동차 바퀴가 빗길을 지나가는 소리, 길 건너 정육점 셔터가 드르르 내려가는 소리……

이 사소한 것들이 우리의 인생이 아닌가 하는 생각이 들어서 눈물을 흘린 적도 있습니다. 혹시 저처럼 커다란 남자가, 번개가 치고 천둥이 울리는 밤거리에 서서 혼자 울고 있는 것을 보시게 되면, 이렇게 생각해주십시오.

아, 저이는 인생을 사랑하는구나, 라고 말이죠.

그런데 어제의 천둥은 달랐습니다.

뭐랄까, 외로운 천둥이랄까요. 고집스럽다고 할까요. 어딘지 낯선 천둥이라고도 할 수 있었습니다.

저는 좁은 거실 한가운데 서서 천둥이 잦아들기를 기다렸습니다. 그리고 욕실 문을 열었습니다. 전원을 넣었지만 역시 불은 들어오지 않더군요. 틱, 틱, 형광등에 전기가 지나가는 듯하더니 그만이었습니다. 자정이 지난 데다 정전이었기 때문에 욕실 안은 완전한 어둠이었습니다. 낮을 기억하지 못하는 밤이랄까요. 빛이 뭔지 알지 못하는 어둠이랄까요.

욕실이 온통 환해지도록 등 뒤에서 두번째 번개가 친 것은 그 순간이었습니다. 저는 흡, 숨을 멈추어야 했습니다. 번개 때문이 아니었어요. 천둥이 울릴 때까지의 시간을 헤아리기 위해서도 아니었습니다.

등 뒤에서 쏟아져 들어온 엄청난 빛이 순간적으로 욕실의 내부를 환히 비추었을 때, 무언가가 내 눈을 사로잡았던 것입니다.

그것은, 손이었습니다. 흰 손, 사람의 흰 손 말입니다. 사람의 손이, 사람의 팔이, 욕조 바깥으로 늘어져 있었습니다.

착각이었을까요? 욕실 안은 순식간에 다시 캄캄해졌습니다. 문턱에 서서 나는 돌처럼 굳었습니다. 그럴 수밖에요. 이봐, 방금 본 게 뭐지? 사람의 손이 아니었나? 나는 물었습니다. 고무장갑을 걸쳐놓은 걸 잘못 본 거겠지. 나는 대답했습니다. 하지만 고무장갑이란 것은 붉은색이고, 지금 본 건 환한 살색이 아니었나? 나는 물었습니다. 그렇지, 사람의 손, 뭔가 부피가 느껴지는 사람의 손이었지. 나는 대답했습니다. 등 뒤에서 천둥이 울렸습니다. 집이 뿌리부터 흔들리는 듯했습니다.

나는 두 눈을 부릅떴습니다. 어둠이 눈에 익기를 기다렸습니다. 눈이 어둠과 친해지는 데 걸리는 시간은 마음의 시간이라고 저는 생각합니다. 어둠 속의 사물들이 사람의 눈에 천천히 자신을 허락한다는 것, 어둠 속에서도 어디론가 사라지지 않고 자신을 보존한다는 것, 참으로 신비로운 일이 아닙니까?

그런 생각을 하는 순간, 다시 제 손이 제 입을 틀어막았습니다. 등 뒤에서 밀어닥친 세번째 번개가 다시 욕실 안을 속속들이 비추었던 것입니다. 대단한 밝기였습니다. 그런 빛은 태어나서 처음 보았다고 해도 좋아요. 집 안에 수만 개의 전구를 한꺼번에 켠 듯한 느낌이었습니다. 욕실 안의 모든 것들이 바로 그 순간에 창조되었다가, 일제히 종말을 맞이하는 것 같았습니다. 하나의 세계가 나타났다가, 문득 사라지는 것처럼 말이죠.

이번에야말로 저는 똑똑히 보았습니다. 흰 손이 달린 왼팔과 검은 머리통이 욕조 안에 있었습니다. 퉁퉁 부어 있긴 했지만, 마치 대리석으로 만든 듯 딱딱한 느낌의 팔이, 욕조 밖으로 드리워져 있었습니다. 그리고 앞으로 고꾸라진 머리통이 보였습니다. 그것은 여자 같았습니다. 머리통과 팔은 어깨를 통해 이상한 각도로 이어져 있었어요. 목은 90도로 꺾여 얼굴을 볼 수는 없었습니다. 마치 거대한 환등기로 비춘 것처럼, 사람의 팔과 머리통이 욕실에 나타났다가, 다시 캄캄한 우주의 어둠 속으로 사라진 것입니다.

죽었나?

죽었다.

저는 저도 모르게 그렇게 묻고 그렇게 대답했습니다. 피 같은 것은 보지 못했지만, 욕조 속의 여자가 죽어 있다는 것은 직감으로 알 수 있었습니다. 푸딩처럼 부풀어 있는 팔 때문이었을까요.
비정상적인 각도로 굽어 있는 목 때문이었는지도 모릅니다.

저는 뒷걸음질 쳤습니다. 그런 시체가 어째서 내 집 욕실에 있
다는 말입니까. 어째서 내 집 욕실에 그런 이상한 물건이 있는
것입니까. 저는 머뭇머뭇 뒷걸음질을 치다가 몸을 휙 돌려 안방
으로 뛰어 들어갔습니다. 아아, 정말이지…… 벌거벗고 시체를
대할 수는 없었으니까요. 살이 출렁거리는 게 느껴졌습니다. 심
장이 출렁거리는 게 느껴졌습니다.

저는 허겁지겁 추리닝과 남방을 꿰어 입었습니다. 옷걸이를
헤집어 양복바지 주머니에서 라이터를 꺼내 들었습니다. 아내
의 화장대 위에 놓여 있던 초(성당에 다니던 아내가 쓰던 미사용
초입니다. 성모 마리아가 십자가를 들고 온화하게 미소를 짓는 그
림이 새겨져 있지요)에 불을 붙였습니다. 제 손은 격렬하게 떨렸
습니다.

저는 다시 욕실로 다가갔습니다. 오른손으로는 심장께를 부
여잡고, 왼손으로는 희미하게 타오르는 촛대를 든 사내. 자기 집
욕실을 향해서 한 발 한 발 다가가는, 몸무게가 98킬로그램이나
되는, 거구의 사내. 그게 바로 저였습니다.

실내인데도 촛불은 미친 듯이 흔들리더군요. 그렇게 흔들려
서야 집 안의 모든 것이 불명료할 수밖에요. 세상 자체가 흔들리
는 듯했습니다. 저는 자세를 낮추었습니다. 조심스레 왼손을 뻗
어 욕실 안쪽으로 촛불을 들이밀었습니다. 여름의 습기에 욕실

의 물기까지 더한 무거운 공기가 꿈틀꿈틀 흘러나왔습니다. 마치 아열대의 늪에서 피어오르는 수증기처럼 말입니다.

내부가 천천히 눈에 들어왔습니다. 욕조 밖으로 늘어져 있는 예의 그 팔과 손이 흐릿한 윤곽을 드러냈습니다. 검은 머리칼이 흩어져 물에 둥둥 떠 있었습니다. 머리통은 절반쯤 물에 잠겨 뒤통수만 보였습니다. 촛불 때문에 욕실 벽면에 커다란 그림자가 생겼습니다. 그림자는 제 손이 덜덜 떨리는 것과 같은 리듬으로 흔들렸습니다. 타일에 새겨진 그림자에서 검은 머리카락들이 현란하게 피어나 무서운 속도로 자라나는 것처럼 느껴졌습니다.

저는 소리를 지르지 않았습니다. 대신 조용히, 천천히, 뒷걸음질 쳤습니다. 욕실에서 멀어졌습니다. 현관문을 열고, 집 밖으로 나왔어요. 문을 닫았습니다. 삐리리릭. 현관 키가 잠겼지요.

정신을 차려보니 저는 1층 현관 참에 서 있었습니다. 바깥에는 비가 쉬지 않고 쏟아지고 있었어요.

경찰. 경찰은?

그래, 경찰.

전화를 해야지, 전화를.

저는 혼자 묻고 혼자 대답하며 호주머니를 뒤졌습니다, 하지만 제가 입고 있는 것은 추리닝이었습니다. 휴대전화는 양복 안주머니에 넣어둔 채였습니다. 다시 집에 들어가 휴대전화를 가져올 엄두가 나지 않았습니다.

엘리베이터 옆에 붙어 있는 커다란 전신 거울에 몸집이 커다란 남자가 보였습니다. 그는 어두컴컴한 곳에 서서 이쪽을 바라보고 있었습니다. 그렇다. 저 하마 같은 사내는 제 집의 시체를 피해서 도망을 나왔다. 이러지도 저러지도 못한 채 나를 마주 바라보고 서 있다. 밖에는 비가 쏟아지고 있다. 너는 왜 그렇게 크고 거뭇한 것이냐? 어째서 피부가 점점 두꺼워져가는 것이냐? 아아, 바늘로 찔러도 전혀 아프지 않을 것 같구나.

저는 중얼거렸습니다. 정신을 차려야 했습니다. 저는 세차게 고개를 흔들었습니다. CCTV가 고장 나 수리 중이라는 안내문을 본 기억이 났습니다. 이대로 현장을 비우면 내가 용의자로 몰릴 것이다. 집 안에는 나의 흔적만이 남아 있다. 외부에서 침입한 흔적도 없고 격투의 흔적도 없다. 게다가 이 집에 사는 자는 여러모로 의심스러운 사내다. 몸무게가 98킬로그램이나 되는 거구인 데다 혼자 산다. 어느 날 갑자기 아내가 사라졌는데 사내는 실종신고조차 하지 않았다. 주변 사람들에 의하면 자주 다투는 소리가 들렸다고 한다. 그러다가 어느 날 조용해졌다. 무엇보다도, 전과자가 아닌가.

아, 전과자라는 건, 그건, 별 게 아닙니다. 예전에 일하던 회사에서 사소한 폭행 사건을 일으켰을 뿐입니다. 저는 평범하고 성실한 회사원이었습니다. 중국 쪽에서 잡다한 생활용품들을 들여와 국내에 공급하는 오퍼상이었는데, 환율 문제로 수입 물량이 줄면서 하루아침에 직장을 잃었지요. 사장은 자기도 어쩔 수 없다는 말만 되풀이했습니다. 통사정을 하러 갔다가 시비 끝에 들이받고 말았습니다. 제 머리가 저보다 먼저 달려들더군요. 한 시간쯤 지난 뒤에 정신을 차려보니 경찰서였습니다. 무슨 일이 있었는지조차 기억이 나지 않았습니다. 사장은 별로 안 다쳤는데, 하필이면 경찰 두 명이 병원에 후송됐다더군요. 폭행 및 기물파손에 공무집행방해죄로 처벌을 받았습니다.

저는 생각을, 생각을 했습니다. 머릿속으로 많은 문장들이 스치고 지나갔습니다. 경찰은 당연히 나를 의심할 것이다. 알콜중독 여부부터 결혼 생활까지 모든 것을 조사할 것이다. 고문을 할지도 모른다. 물론 나는 술을 마시는 인간이다. 알고 있다. 필름이 자주 끊긴다. 알고 있다. 아내는 사라졌다. 그것도 알고 있다. 그래서…… 그래서…… 김 씨와 술을 마신 것 역시 사실이며, 별다른 대화도 없이 맥주와 소주를 들이부은 것도 맞다. 하지만 별일은 없지 않았나. 물론 낮에 작은 사건이 있긴 했지. 악어가죽 허리띠를 팔던 나에게 시비를 건 놈이 있었잖아.

네, 지하철에서였습니다. 혁대는 중요한 생활용품입니다. 필수적이죠. 허리를 빙 둘러 묶을 수 있고, 때로는 목에도 걸 수 있으니까요. 그렇지 않습니까? 허리띠를 허리에만 걸라는 법은 없지 않습니까?

한참 전동차 안을 돌아다니고 있는데, 불쾌한 목소리가 제게 말을 걸어왔습니다.

그거, 진짜 악어예요?

남의 구역을 침범한 자라면, 그따위 질문은 하지 말아야 했습니다. 그게 같은 업자끼리 할 말입니까? 이 바닥에도 직업윤리란 게 있는데, 남의 나와바리를 침입한 주제에 빙글빙글 웃으며 그게 할 말입니까? 그것도 겨우 접착제 따위나 팔고 있던 젊은 놈이?

당연히 가짜지. 저는 그렇게 대답했습니다. 제 목소리가 다소 크고 공격적이었던 모양인지, 승객 몇몇이 우리 쪽을 바라보았습니다. 이건 가짜 악어라고 저는 다시 말했습니다. 더 많은 사람들이 우리 쪽을 바라보았습니다. 그래, 이건 가짜 악어로 만든 것이다! 그래서? 그래서? 저는 소리쳤습니다. 고래고래 소리를 질렀습니다. 참을 수가 없었습니다. 분위기가 험악해지자 몇몇은 고개를 돌리고 몇몇은 황급히 자리에서 일어나 다른 칸으로 가버렸습니다.

저는 참았습니다. 잘 참았습니다. 젊은 놈은 사색이 되어 입도 떼지 못하고 제 앞에 서 있었습니다. 저는 놈을 잡아먹을 듯이 노려보다가, 다음 정차역에 도착하자 단호하게 하차했습니다. 거기에 더 있다가는 무슨 짓을 저지를지 몰랐기 때문입니다. 아아, 나이가 든다는 건 그런 것일까요? 입술을 앙다문 탓에 피가 흘러내릴 정도였습니다. 김 씨를 불러내 술을 마신 것도 그 탓이었겠지요.

제가 쓸데없는 소리를 늘어놓고 있군요. 죄송합니다. 말씀드렸다시피, 저는 번개와 천둥을 사랑하는 사람입니다. 어둠 속의 사물들을 사랑하는 사람입니다. 욕실에서 벌거벗고 거울 보는 것도 좋아합니다. 물도 좋아하고, 동물도 좋아하고, 식물도 좋아합니다. 지금 제가 알아보고 있는 일자리도 그런 곳입니다. 그린랜드라고, 어린이들이 많이 모이는 곳이죠. 식물원도 있습니다. 수족관도 있습니다. 야외 수영장도 있고 소규모 동물원도 있습니다. 아쉽게도 하마는 없습니다만.

어쨌든 이제 지하철에서는 일하고 싶지 않습니다. 인간이란…… 악어가죽이 아니라는 것을 뻔히 알면서도, 그거 악어가죽 아니죠? 하고 묻는 종족입니다. 비열한 종족입니다.

욕실에 죽어 있는 인간의 팔이 떠올랐습니다. 그 팔은 퉁퉁 부어 있었습니다. 시간이 지날수록 점점 더 부풀어 오르겠지요. 90도로 꺾여 물에 잠겨 있는 머리통은 언제 고개를 들까요. 스르르 돌아갈까요. 이쪽을 바라볼까요.

문득 연민이 느껴졌습니다. 그에게도 살아 있는 나날이라는 게 있었겠지. 맑은 봄날 거리를 걸어본 적도 있었을 것이다. 아무도 없는 텅 빈 집에서 창밖을 바라보기도 했겠지. 윙윙거리는 드라이어로 머리카락을 말리며 거울을 보기도 했을 것이고.

그런데 그런 인간이 어째서 저렇게 죽어 있는 것인가? 그것도 욕조 안에서? 퉁퉁 부은 팔을 욕조 밖으로 늘어뜨린 채, 이상한 각도로 목을 꺾고.

아마도 술 탓이겠습니다만, 나의 연민은 슬픔으로 번져갔습니다. 눈물이 흘러내렸습니다. 나는 고개를 흔들며 부정하기 시작했습니다. 아아, 저것은 시체가 아닐 것이다. 그냥 그림자일 것이다. 번갯불에 비친 나 자신의 그림자일 것이다. 아니, 그냥 눈에 뭐가 들어간 건지도 모른다. 피로한 눈에 뭐가 끼어 헛것이 보인 거겠지. 아니, 아니다. 저것은 인형이다. 정말이지 요즘에는 사람 모양의 인형도 있지 않은가? 성인용품 숍에서 본 적이 있다. 단백질 인형이라고도 한다던데. 그것을 사려고 마음먹은 지 오래되지 않았던가? 안고 있으면 더 외로워질 것 같아 망설였을 뿐. 내가 벌써 그걸 산 게 아닌가?

아무래도 그렇지 않을까요? 번개나 촛불의 빛으로 사물을 제대로 본다는 것은 어려운 일이 아닙니까? 번갯불은 지나치게 밝고 촛불은 너무 흐리니까요. 그래서는 사람인지 인형인지 분간하는 것이 불가능합니다. 번개나 촛불에 비친 것들을 어떻게 믿을 수가 있다는 말입니까? 안 그렇습니까? 네?

……죄송합니다. 제가 좀 흥분했군요. 저는 일단 쉬어야 한다고 생각했습니다. 몸을 씻고 잠시 누워 있는 것도 좋겠지. 머리가 맑아진 뒤에 확인해도 늦지 않다. 그렇게 생각했습니다. 공중목욕탕 물속에 머리를 집어넣고 생각을, 생각을, 생각을 해보도록 하자. 어느 날 홀연히, 내 집 욕실에 나타난 시체에 대해서 말입니다. 저는 그렇게 결심한 것입니다.

……물론입니다. 이제 집으로 돌아가야겠지요. 역시 욕실에

가보아야 하지 않겠습니까? 번개나 촛불이 아니라, 내 눈으로, 내 손으로, 직접 확인을 해야 하지 않겠습니까? 시체의 얼굴을 마주 보아야 하지 않겠습니까? 욕실에 죽어 있는 인간은 누구일까? 여자일까? 아니, 사람이긴 한 걸까? 인형은 아닐까? 왜 그런 늪 같은 곳에 시체처럼 누워 있는 것일까?

저는 욕실을 향해 한 걸음 한 걸음 다가갈 것입니다. 촛불은 들지 않겠지요. 비가 그쳤을 테니 번개도 치지 않을 겁니다. 날이 밝기 전의 어스름한 빛만이 가득하겠지요. 그런 새벽에 저는 욕실 앞에 우두커니 서 있겠습니다. 축축하고 음침한 어둠을 바라보겠습니다. 어둠 속의 희미한 윤곽들이 눈에 들어올 때까지, 그렇게 오래 서 있을 겁니다. 이윽고 어둠이 눈에 익으면 사물들이 희미하게 제 모습을 드러내겠지요.

모든 것이, 자신의 자리에 있겠지요. 그렇습니다. 저는 욕실에 한 발을 들여놓습니다. 축축한 공기 속으로 발이 빨려들어 가는 느낌입니다. 한 발을 더 내디디면, 제 왼편에 움직이는 그림자가 나타납니다. 거울에 비친 저 자신입니다. 고개를 돌려 거울 속의 짐승을 물끄러미 바라봅니다. 얼굴에서 축축한 땀이 배어 나옵니다. 말할 수 없이 불쾌한 느낌입니다. 일단 수도꼭지를 돌리고 손바닥에 물을 받습니다. 비누를 손에 칠합니다. 얼굴을 문지르고 물로 씻어냅니다. 손을 뒤로 뻗어 수건을 찾습니다. 얼굴의 물기를 닦겠지요. 모든 것이 자연스럽습니다. 역시 욕실이란, 그런 곳이니까요. 세수를 하고, 이를 닦고, 손의 물기를 닦아내는, 그런 곳이니까요.

 이상하게도 제게는 지금 이런 생각이 듭니다. 이렇게 하루하
루가 지나갈 것이다. 이렇게 욕실을 이용하는 인생이 하루하루
흘러갈 것이다. 그곳에서 세수를 하고, 이를 닦고, 물기를 닦아
내고, 소변을 볼 것이다. 여전히 욕조에는 시체가, 아마도 시체
가, 몸을 담그고 있겠지.

 아시다시피 시체는 아무런 해를 끼치지 않습니다. 방해도 하
지 않습니다. 그냥 그렇게 조금씩 부풀어 오르는 몸으로 욕조에
잠겨 있을 뿐입니다. 점점 부풀어 오르면 욕조 밖으로 살과 뼈가
흘러넘치겠지요. 냄새가 심할지도 모릅니다. 하지만 하마는 코
를 닫을 수가 있기 때문에……

 자랑 같습니다만, 저는 물속에서 귀도 닫을 수 있습니다. 코도
닫을 수 있습니다. 그리고 아주 오래, 그곳에 있을 수 있습니다.
죄송합니다. 제가 또 엉뚱한 말을 하고 있군요. 어쩐지 그쪽이라
면, 제 말을 들어주실 것 같아서……

*

 사내와 나는 욕탕을 나와 탈의실 평상에 앉아 있었다. 희미한
수증기와 함께 물냄새 로션 냄새 살냄새가 허공을 떠다녔다. 사
내는 두 개의 타월을 겹쳐 하반신을 가리고 앉아 있었다. 고개는

254

숙인 채였다. 숨을 쉴 때마다 그의 넓은 가슴팍이 오르내리는 게 보였다.

침묵이 길어지고 있었다. 아니나 다를까, 내 입에서 예기치 않은 말이 튀어나왔다.

—혹시, 로마에도 공중목욕탕이 있을까요? 고대에는 있었다고 하던데……

사내가 천천히 고개를 들어 내 얼굴을 바라보았다. 나는 황급히 웃음을 지으며 덧붙였다. 두 손을 휘휘 저으면서였다.

—아, 아닙니다. 저는 다만, 공중목욕탕이라는 곳이 신기해서, 이렇게 신기한 곳은 또 세상 어디에나 있는 것인가 싶어서……

나는 말을 마치지 못하고 입을 다물었다. 사내가 다시 고개를 떨어뜨렸다. 크게 숨을 한 번 몰아쉬고는 가만히 몸을 움직이지 않았다. 그대로 돌처럼 굳어버리기라도 할 것 같았다.

사내의 곁에 앉은 채 나는 생각했다. 며칠 후 욕실이 완공되면 우선 무엇을 할까? 아마도 나는 깨끗하고 잘 정돈된 욕실을 갖게 되겠지. 변기 물도 역류하지 않고, 다족류 벌레도 기어 다니지 않고, 수챗구멍도 막히지 않을 것이다. 구멍에 모여드는 그 고불고불한 머리카락은 분명 어머니 것인데. 이젠 떠나셨을까?

세수를 할 때도, 이를 닦을 때도, 어머니는 내 옆에서 심해어 같은 눈빛으로 나를 바라보고 있었다. 아니, 꼭 나를 바라보고 있는 건지는 확실치 않았다. 눈의 초점이 어딘지 어긋나 있는 것 같기도 했다. 시선이라고 하기에는 애매한, 그런 눈빛이었다. 어머니, 왜 거기 있는 거야? 이제 사라져줘. 그렇게 말해도 소용이 없었다. 어머니는 가만히 앉아서 무표정하게 내 쪽에 눈을 두고 있었다. 대화가 되지 않는다는 것을 나는 금방 깨달았다. 나는 슬슬 웃으면서 어머니의 눈을 피했다.

이제 나는 어머니가 없는 욕실의 깨끗한 욕조에 물을 받을 것이다. 맑은 물을 받을 것이다. 허리를 굽혀 머리를 담글 것이다. 깊이 담가도 좋고 눈과 코와 입이 물속에 겨우 잠기는 정도도 괜찮다. 이윽고 눈을 뜬다. 욕조 바닥이 보인다. 아주 깨끗한 흰빛이다. 거기에는 아무것도 없다. 물만 있을 뿐이다. 무엇보다도, 조용하다.

하지만 가만히 귀를 기울여보면 이런저런 소리들이 떠돌고 있다. 물이 숨을 쉬는 소리. 먼지들이 떠다니는 소리. 아니면 작은 미생물들이 꼬물꼬물 움직이는 소리.

그렇게 시간이 지난다. 1분이 지나고 5분이 지난다.

10분이 지난다.

20분이 지난다.

그 즈음이면, 아마도 붉은 피 같은 것이 얇은 띠를 이루어 물속을 떠돌아다니는 게 보일지도 모른다.

실뱀장어처럼 물속을 유영하고 있는 그 피를, 나는 물끄러미 바라보겠지.

욕실에서의 또 하루가, 그렇게 지나갈 것이다.

이반
멘슈코프의
춤추는
방

상트페테르부르크 바실리 섬. 스레드니 15번가 98번지. 5층 7호.

그게 이 집의 주소였다. 1층에서 무거운 목조 문을 밀고 들어와 어두침침하고 퀴퀴한 냄새가 나는 계단을 올라와야 하는 19세기식 공동주택. 현관은 무거운 놋열쇠들로 세 개의 열쇠 구멍을 맞추어야 문이 열리게 되어 있다. 문을 열고 뒤를 돌아보면 층계참에 낡고 침침한 빛이 꿈틀거리는 느낌이 드는 탓에 자신도 모르게 문을 닫게 된다.

실내로 들어오면 정면에 한 평 반 정도 되는 길고 좁다란 부엌이 보인다. 그나마 빛이 드는 곳이다. 오른쪽으로는 폭이 1미터도 안 되는 좁은 복도가 나 있다. 복도라고는 했지만 5, 6미터 길이의 통로일 뿐으로, 대낮에도 문을 닫아놓으면 캄캄했다. 빛이 들어올 곳이 없는 것이다. 노란빛을 내는 전등을 낮에도 켜두어야 했다.

방 두 개가 복도 왼편으로 연이어 위치해 있고 복도 끝에 작은 욕실이 붙어 있다. 현관에서 가까운 첫번째 방—소파 겸용 침대가 놓여 있긴 하지만 방이라기보다는 서재에 가깝다—이 내가 한 달 동안 사용할 곳이었다. 커다란 책상과 의자, 낡은 책장이 가구의 전부였다. 책장에는 책이 한 권도 꽂혀 있지 않았다.

두번째 방은 닫혀 있었다. 이 집의 주인인 작가가 침실로 쓰는 방이라고 했다. 그는 지금 자신이 태어나고 자란 이 도시를 떠나 유럽을 여행 중인 모양이었다. 어쩌면 베네치아쯤에서 자살할까 싶다는 농담을 하고 떠났다는 것이다. 가벼운 사람이로군, 하고 나는 생각했다.

자살은 하지 않겠지만, 정말 돌아오지 않을 수도 있어.

내 친구 안드레이는 그렇게 말했다. 이 집의 주소를 적은 메모지와 함께 열쇠를 건네주면서였다. 작가라는 그 사람은 이 집에서 너무 오랫동안 혼자 산 탓에 집과 대화하는 버릇이 있었다고 한다. 그리고 어느 날, 집이 자신을 싫어하는 느낌이 들기 때문에 기약 없는 여행을 떠나겠다고 말했다는 것이다. 덕분에 4백 달러라는 헐값에 이 집을 한 달 동안 빌릴 수 있긴 했지만, 시시한 조크였다. 나는 서양식 농담을 좋아하지 않는다.

집이 그를 싫어했는지는 모르지만, 확실히 낡고 오래돼서 사람이 살기 불편한 건 사실이었다. 어디에나 나이 든 러시아인 특

유의 냄새가 배어 있고, 방문은 열 때마다 끼긱거리며 녹슨 경첩
이 긁히는 소리를 냈다. 욕실에는 뜨거운 물이 나오지 않았다.
수도꼭지를 돌리자 수도관의 먼 곳, 아마도 핀란드만의 바닷물
이 털걱거리며 역류하는 듯한 소리가 들릴 뿐이었다. 하는 수 없
이 찬물로 몸을 씻어야 했다. 7월이라고는 하지만 이곳은 북위
60도의 도시다. 서늘한 날씨가 계속되었다. 밤이면 이불을 귓가
까지 덮어야 했다.

　방에 앉아 있으면 간간이 천장에서 쿵쿵거리는 소리가 들렸
다. 처음에는 몰랐는데, 쿵쿵거리는 소리에는 규칙적인 리듬이
있었다. 어떻게 들으면 춤을 추는 소리 같기도 했다. 가만히 귀
를 기울여보니 방 한 켠에 놓여 있는 낡은 텔레비전에서 흘러나
오는 음악과 리듬이 맞았다. 고장 탓에 화면은 나오지 않고 소리
만 나오는 텔레비전이었다. 적막이 고여 있는 느낌 탓에 일부러
켜두었던 것이다.

　텔레비전을 끄면 음악이 멎고 발소리도 잦아들었다. 이건 뭘
까. 나는 천장을 올려다보았다. 커다랗고 낡은 샹들리에가 높은
천장 가운데 위태롭게 매달려 있었다. 아마도 모조품일 크리스
털들이 잔뜩 달려 있었지만 불이 들어오는 것은 중앙의 왜소한
백열전구 하나가 전부였다. 그나마 빛이 흐릿해서 커다란 마호
가니 책상 위에 놓인 스탠드까지 켜야 했다.

　문밖에서 목조계단이 삐걱거리는 소리가 들리기도 했다. 나
는 이상하다고 생각했다. 이 집은 석조건물이고 계단도 돌로 되

어 있지 않은가. 그런데 어째서 삐걱거리는 소리가 들리는 것일까. 그 삐걱거리는 계단으로는 누가 오르내리는 것일까. 그런 생각을 하면서 낡고 커다란 소파에 몸을 묻은 채 담배를 피우고 있으면, 먼 공간을 건너온 것이 아니라 먼 시간을 건너온 것 같은 기분이 되곤 했다.

내가 이 도시에 온 것은 이번이 처음은 아니다. 1994년의 긴 겨울을 나는 이곳에서 보냈다. 13년 전의 일이다. 그때는 소비에트가 무너지고 얼마 안 된 때였기 때문에 모든 게 불안정했다. 자고 일어나면 루블화 가치가 마구 떨어졌다. 담뱃값이 몇 주 만에 배로 뛰곤 했다. 헌책방에 가면 50권이 넘는 레닌 전집을 헐값에 살 수 있었다. 외제 승용차들이 빠르게 늘어났고, 지하철역과 성당 앞의 걸인들도 하루가 다르게 늘어났다. 구체제의 정적인 분위기에서 살던 사람들은 어리둥절한 표정이었다. 이건 뭐지? 왜 자꾸 불안해지는 거지? 사람들은 왜 싫어지는 거야? 그런데 오늘은 매우 바쁘군. 그렇게 중얼거리면서. 불안을 생산함으로써 움직이는 것이 자본주의라는 것을, 사람들은 천천히 깨달아가고 있었다.

그렇다고 추억에 잠긴 표정으로 옛 시절을 떠올리는 것도 아니었다. 아무도 과거를 옹호하려고 하지 않았다. 러시아의 시골을 여행하다가 만난 늙은 농부만이 스탈린에 대해 우호적이었을 뿐이다. 그는 예전에 코뮌 간부였다고 했는데, 그의 불만

은 루블로 받는 연금이 하루가 다르게 쓸모없는 종잇장이 된다
는 것이었다. 추바시야의 조용한 농촌에서 살았기 때문에, 세상
이 바뀌어도 그의 일상에는 별 변화가 없었지만 말이다. 나는 추
바시야의 눈 내리는 농가를 배경으로 그와 찍은 사진을 지금도
간직하고 있다. 그의 굵은 손마디가 내 어깨에 얹혀 있는 사진이
다. 나는 사진 속 농부의 손마디를 매만지면서 생각한다. 그는
살아 있을까? 추바시야의 눈 내리는 아침에서부터 또 긴 시간이
흘러간 오늘.

　이곳에 자리를 잡은 뒤 나는 오후 늦게 거리로 나가곤 했다.
주위에는 소설을 쓰러 간다고 말했지만, 마감일이 있는 것도 아
니었고 딱히 무언가를 써야 한다고 생각한 것도 아니었다. 아마
도 혼자 시간을 보내고 싶었는지도 모른다.
　목적 없이 거리를 헤매다가 돌아오는 길에는 슈퍼마켓에 들
러 먹을거리들을 샀다. 주로 낯선 향료가 든 샐러드, 말보로 라
이트, 둥근 일본 쌀과 한국 컵라면, 스탄다르트 보드카 등속이
었다. 비닐봉지를 손에 들고 스레드니 거리로 돌아올 때는 대개
흐리거나 비가 내렸다. 그런 날에 이 도시를 하릴없이 걷고 있으
면, 몸과 마음을 무언가가 조금씩 누르는 것 같은 느낌이 든다.
운하를 흐르는 강물은 평화롭고, 성당들은 오랜 시간만이 줄 수
있는 온화하고 장엄한 아름다움을 간직하고 있다. 하지만 몸이
조금씩 서늘해지고 심장에서 바람 부는 소리가 들리는 것을 피

할 수는 없다. 이것이 감상적인 비유가 아니라는 것을 이해해주었으면 한다. 말 그대로 물리적이라는 뜻이다.

집으로 돌아오면 간단한 저녁과 함께 술을 마셨다. 스탄다르트 서너 잔이면 금방 취기가 돌았다. 설거지를 하고 화면이 나오지 않는 텔레비전을 보다가 소파에 몸을 묻었다. 스틸녹스를 삼키고 잠을 청했지만 내내 얕은 물에 빠져 허우적거리는 기분이었다. 바닥에 발이 닿는데도 숨을 쉬기 어려운 느낌이다. 깨어 있는 것 같기도 하고 잠든 것 같기도 한, 그런 시간이 이어졌다.

눈을 떠보면 이중창문 너머로 바깥이 환했다. 흐린 날의 정오와 구별되지 않는, 그런 자정이 온 것이다. 그때쯤 자리에서 일어나 노트북을 켰다. 몇 개의 사소한 문장들을 작성하거나, 낯선 러시아 작가의 소설을 한 문장씩 한국어로 옮겼다. 시간은 흘러갔다. 창문을 열면 희미한 자정과 구별되지 않는, 그런 아침이 와 있었다.

방이 움직이고 있다는 것을 알게 된 것은 닷새째부터였다. 정확하게 말하자면, 방이 움직이는 것이 아니라 방 안의 사물들이 움직이는 것이었지만. 매일 무언가가 조금씩 이동해 있었다. 잠들기 전 머리맡에 두었던 노트가 보이지 않았다. 한참을 찾아보면 부엌의 작은 식탁 위에 놓여 있었다. 노트에는 무언가가 적혀 있기도 했다. "기다리시오" "도끼를 들어라" "낡은 계단" 같은 짧은 문장이나 단어가 러시아어로 씌어져 있었다. 옷걸이에 걸

어놓았던 점퍼는 의자 위에 늘어져 있고, 창가에 두었던 재떨이
는 현관 신빌징에서 발견뇌있나. 소금 피우다 만 담배가 구겨져
있기도 했다. 나는 담배를 집어 입에 물어보았다. 차가운 느낌이
입술에 전해졌다. 언제 피운 것인지 짐작이 되지 않았다. 나는
목을 좌우로 천천히 돌렸다. 아마 피곤한 모양이지.

　서울에서 가져온 스틸녹스는 보름 만에 바닥이 났다. 나는 안
드레이에게 전화를 걸었다. 안녕, 안드레이. 잠을 자기가 쉽지
않다. 혹시 수면제를 가지고 있어? 안드레이가 대답했다. 불면
증인가? 백야에는 흔한 병이다. 수면제를 구해놓을 테니 식당으
로 나와.

　나는 전화를 끊었다. 안드레이가 말한 '식당'이라는 것은 스
시를 전문으로 하는 일식집이었다. 그러고 보면 이 도시에서는
거리마다 '스시'라고 씌어진 간판이 눈에 뜨인다. 예전에는 보
지 못했던 것들이다. 안드레이는 스시집의 보조매니저라고 했
다. 젊은 러시아인 아르바이트생들을 관리하고 교육하는 게 그
의 일이었다.

　안드레이와 스시집이라니. 나로서는 상상할 수 없는 조합이
었다. 스시집의 매니저라는 직업은 내가 아는 가난한 신학생 안
드레이의 인생과는 거리가 멀었다.

　그해 겨울, 안드레이는 말이 없었다. 그는 그때 막 스물아홉
살이 되었고, 몸이 왜소했으며, 눈은 우물처럼 깊었다. 나는 교

환학생 자격으로 이 도시에 와서 1994년의 가을과 겨울, 그리고 이듬해의 봄을 보내는 중이었다. 안드레이는 카잔 출신의 무신론자이자 신학을 전공하는 대학원생으로 나의 기숙사 룸메이트였다. 중세의 신학자 디오니우스 아레오파기타를 연구하는 게 논문 주제라고 했지만 스피노자를 더 많이 읽고 있었다. 핀란드 졸부를 따라 국경을 넘어간 아름다운 여자를 사랑한 적이 있으며, 부모는 카잔 근처에 살고 있었지만 몇 해 전 마른 풀이 바스라지듯 차례로 세상을 떠났다.

안드레이는 햇빛이 날 때와 술을 마실 때를 제외하고는 거의 입을 열지 않았다. 햇빛이 나는 날은 드물었지만, 술은 거의 매일 마셨다. 그래서 낮의 안드레이는 식물처럼 조용했고, 밤의 안드레이는 그렇지 않았다. 값싼 보드카를 마시고 많은 말을 했다. 혼자서도 말했고, 창문에게도 말했으며, 나에게도 말했다. 말들에는 두서가 없었다. 나는 취한 그의 말을 절반밖에 알아듣지 못했지만, 그는 술잔을 든 채 진지하고 추상적인 문장들을 쏟아냈다.

이봐, 세계를 똑바로 볼 수 있는 자는 누구인가. 과학자인가, 시인인가, 혁명가인가. 홀로 기도하는 사람은 어떤가. 그는 아름다운가, 무책임한가. 인간을 신뢰하지 않는 것이야말로 종교의 비밀스러운 기원이라는 걸 알고 있나. 구원이란 인간의 자유의지가 완전하고 궁극적으로 부정되는 순간을 의미한다는 걸 알고 있나. 꽃은 그렇게 피어난다. 아름답고 또 위험하게. 레닌

이 옳았는가, 마르토프가 옳았는가? 로자 룩셈부르크가 옳았는가, 베른슈타인이 옳았는가? 죽은 자들은 다 어디로 갔는가? 지리놉스키는 멍청이이며, 자본주의는 혐오스럽다. 스피노자는 매혹적이고 무기력했으나, 일생 동안 어두침침한 방에서 안경 렌즈를 매만지는 인생도 그리 나쁘지는 않을 것이다……

취한 그는 비틀거리는 어조로 많은 말을 쏟아냈다. 수많은 고유명사들이 맥락 없이 뒤섞였으나, 마지막은 언제나 긴 침묵이었다. 많은 말과 마른 우물 같은 침묵 사이가 갑작스러워서 나는 당황하곤 했다. 침묵이 시작되면 그는 이중창문 밖으로 시선을 두고 앉아 움직이지 않았다. 마치 그렇게 시간을 흘려보내기 위해 많은 말을 했다는 듯이.

나도 그를 따라 창밖을 바라보았다. 기숙사 뒤편으로 자작나무들이 서 있는 작은 숲이 보였다. 숲 사이로 오솔길이 나 있고, 오솔길은 오래된 건물들 사이를 지나 말르이 거리로 연결돼 있었다. 언제부터인가 나는 안드레이가 술을 마시기 시작하면 방을 나와 그 오솔길을 걸어 핀란드 만의 바닷가까지 나가곤 했다. 어두운 수평선을 바라보며 시간을 보내다가 그가 술에 취해 잠들 무렵에야 방으로 돌아왔다.

안드레이가 일하는 스시집 야키도리야는 스몰니 사원 근처에 있었다. 스몰니는 19세기에는 소녀들을 위한 여학교이자 수도원이었고, 혁명기에는 소비에트 혁명가들의 작전 본부로 사용

되었다. 나는 사원의 담을 따라 걸었다. 조금씩 빗방울이 듣고 있었다. 네바 강에서 불어오는 바람을 타고 서늘한 기운이 느껴졌다.

안드레이와 나는 야키도리야를 나와 맥주를 마시러 갔다. 2층에 자리 잡은 식당이었다. 예전에는 보드카를 팔던 곳이었지만 지금은 주로 맥주를 판다고 했다. 창밖에는 우산을 쓴 사람들이 강변 쪽으로 걸어가고 있었다. 안드레이가 입을 열었다. 학업을 포기하고 이런저런 일을 하다가 스시집의 매니저로 일한 지는 얼마 되지 않았다고 했다. 처음에는 도서관이나 성당에 자리를 얻어 일했다. 잠시지만 초등학교와 중학교에서 신학을 가르치기도 했다. 그 뒤로는 친구들을 따라 유럽 의류를 수입하는 업체에서 일을 하기도 했고, 한국인이 운영하는 자동차 회사에서 영업을 한 적도 있다. 그러다가 소설을 쓰게 되었다는 것이다.

소설? 소설을?

나는 그렇게 물었다.

그렇다. 공포 소설이다.

공포 소설?

응, 공포 소설. 놀랐나?

물론. 네가 공포 소설을 쓰다니 믿을 수 없다. 너는 정말이지 신학생이 아니었나?

안드레이는 조금 웃었다. 논문 외에도 간혹 무언가를 끄적인다는 것은 알고 있었지만 그게 소설, 그것도 공포 소설이라고는 생각하지 못했다. 안드레이는 창밖으로 시선을 돌리며 말했다.

그랬지, 예전에는. 하지만 어쨌든 지금은 호러를 쓴다. 아직 베스트셀러를 써내지는 못해서 스시집에서 일하고는 있지만.

그는 발티카라는 상표가 붙어 있는 맥주로 입술을 축이면서 그렇게 말했다. "아직 베스트셀러를 써내지는 못해서"라고 말할 때, 나는 무언가가 그의 표정을 휙 지나갔다고 생각했다. 말하자면, 어떤 진심 같은 것이. 그는 정말 베스트셀러를 쓰고 싶어 하는 것일까. 나는 침묵했다. 안드레이가 내 침묵의 의미를 알겠다는 듯 입을 열었다.

왜, 베스트셀러가 나쁜가? 공포 소설과 신학은 잘 어울린다고 생각하지 않나?

안드레이는 그렇게 묻고는 덧붙여 말했다. 우연히 바로크풍의 단편을 하나 쓰게 된 이후 갖게 된 개인적 스타일이 공포물이었다는 것이다. 호러는 매력적인 장르지. 인간에게 관심을 가질 때조차도 호러의 초점은 인간이 아니라 인간을 움직이는 보이지 않는 힘에 있다. 그래서 호러는 기본적으로 비관적이다. 인간이 언제나 어떤 보이지 않는 힘에 휘둘리는 존재로 묘사되니까. 하지만 바로 이 공포를 대면하지 않으면, 인간은 진정한 자신과 만날 수 없다.

햇빛이 나는 날씨도 아니었고 취한 것도 아니었지만, 안드레이는 많은 말을 했다. 나는 납득이 된다는 표정을 지었다. 그럴 것이다. 공포와 신학은 잘 어울린다. 신성과 악마성이 잘 어울리는 한 쌍이듯이. 그것이 꼭 호러라는 장르가 비관적이기 때문이라고는 생각하지 않지만.

안드레이는 자세를 바꾸어 앉으며 말을 이었다. 지금 내가 세들어 사는 스레드니 거리의 집 주인이 바로 유명한 공포 소설 작가이며, 자신의 친구라는 것이었다. 자신도 실은 그 친구 때문에 공포 소설을 쓰게 된 거라고 안드레이는 덧붙였다. 이반 니콜라예비치 멘슈코프가 그의 이름이었다.

이반 니콜라예비치 멘슈코프?

나는 되물었다.

그렇다. 이반 니콜라예비치 멘슈코프.

이반 멘슈코프라면 내게도 낯선 이름은 아니다. '꿈'이라는 제목의 소설은 나도 읽은 적이 있기 때문이다. 요즘 잘나가는 소설이라며 러시아에 다녀온 후배가 권한 책이었다. 흔한 공포물이었지만, 묘한 매력을 가진 작품이었던 것으로 기억한다.

이반 멘슈코프는 소련 시대에는 전위적인 반체제 작가였다고 한다. 몇 권의 지하 출판물 탓에, 국가기관에 속해 있는 보수적인 평론가들은 그를 요주의 인물로 지목했다. 하지만 그의 소설들이 너무 난해했기 때문에 체제 비판적이라는 것을 증명하기가 쉽지 않았다는 웃지 못할 얘기가 전해온다. 덕분에 이반 멘슈코프는 자신의 작업을 끈질기게 밀고 나갈 수 있었다.

하지만 1990년대 이후 자본주의의 물결이 러시아를 휩쓸기 시작하자 모든 것이 바뀌었다. 예술가들은 구체제의 비효율과

관료주의를 경쟁적으로 비판했다. 그 가운데 일부는 유럽과 미국 예술계의 주목을 받아 서구로 진출했다. 그 와중에 이반 멘슈코프는 갑자기 절필을 선언했다. 그의 선언에는 깊이 환멸을 느낀 자의 침울한 기운이 스며들어 있었다. 사람들은 뜻밖의 선언이라고 생각했지만, 그뿐이었다. 일개 소설가의 절필 같은 것을 신경 쓰기에는 너무 많은 변화가 밀려들었기 때문이었다. 그의 선언은 문학을 전문으로 하는『리테라투르나야 가제타』같은 신문에서조차 1단 기사로 처리되었다. 그는 그렇게 사라졌다.

이반 멘슈코프가 대중적인 공포 소설을 쓰기 시작한 것은 그로부터 10여년이 지나 21세기에 접어들었을 무렵이었다. 그는 다짜고짜「꿈」이라는 제목의 공포 소설을 시장에 내놓았다. 사람들은 이미 이반 멘슈코프라는 이름을 기억조차 하지 못했지만, 그의 소설은 뜻밖에도 베스트셀러가 되었다. 특별히 자극적인 묘사가 있는 것도 아니고 스릴이 넘치는 것도 아닌데, 사람들은 그의 소설을 손에서 놓지 못했다.

그것은, 한 소녀의 이야기였다.

잠을 잘 때마다 다른 사람들의 꿈속에 들어가게 되는 소녀가 있다. 소녀는 아버지와 어머니의 꿈속을 헤매고 선생님과 친구의 꿈속을 걸어 다닌다. 누군가를 깊이 생각하면 어김없이 그의 꿈속에 들어가게 되는 것이다. 물론 꿈속은 아름답지 않았다. 대개는 어지러웠고 때로는 끔찍했다. 꿈에는 도덕도 논리도 자상

함도 없었다. 다른 사람의 꿈속에 들어가고 나면 현실에서 소녀
는 그 사람을 자꾸 피하게 된다. 꿈속의 풍경들이 겹쳐 떠올랐기
때문이다. 어느덧 소녀는 누군가를 깊이 생각하는 것을 두려워
하게 된다. 누구에 대해서도 깊이 생각하지 않는 연습을 반복한
끝에, 소녀는 겨우 평화를 되찾는다. 그러나 곧 불행이 찾아온
다. 소녀에게 사랑하는 남자가 생긴 것이다.

　사랑이란 모든 것을 불가피한 것으로 만든다. 사랑을 하면서
생각을 하지 않는 것은 불가능하다. 어쩔 수 없이 소녀는 사랑하
는 남자의 꿈속을 헤맨다. 남자의 꿈은 다른 사람들과 마찬가지
로 괴롭고 기이한 것이었다. 이해할 수 없는 이미지와 어지러운
사건의 연속이었다. 남자는 수많은 여자와 성교하고 누군가를
폭행하고 마구 부자가 되기도 했다. 그 풍경들은 소녀가 감당할
수 있는 것이 아니었다. 남자의 꿈속에서 깨어날 때마다 소녀는
눈물을 흘렸다.

　그러던 어느 날, 소녀는 남자의 꿈속에서 살인을 저지른다. 공
교롭게도 소녀가 죽인 것은 꿈을 꾸던 남자 자신이었다. 소녀가
남자를 죽이는 순간, 남자는 비명을 지르며 깨어난다. 하지만 침
대에서 상체를 일으키자마자 남자는 이불 위로 고꾸라진다. 심
장이 멎어버린 것이다. 같은 시간, 따사로운 아침에 잠에서 깨어
난 소녀의 눈에서는 하염없이 눈물이 흐른다……

　그런 이야기다.

　그 후 소녀는 누구도 사랑할 수 없게 된다. 그럴 수밖에 없을

거라고 생각한다. 사랑을 시작하면 또 사랑하는 사람의 꿈속에 들어가야 하니까. 그리고 자신도 모르게 끔찍한 일을 저질러야 하니까.

제목도 상투적이고 내용도 보잘것없었지만, 그의 소설은 날개가 돋친 듯 팔려나갔다. 대부분의 독자들이 소설 속 어딘가에서 자기 자신을 보았다는 소감을 인터넷에 올렸다. 소수의 독자들만이, 책에서 만난 인물이 자신인지 아니면 자신이 증오하는 사람인지 확신할 수 없다고 적었다. 어떤 반대론자들은 이 모든 독후감들이 출판사의 마케팅이자 상술의 일환이며, 이반 멘슈코프라는 작가는 사실 존재하지도 않는다는 비난 글을 게시하기도 했다. 하지만 그렇게 비난하는 이들조차 진심으로 멘슈코프의 진위를 의심하는 것 같지는 않았다.

그 집의 주인이 이반 멘슈코프라는 말을 듣고 내가 궁금한 것은 따로 있었다.

소설가 이반 멘슈코프라면, 얼마 전에 죽었다는 그 작가가 아닌가?

나는 안드레이에게 그렇게 물었다. 한국을 떠나기 전 러시아 인터넷 뉴스에서 인기 작가 이반 니콜라예비치 멘슈코프가 페테르부르크의 자택에서 숨진 채 발견되었다는 기사를 읽은 적이 있기 때문이다. 기사에 따르면, 이반 멘슈코프는 사고사나 자연사한 것이 아니라 살해당한 것이었다. 돈을 노린 살인 사건이라는 것이다. 둔기로 머리를 맞은 흔적이 있고 집 안에 있던 달러가 사라졌다는 내용도 있었다. 달러로 받은 인세가 침대 밑 상자에 보관되어 있었는데 통째로 없어졌다는 얘기였다. 워낙 은둔형에 온화한 성품의 작가였기 때문에 원한에 의한 살인 사건이라고 보기는 어렵다는 설명이 사족처럼 붙어 있었다.

안드레이는 웃으면서 고개를 저었다. 이반 멘슈코프는 분명히 유럽으로 여행을 떠났다, 혹시 베네치아의 운하나 파리의 뒷골목에서 자살을 결행할지언정 페테르부르크의 자기 집에서 살해당할 수는 없다. 안드레이는 그렇게 말했다. 왜냐하면 바로 안드레이 자신이 기차역에서 그를 배웅했기 때문이라는 것이었다.

헤어지는 길에 나는 안드레이에게서 수면제를 받았다. 스틸녹스였다. 어디나 같은 약인가. 나는 중얼거렸다. 안드레이가 내게 가볍게 손을 흔들었다. 스킨헤드들을 조심하라구. 요즘엔 나이프를 가지고 다닌다니까. 안드레이가 소리쳤다. 나는 고개를 끄덕였다.

안드레이의 뒷모습이 모퉁이를 돌아 사라질 즈음, 나는 문득 안드레이의 걸음걸이가 빨라졌다는 것을 깨달았다. 13년 전 그는 나이에 맞지 않게 구부정한 작은 몸집의 사내였다. 스물아홉이었는데도 얼굴에 깊은 주름이 새겨져 있었다. 앞머리가 조금 벗겨진 탓에 마흔이 넘은 것처럼 보일 정도였다. 기숙사 계단을 내려가는 그의 뒷모습을 보면 노인 같다는 생각이 절로 들었다.

무언가를 생각하지 않으면 계단 하나를 내려갈 수 없다는 듯한, 그런 걸음걸이였다.

　그랬던 안드레이의 몸집과 자세가 꽤 달라져 있었다. 배가 나오고 살집이 붙었는데도 모퉁이를 돌아 사라지는 그의 몸놀림은 재바르고 강파른 느낌이었다. 그가 사라진 길의 저편으로 이삭 성당의 둥근 지붕이 희미하게 보였다. 날씨 탓에 하늘과 둥근 지붕 사이가 뿌옇게 흐려져 있었다.

　지하철에서 내려 스레드니 거리로 돌아온 것은 제법 늦은 시간이었다. 밤이었지만 거리는 백야의 희미한 빛으로 아득했다. 이제 비 내리는 아침처럼 자욱한 자정이 올 것이었다. 사잇길을 택한 탓인지 거리에는 인적이 드물었다.

　뒤쪽에서 기척을 느낀 것은 집까지 두어 블록 정도 남았을 때였다. 흘끗 뒤돌아보니 십대 후반이나 이십대 초반으로 보이는 청년 셋이 뒤를 따라오고 있었다. 둘은 머리를 하얗게 밀었고, 하나는 닭 벼슬 모양의 헤어스타일을 하고 있었다. 셋 다 청재킷을 걸친 채였다. 닭 벼슬의 손에서 무언가 빛나는 것이 보였다. 나이프인가. 나는 중얼거렸다. 안드레이의 경고가 떠올랐다. 몇 개월 전 히틀러의 생일 무렵에는 중국인 한 명이 살해당했고, 한국인 두 명도 폭행을 당해 중상을 입었다고 했다. 나는 걸음을 빨리했다. 한 블록만 더 가면 집이다. 하지만 이미 스킨헤드들은 내 등 뒤로 바짝 따라붙고 있었다. 내 걸음에 맞추어 그들의 걸음도 점점 빨라졌다. 녀석들이 내뿜는 담배연기가 귓가에 닿을 정도라고 느껴질 즈음, 문득 뒤돌아서서 녀석들의 얼굴을 후려치고 싶은 충동이 솟아올랐다. 충동은 발목에서 척추를 타고 올라와 목구멍까지 차올랐다. 손이 부들부들 떨려오기 시작했다.

나는 스레드니 98번지의 건물 현관에 도착했다. 무거운 목조문을 밀고 들어오면서 뒤를 돌아보았다. 청년들은 무심하게 나를 지나쳐 말르이 거리 쪽으로 걸어가고 있었다. 닭 벼슬이 나이프를 펴 들고 나를 힐끗 돌아보았을 뿐이었다. 그의 입가에 차가운 미소가 떠올랐다가 사라졌다.

나는 등 뒤로 무거운 문을 닫았다. 문이 바닥을 긁는 소리가 신경을 건드렸다. 피곤한 느낌이었다. 날씨 탓인가. 백야 탓인가. 어쩌면 이반 멘슈코프의 이야기 때문인지도 모른다. 그는 유럽을 여행 중일까. 살아 있기는 한 것일까. 미세한 두통이 느껴졌다.

엘리베이터는 계단참에 있었다. 낡고 허름해서 움직이는 게 신기하다 싶은 기계였다. 천장의 형광등도 깨져 있어서 엘리베이터 안은 언제나 어두컴컴했다. 5층 버튼을 누르는 순간, 나는 문득 기묘한 기분에 사로잡혔다. 6층 버튼이 없다는 것을 깨달았기 때문이었다. 버튼은 1에서 5까지만 표기되어 있었다. 그러고 보니 이 부근의 공동주택들은 대개 4층이나 5층으로 되어 있다. 이 건물에도 6층은 없는 것이다. 그런데 천장에서 쿵쿵거리며 박자를 맞추던 발소리는 무엇이었을까. 없는 6층에서 누가 숨을 죽고 있었던 것일까 나는 고개를 흔들었다.

　잠에서 깨는 것인지 술에서 깨는 것인지 모를 기분으로 눈을
뜬 것은 자정이 넘은 시간이었다. 나는 담배를 집어 들고 주위를
둘러보았다. 라이터가 보이지 않았다. 이번에는 또 어디로 움직
인 건가. 이 집의 물건들은 가만히 있지를 않는군. 나는 천천히
몸을 일으켜 부엌으로 갔다. 추를 매단 것처럼 발이 무거웠다.
　부엌에서 나는 뜻밖에 기묘한 광경을 목격했다. 음침한 부엌
에서 가스 불이 혼자 타오르고 있었던 것이다. 푸른 불꽃이 휘적
휘적 허공을 향해 혀를 날름거리고 있었다. 분명히 꺼져 있었는
데 어쩐 일일까. 어쨌든 저 불꽃은 마치 살아 있는 것 같군. 낮에
도 켜둘까. 나는 의미 없는 농담을 중얼거렸다. 밸브를 돌려 불
을 껐다.
　현관 쪽에서 이상한 소음이 들린 것은 그때였다. 사람들이 두
런거리는 소리였다. 나는 발소리를 죽인 채 현관 쪽으로 다가
가서 문에 붙어 있는 작은 렌즈에 눈을 갖다 댔다. 두 명의 러시
아 남자가 문가에서 대화를 나누고 있었다. 양손에 페인트 통과
붓, 그리고 롤러를 들고 있는 것으로 보아 칠장이들인 것 같았다.
사내들은 문 바로 앞에 서서 얘기를 하고 있었다. 경찰…… 작
가…… 읽어봤나…… 살인 사건…… 같은 단어들이 띄엄띄엄 들
렸다. 더 이상은 알아들을 수 없었다. 그들은 계속 두런거리다가
계단을 따라 위층으로 사라졌다. 삐걱거리는 소리가 들려왔다.

이 새벽에 칠을 하다니. 이상한 사람들이군.

나는 혼잣말을 했다.

그나저나 6층이 있는 모양이야. 확실히.

칠장이들이 사라졌는데도 나무계단이 삐걱거리는 소리는 단속적으로 들려왔다. 나는 문가에 선 채 눈을 비볐다. 눈꺼풀이 흘러내릴 듯한 느낌이었다.

무거운 다리를 옮겨 방으로 돌아가는데, 통로 끝의 욕실에서 물소리가 들렸다. 노란 전구가 희미하게 빛을 내고 있는 복도의 끝이었다. 나는 한 걸음 한 걸음 욕실로 다가갔다. 아주 먼 거리처럼 느껴졌다. 욕실 문을 여는 순간 예의 그 경첩 긁히는 소리가 실내에 울렸다. 나는 얼굴을 찌푸렸다. 욕조에서 물이 흘러넘치고 있었다. 쏟아지는 물에 손을 댔다가 반사적으로 손을 뗐다. 뜨거운 물이었다. 달궈진 쇳물처럼 느껴질 정도였다. 나는 붉어진 손으로 수도꼭지를 돌려 잠갔다. 물방울이 똑, 똑, 방울져 떨어지는 모습을 나는 멍한 표정으로 바라보았다.

고개를 들어보니 김이 서린 거울 속에 내가 서 있었다. 얼굴이 어쩐지 이상해 보였다. 눈 밑에 그늘이 져 있고 이마에 깊은 주름이 잡혀 있었다. 턱은 늘어져 흘러내리는 듯한 느낌이었다. 녹아가고 있는 것도 같았다.

밤새 늙어버린 것인가. 잠을 자야 해.

나는 중얼거렸다. 방으로 돌아와 마른 담배를 입에 문 채 창문을 열었다. 희끄무레한 새벽빛이 가득한 건물 뒷마당이 보였다.

자귀나무들이 늘어서 있고 쓰레기를 모으는 초록색 컨테이너가 녹이 슨 채 서 있었다. 몸집이 큰 까마귀 한 마리가 컨테이너 위에 앉아 있다가 나를 향해 고개를 돌렸다. 까마귀와 눈이 마주쳤다고 생각하는 순간, 옆방에서 무슨 소리가 들린 듯했다. 신음 소리였다. 늙고 병든 남자의 신음 소리 같았다. 동시에 내 머릿속에는 이반 멘슈코프가 떠올랐다.

까마귀와 눈이 마주치다니. 이건 흔치 않은 일인데. 하지만 왜 까마귀와는 눈을 맞추지 못한다는 말인가.

나는 그렇게 중얼거렸다.

게다가 저 빈방에 누가 있다는 거야. 이반 멘슈코프는 얼마 전에 둔기로 머리를 맞아 이미 죽지 않았는가. 아니, 베네치아의 운하나 파리의 뒷골목을 여행 중이지 않은가.

나는 혼자 웃었다. 나도 모르게 흘러나온 웃음이 얼굴 근육을 일그러뜨리는 느낌이었다. 얼굴이 녹아가고 있다는 느낌도 들었다. 나는 옆방으로 다가갔다. 이상한 소리가 들리니 어쩔 수 없잖아, 하는 생각이 들었다. 마치 다른 사람의 머릿속을 유영하는 듯한 기분이었다.

소리는 닫힌 문틈에서 희미하게 흘러나오고 있었다. 신음 소리만은 아닌 듯했다. 오케스트라의 낯익은 선율, 누군가 기어 다니며 무릎을 끄는 듯한 소리, 손으로 벽을 긁는 소음도 들렸다. 나는 문에 귀를 바짝 갖다 댔다. 안에서 새어 나오던 소리가 문득 멈추고 정적이 찾아들었다. 나는 여전히 웃으면서 문을 두드렸다. 쿵, 쿵.

누구, 있습니까?

나도 모르게 한국어가 입에서 튀어나왔다. 안에서는 아무런 반응이 없었다.

안에 누구, 있습니까?

나는 손을 모아 쥐고 다시 세차게 문을 두드렸다. 쿵, 쿵, 쿵. 그리고 소리를 질렀다.

거기, 누구 있습니까?

여전히 반응은 없었다. 나는 어쩐지 흥분하기 시작했다. 손잡이를 잡고 흔들자, 문이 삐걱거리는 소리를 토해냈다. 나는 더욱 격렬하게 문을 흔들었다. 문짝이 덜컹거리는 소리가 온 집에 가득 찼다. 그러던 어느 결에, 문이 스르르 열렸다.

마치 오래 기다려왔다는 듯이.

자연스럽게.

나는 멍하니 방 안을 바라보았다. 방은 푸른빛으로 가득했다. 구석의 탁자 위에 소형 텔레비전이 켜져 있기 때문이었다. 뮤지컬을 중계하고 있는 듯, 화면 속의 무대 위에서 사람들이 춤을 추고 있었다. 호두까기 인형인가. 나는 중얼거렸다. 화면 속의 댄서는 늙은 남자였는데, 리듬에 맞추어 탭댄스를 추고 있었다. 탁, 타탁, 타타타탁. 탁, 타탁, 타타타탁. 탁, 타탁…… 리드미컬한 동작이었다. 하지만 텅 빈 공간에서 웅웅거리며 들려오는 공허한 소리라는 생각도 들었다. 화면 속의 늙은 댄서가 춤을 추면서 나를 바라보고 있다고 생각하는 순간, 갑자기 발소리가 커졌다.

탁, 타탁, 타타타탁.

탁, 타탁, 타타타탁.

무심결에 내 몸까지 리듬에 휩쓸리고 있었다. 근육이 제 마음대로 움직이려 하고 있었다. 내 발을 바라보았다. 음악 소리에 맞추어 두 발이 꿈틀거렸다.

탁, 타탁, 타타타탁.

탁, 타탁, 타타타탁.

나는 비명을 질렀다.

방으로 돌아와 안드레이에게 전화를 걸었다. 낮인지 밤인지 알 수 없는 희멀건 햇빛이 낡은 커튼 사이로 스며들고 있었다. 자정인가. 아니면 이미 아침인지도 모른다. 나는 중얼거렸다. 잔뜩 피곤한 안드레이의 목소리가 아득히 먼 나라에서 들려오는 듯했다.

집이 이상하다.

나는 다짜고짜 그렇게 말했다.

집이 이상하다. 이상한 점이 한두 가지가 아니다.

나는 설명했다. 안드레이는 침묵을 지키고 있다가, 이윽고 나에게 물었다.

천장에서 쿵쿵거리는 소리가 들리고, 옷이나 노트가 엉뚱한 곳에 놓여 있다고 했나?

그렇다.

부엌에 누군가 가스 불을 켜놓았고?

그렇다.

아무도 없는 욕실에서 뜨거운 물이 쏟아진다고?

그렇다.

안드레이는 심상한 어조로 대꾸했다.

이봐, 너는 꿈을 꾼 모양이다. 게다가 지금은 단수 철이다.
2주 동안은 바실리 섬 전체에 따뜻한 물이 나오지 않아.

나는 고개를 흔들었다. 손을 보니 불그스레하게 덴 자국이 남
아 있었다. 수화기 저편에서 안드레이의 목소리가 들렸다.

지금 네가 있는 방은 5층이다. 5층은 꼭대기 층이다. 천장에
서 춤을 추는 소리가 들릴 리 없다.

내가 힘없이 대답했다.

나도 알고 있다. 그러니까 네게 전화하는 것 아닌가. 이 집은
대체 무엇인가.

안드레이가 어딘지 차가운 어조로 대꾸했다.

그것은 집일 뿐이다. 이반 니콜라예비치 멘슈코프의 집일 뿐
이다.

안드레이가 잠시 침묵하다 다시 입을 열었다.

수면제는 몇 알을 먹었나?

세 알.

기다렸다는 듯 안드레이가 말했다. 결론을 내리는 듯한 말투

었나.

아마도 그것 때문일 것이다. 여러 알을 먹으면 꿈이 어지러워진다. 환각이나 이상행동 증세가 올 수도 있다. 아마 욕실에 물을 튼 것도, 부엌에 가스 불을 켠 것도, 옷이나 노트를 옮겨놓은 것도, 다 너 자신일 것이다. 차가운 물을 뜨겁다고 느끼는 것 역시.

나는 항의했다.

욕실에 물을 튼 것이 나라고? 부엌에 가스 불을 켠 것도? 이봐, 농담은 그만하라고. 옆방의 신음 소리도 나의 것이란 말인가?

아마도. 너는 결국 옆방의 문을 열지 않았나?

나는 지체 없이 대답했다.

그렇다.

문을 열고 침대로 다가갔겠지. 흰 이불이 덮여 있었을 것이다. 너는 차마 그 이불을 들쳐볼 엄두가 나지 않았을 거야. 희미한 음악이 흐르는 그 방에서 말이다. 그리고 너는 무엇을 했나? 그 어둡고 푸른 방에서? 혹시 춤이라도 춘 것은 아닌가?

나는 무력감을 느끼며 수화기의 먼 곳에서 들리는 안드레이의 말을 들었다.

안드레이가 희미한 웃음을 흘렸다. 나는 되물었다.

너는 그것을 어떻게 아는가?

안드레이의 대답은 짧고 간단했다.

왜냐하면, 나도 이반 멘슈코프의 방에 묵은 적이 있으니까.

안드레이가 말을 맺자마자 나는 다소 거칠게 항의했다.

혹시 너는 지금 유치하고 상투적인 괴담을 쓰고 있는 건 아닌가. 귀신 들린 집의 이야기라면 나도 얼마든지 할 수 있다. 네가 쓰고 싶은 베스트셀러라는 게 겨우 이런 것인가.

나는 말을 이었다. 나도 모르게 말이 빨라지고 있었다.

모든 것이 자신의 착각이었다는 이야기는 너무 흔하지 않은가. 유령을 두려워했는데 알고 보니 나 자신이 유령이었다는 이야기, 수사관이 범죄자를 쫓는데 알고 보니 수사관 자신이 범죄자였다는 이야기 따위 말이다. 알고 보니 모든 게 꿈이었다는 이야기만큼이나 그런 것은 상투적이고 허망하지 않은가.

그렇게 말하는 나의 목소리가 점점 높아졌다. 내 입에서는 급기야, 이반 멘슈코프를 죽인 것은 바로 네가 아닌가, 라는 고함이 튀어나오려 하고 있었다. 안드레이의 차가운 목소리가 내 입을 막았다.

이봐, 나는 스틸녹스를 너무 많이 먹지 말라고 충고하는 것뿐이다. 알고 보니 자신이 유령이었다는 이야기의 사회적 버전을 혹시 아는가? 인민의 적을 퇴치하기 위해서 스스로를 처단해야 했던 혁명가의 이야기 말이야. 자본주의를 증오했는데, 알고 보니 자신이 주식 투자자였다는 남자의 이야기는 또 어떤가. 악몽이란 언제나 그런 식이지.

안드레이가 입을 다물었다. 나 역시 입을 열지 않았다. 오랜 침묵 끝에 내가 겨우 말했다.

안드레이, 내게 필요한 건 그런 서양식 농담들이 아니다. 말해보라. 니는 지금 어떤 악몽 속에 들어와 있는 것인가? 무엇보다도, 이것은 누구의 악몽인가?

안드레이는 대답하지 않았다. 우리는 전화선의 끝과 끝을 붙잡고 오래 말이 없었다.

상트페테르부르크 바실리 섬. 스레드니 15번가 98번지. 5층 7호.

그게 이 집의 주소였다. 캐리어를 끌고 집을 나오면서 나는 내가 지내던 공동주택 건물을 올려다보았다. 5층짜리 낡고 오래된 석조건물이 나를 내려다보고 있었다. 비에 젖은 돌이 짙은 회색빛의 물 밑으로 가라앉는 느낌이었다.

나는 이제 이반 멘슈코프의 방을 떠나고 있다. 일생 동안 다시 이곳에 오게 되지 않으리라는 것을 나는 어렴풋이 느끼고 있다. 내 친구 안드레이는 다시 볼 수 있을까? 또 십수 년이 흐른 뒤의 어느 날에는?

글쎄.

궁금한 게 하나 남아 있다. 안드레이는 이반 멘슈코프가 떠난 그 방에서 혼자 무엇을 하고 있었던 것일까?

세상의 어느 뒷골목을 헤매기 위해 긴 여행을 떠난 작가의 방에서 홀로 탭댄스를 추고 있었던 것일까?

또는 자신이 살해한 작가의 시체를 옆에 두고, 아무도 읽지 않는 공포 소설을 쓰고 있었던 것일까?

내가 그렇게 묻는다면, 안드레이는 천천히 이렇게 대답할 것이다.

이봐, 아름답고 잊히지 않는 단 한 줄의 소설을 써보게.

또는 영원히 끝나지 않는 끔찍한 시를 말이야.

이 악몽에 대해서.

이 악몽이 과연 누구의 것인지,

또는 무엇의 악몽인지에 대해서 말일세.

작가의 말

"세상은 책이다. 여행하지 않는 자는 그 책에서 겨우 한 페이지만을 읽을 뿐이다."

한 술집 벽면에 이런 글귀가 붙어 있었다. 아우구스티누스의 문장이라고 했다. 내가 이 문장에 동의하는 것 같지는 않다. 여행하지 않는 사람의 '한 페이지'에 온 세상이 담겨 있을 수도 있다고 생각하니까.

하지만 소설 쓰는 일을 저 문장에 빗대어 말해볼 수는 있을 것 같다.

"세상은 책이다. 소설이란 그 책의 어떤 페이지, 어떤 문장에 그은 밑줄일 뿐이다."

밑줄의 각도와 두께와 빛깔은 나의 것이지만, 그 밑줄이 기억하는 문장은 이 세상의 것이거나, 이 세상 자체일 것이다.

*

「절반 이상의 하루오」를 생각하면 지금도 의문이 든다. 이건 인도에 대한 이야기일까, 오키나와에 대한 이야기일까? 하루오에게는 전 세계가 고향인 것일까? 그런데 내가 좋아하는 이는 전 세계를 타향으로 느끼는 사람이 아닌가? 나는 하루오에게 매혹을 느끼는 나 자신이 의아하였다. 하지만 그런 것이 또 하루오라고도 생각하였다.

「아르놀피니 부부의 결혼식」을 쓸 때는 왠지 예민해서 자꾸 혼자 중얼거렸다. 환하게 불을 켜도 방은 어두웠고 정신 상태는 좋지 않았다. 그때마다 소설에 나오는 바흐의 칸타타를 틀어놓고 주인공들의 결혼식을 상상했는데, 그게 묘한 위안이 되었다. 아르놀피니 부부에게 고마움을 전한다. 얀 반 에이크에게도 감사를.

「올드 맨 리버」의 초고는 꽤 오래전 아이오와에 머물면서 썼다. 그때는 최대한 낙관적으로 소설을 끝내고 싶었다. 하지만 묵은 글을 꺼내 마무리할 무렵 세월호 참사가 있었다. 자판을 두드리는 손이 거칠어졌다. 처음부터 다시 쓰고 싶었지만 그렇게 하지 못했다. 어느 소설보다도 오래 걸렸기 때문일까. 이 글을 생각하면 아직도 강을 건너고 있는 기분이 든다.

「기린이 아닌 모든 것에 대한 이야기」에 나오는 기린을 본 적이 있다. 사람들이 왕래하는 도로를 터벅터벅 걸어가고 있었다. 무심한 표정이었다. 그때 나는 기린을 통해 또 다른 세계를 보았다고 생각했다. 어쩌면 저 기린이야말로 기린이 아닌 모든 것인지도 모르겠다고도 생각했다. 착시였겠지만, 지금도 거리에서 기린을 만나면 유심히 바라보게 된다.

「우리 모두의 정귀보」는 말 그대로 '우리 모두의 정귀보'라고 생각하면서 썼다. 그것은 일종의 사랑일까? 잘 모르겠다. 하지만 나는 여전히 그에 대해 써야 할 것이 있다고 느낀다. 그는 결코 소진되지 않는다. 무한하게 풍부해지는 것만이 정귀보인지도 모른다. 요즘도 혼자 술을 마실 때면 그를 떠올리고는 자못 골똘해지기도 한다.

「칠레의 세계」가 이 세계의 운명에 가장 가까울 거라고 생각한 적이 있다. 왜 그렇게 생각했는지는 잊었다. 지금은 그냥, 언젠가는 쿠바를 거쳐 칠레에 가보고 싶다고 생각할 뿐이다. 그렇게 되기를 바란다. 처음에는 소설집의 제목을 '칠레의 세계'로 하려고 했다. 로베르토 볼라뇨의 소설 『칠레의 밤』이 없었더라면.

「어느 날 욕실에서」는 몇 해 전에 출간한 시집 『생년월일』에 실려 있는 「늪」이라는 시와 연관이 있다. 늘 그렇듯이 시와는 전혀 다른 이야기가 되었다. 당연한 일이라고 생각한다. 가끔 밤의 욕실에서 낯선 시신 한 구를 만날 때가 있는데, 이 소설을 쓰면서 제법 '그것'과도 친해진 셈이다.

「이반 멘슈코프의 춤추는 방」은 모 문예지에 '자전 소설'의 형식으로 게재되었는데, 원래는 장편의 일부로 떠올린 것이다. 언젠가는 긴 소설이 될 수 있기를 바란다. 안드레이는 오래전에 함께 지냈던 기숙사 룸메이트의 실제 이름이지만, 소설 속의 안드레이와는 관계가 없다. 그가 보고 싶다.

*

파우스트가 말했다.
"그렇게 하면 틀림없이 많은 수수께끼가 풀리겠지."
그러자 메피스토펠레스가 대꾸했다.
"아니, 더 많은 수수께끼들이 연달아 나오게 될 거야."

세상에 밑줄을 긋는 한 사람의 독자로서 나는 저 수수께끼들 앞에서 충실하려고 노력했다. 그것으로 좋았다고는 물론 생각하지 않는다. 그렇게라도 했으니 다행이라고도 생각하지 않는다. 수수께끼는 푸는 것이 아니라, 겪고 사랑하고 싸워가야 하는 것이기 때문이다.

너무 당연해서 아무짝에도 쓸모없는 문장을 하나 덧붙여두고 싶다. 아우구스티누스와 나 자신에게. 그리고 언제나 홀로이면서 모두인 우리에게.

"세상은, 책이 아니다. 삶과 사랑 역시 그러하다."

창문을 열자 무인칭의 바람이 불어온다. 시제도 없고 이상한 마음도 없다.

2015년 봄

이장욱

수록 작품 발표 지면

절반 이상의 하루오 『문학사상』 2012년 3월호

아르놀피니 부부의 결혼식 『문학과사회』 2012년 가을호

올드 맨 리버 『현대문학』 2014년 7월호

기린이 아닌 모든 것에 대한 이야기 『창작과비평』 2013년 겨울호

우리 모두의 정귀보 『21세기문학』 2014년 봄호

칠레의 세계 『현대문학』 2013년 4월호

어느 날 욕실에서 『현대문학』 2010년 12월호

이반 멘슈코프의 춤추는 방 『문학동네』 2010년 여름호